SINN UND FORM

BEITRÄGE ZUR LITERATUR

HERAUSGEGEBEN VON DER
AKADEMIE DER KÜNSTE

77. JAHR / 2025 / 3. HEFT

Mai / Juni

SINN UND FORM

Redaktion: Postfach 21 02 50, 10502 Berlin, Akademie der Künste, Hanseatenweg 10, 10557 Berlin, Tel. 030/20057-2220, -2221 oder -2222, Fax 030/20057-2223, E-Mail sinnform@adk.de, www.sinn-und-form.de. ISBN 978-3-943297-83-6. ISSN 0037-5756. Satz: Dörlemann Satz, Lemförde. Anzeigenverwaltung: Agentur Hanne Knickmann, Theaterstraße 7, 69117 Heidelberg, Tel. 06221/67342-50, www.kulturzeitschriften.net. Druck: Thiele & Schwarz GmbH, Kassel. Printed in Germany. Der Chefredakteur ist v.i.S.d.P. Bei unverlangt eingesandten Manuskripten ohne beiliegendes Porto keine Rücksendung. Beurteilungen werden nicht gegeben. Auf den Textseiten erscheinen in der Regel keine Literaturangaben und Anmerkungen. Nachdruck eines Beitrages während der gesetzlichen Schutzfrist nur mit Genehmigung der Redaktion. Die Zeitschrift erscheint zweimonatlich. Jahresbezugspreis einschließlich Versand 54,00 € (Inland) und 72,00 € (Ausland). Einzelheft 14,00 €. Vorzugsabonnement für Schüler und Studenten 39,00 € (Inland) und 51,00 € (Ausland).

Bestellungen von Abonnements und Einzelheften: tableau, Neumagener Straße 27, 13088 Berlin, Tel. 030/4236606, Fax 030/42850078, E-Mail tableau@t-online.de. Zuschriften, die den Inhalt betreffen, sind an die Redaktion, solche, die den Bezug angehen, an die Firma tableau zu richten. Das Abonnement kann spätestens sechs Wochen vor Ablauf des Bezugsjahres gekündigt werden. Die Mindestbezugsdauer beträgt ein Jahr. Die Kundennummer ist unbedingt anzugeben.

INHALTSVERZEICHNIS

ILSE MOLZAHN, HANS ERICH NOSSACK

»WEIL MIR ALLE BÜCHER UND DIE GANZE VERGANGENHEIT VERBRANNT IST«

Briefwechsel 1946 / 47

Vorbemerkung

Als Ilse Molzahn dem sechs Jahre jüngeren Hans Erich Nossack einen ersten Brief schrieb, war sie eine gebrochene Frau. Die ehemals vitale und modisch-elegant auftretende Schriftstellerin hatte sich als Feuilletonistin und Autorin von drei Romanen einen Namen gemacht. Doch 1938 war ihr Mann, der avantgardistische Maler Johannes Molzahn, als »entarteter Künstler« in die USA emigriert und hatte dort erneut geheiratet, ihr Freund, der Kulturredakteur und Journalist Paul Fechter, hatte sich einer anderen Frau zugewandt, und ihre beiden Söhne kamen aus dem Weltkrieg nicht zurück. Michael, der Ältere, war ein verträumter, musisch begabter, langsamer und ganz und gar unsoldatischer junger Mann, der in drei Jahren Kriegsdienst keinen einzigen Tag Urlaub erhielt und bis fast zuletzt, bis zu seinem Tod in Stalingrad, einfacher Soldat blieb. Der Jüngere, Ernst Uriel, war schnell, gewitzt und konnte sich im Kreis seiner Kameraden behaupten, verabscheute den Krieg aber vom ersten Tag an. Kurz vor Kriegsende, am 16. März 1945, schrieb er von schrecklich verwundeten Siebzehnjährigen und von der Aufgabe, »von der ich glaube, daß sie mir ein Gott oder das Schicksal gestellt hat: der Kampf gegen den Krieg«. Das war sein letztes Lebenszeichen. Er blieb spurlos verschollen.

Ilse Molzahn wurde 1895 als Ilse Schwollmann geboren und verlebte ihre ersten Jahre im Kowalewo, einem selbständigen Gutsbezirk im damals preußischen Posen. Ihr Vater, der aus Soest stammende Gutsherr, hatte sein Glück in der größeren wirtschaftlichen Freiheit des Ostens gesucht, mußte das Gut aber wegen mehrjähriger Dürre und Mißernten 1901 wieder aufgeben. Ilse besuchte anschließend die Schule in Posen, Soest, Hannover und schließlich Kempen an der deutsch-russischen Grenze. Hier fand sie die Freiheit wieder, die sie im bürgerlich-konservativen Westen schmerzlich vermißt hatte. Im Umgang mit christlichen, jüdischen und polnischen Mitschülerinnen erlebte sie eine Toleranz »jenseits von Konfessionsdünkel plus Rassenhaß«, die für sie prägend wurde. An der fortschrittlichen Fröbel-Frauenschule in Leipzig ließ sie sich zur Jugenderzieherin ausbilden. Als sie 1915 das Examen mit »sehr gut« ablegte, war der Krieg schon in vollem Gange. Sie nahm nun in dem kleinen Majorat Laski in der Nähe Kempens gleich zwei Stellen an, als Kindergärtnerin und Leiterin der Krankenstation. Später arbeitete sie in einer Pulverfabrik in Bomlitz in der Lüneburger Heide, wo sie in zehnstündiger Schicht explosive Schießwolle schleudern mußte und die Industriearbeit kennenlernte. Nach einer kurzen Zeit in der Kriegsfürsorge wurde sie nach dem Zusammenbruch Deutschlands wie viele Frauen entlassen – die zurückgekehrten Soldaten mußten ins Brot gesetzt werden. Die erst Vierundzwanzigjährige hatte bereits verschiedene Berufe und Milieus kennengelernt, streng-bürgerliche, frei-bürgerliche und proletarische. In den letzten

Jahren hatte sie ernsthaft zu schreiben begonnen und wurde 1919 ans eben gegründete Bauhaus in Weimar zu einer Lesung eingeladen. Hier traf sie Johannes Molzahn, der abstrakt expressionistisch malte und mehrfach in der »Sturm«-Galerie Herwarth Waldens ausstellte. Die beiden wurden bald ein Paar. Sie zogen in das großelterliche Haus in Soest, wo die beiden Söhne geboren wurden. In Magdeburg begann Ilse Molzahn einige Jahre später für Zeitungen zu schreiben und hatte mit Feuilletons erste Erfolge.
1928 erhielt ihr Mann einen Ruf als Professor an die Kunstakademie Breslau, die auf dem Weg war, zum Zentrum der Moderne im Osten zu werden. Für Ilse Molzahn wurden die Jahre dort zur Glanzzeit ihres Lebens. Sie fühlte sich wohl in der Stadt und unter den Künstlern, die alle an der Durchsetzung moderner Positionen arbeiteten. Wie diese verkehrte sie im Café Fahrig, wo sie durch ihre elegante und zugleich extravagante Erscheinung Aufsehen erregte. Hier begann sie ihren ersten Roman »Der Schwarze Storch«, der 1936 bei Rowohlt erschien. Er ist stark autobiographisch geprägt und schildert aus der konsequent eingehaltenen Sicht eines etwa sechsjährigen Mädchens eine Kindheit auf einem Landgut in Posen, unschwer erkenntlich als Kowalewo. Diese Kinderperspektive war damals ungewöhnlich – und machte das Buch zu einem Meisterwerk. Die Protagonistin lebt, ohne Anschluß an Gleichaltrige, in einer Erwachsenenwelt und sieht und erfährt vieles, auch Dunkles, das sie oft nicht versteht, so die Vergewaltigung des geliebten Kindermädchens und seinen Tod durch die versuchte Abtreibung mit einer rostigen Schere. Es bleibt weitgehend dem Leser überlassen, sich einen Reim darauf zu machen.
Als das Buch erschien, war Ilse Molzahn mit ihrer Familie bereits nach Berlin umgezogen: Die in Breslau besonders rabiaten Nazis hatten ihren Mann 1932 entlassen. Es war nun an ihr, die Familie mit Schreiben durchzubringen. Neben journalistischen Arbeiten verfaßte sie im Dritten Reich noch zwei Romane, ohne sich dabei den Nazis anzubiedern: den dichten, multiperspektivischen und anspruchsvollen »Nymphen und Hirten tanzen nicht mehr« (1938) und den deutlich konventionelleren »Töchter der Erde« (1941), der auch kommerziell ein Erfolg wurde.
Ilse folgte ihrem Mann 1938 nicht in die Emigration, sondern blieb mit den Söhnen in Berlin-Britz. Sie konnte sich nicht vorstellen, in Amerika zu leben und zu arbeiten. Zudem war die Ehe mit dem ernsthaften, verschlossenen und nur für seine Kunst lebenden Molzahn schon seit langem schwierig. Er konnte dem romantischen Konzept von Liebe, an dem seine Frau lebenslang festhielt, nicht gerecht werden. Sie ging eine Beziehung zu dem verheirateten Redakteur und Kulturjournalisten Paul Fechter ein, dessen nationalkonservative Haltung sie allerdings nicht teilte. Auch diese Verbindung hielt sie davon ab, ihrem Mann zu folgen.
Nach dem Verlust der Söhne begann sie, an einem großen polyperspektivischen Roman mit dem Arbeitstitel »Seraphus« zu schreiben. Die Titelfigur war dem Sohn Michael nachgebildet, der im Roman unerwartet als Deserteur mit reiner Seele in einem böhmischen Dorf auftaucht und dieses durch sein bloßes Erscheinen in Aufruhr versetzt. Pralle Dorfszenen, naturmystische Züge, ein Hang zur Symbolik und eine sich manchmal ins Hymnische steigernde Sprache prägen den Text, der nur in einer stark überarbeiteten Fassung aus den fünfziger Jahren überliefert ist.
Im September 1946 stieß Molzahn in den Nordwestdeutschen Heften auf ein Gedicht von Hans Erich Nossack: »Der Sohn«. Es traf sie ins Innerste. Der Autor stand mit 45 Jahren noch ganz am Anfang seiner schriftstellerischen Laufbahn. Er hatte bis dahin für die

Schublade geschrieben und gerade drei Gedichte im »Dritten Reich« veröffentlicht. Der Sohn aus großbürgerlichem Hamburger Kaufmannshaus hatte in den frühen Zwanzigern Geld vom Vater abgelehnt und darauf einige Jahre ein bescheidenes Leben als kleiner Angestellter geführt. 1930 trat er mit seiner Frau in die KPD ein, um die Nationalsozialisten zu verhindern, und 1933 in die väterliche Firma, um sich vor der Gestapo zu schützen. Er unterlag keinem Publikationsverbot, aber seine Dramen paßten nicht ins »Dritte Reich«. So blieb er bis 1947 ein Schriftsteller ohne Buch. Viele seiner Arbeiten, auch seine Tagebücher, waren bei der Bombardierung Hamburgs verbrannt. »Der Sohn« war seine fünfte Veröffentlichung überhaupt. Das Gedicht umfaßt sechs gereimte Strophen mit je sechs Versen, wovon hier die ersten beiden und die letzte Strophe zitiert seien:

DER SOHN

Ich bin es, Mutter. Nein, rühr mich nicht an.
Tu so, als schliefest du, damit es den Mann,
der da im Bett neben dir schläft, nicht stört.
Er würde zu uns sagen … Mutter, darum
sag keinem, daß ich hier war und warum! …
Denn er hat recht, weil es sich nicht gehört.

Denn daß ich tot bin … Mutter, sei doch still!
Das weißt du ja auch ohne mich. Ich will
was andres sagen. Aber sag niemals: Tot!
Zu ihm da. Sage immer nur: Gefallen
läge sein Sohn an der Grenze mit allen,
Die mit ihm fielen, wie man es gebot.

(…)

Er denkt von mir … Wenn es ihm so gefällt,
sag ihm doch dann und wann, ich sei ein Held.
Doch nicht zu laut, nur um ihm Kraft zu geben.
Du aber … ja, ich muß es sagen … Schnell!
Vater wacht auf, nun wird es wieder hell:
Mutter, ich möchte furchtbar gern noch leben.

Ein nächtlicher Besuch des toten Sohnes bei der Mutter, von dem der neben ihr schlafende Vater nichts mitbekommen darf, weil der Sohn nicht als Held gefeiert werden, sondern »furchtbar gern noch leben möchte« – daß Ilse Molzahn davon so tief getroffen wurde, ist nicht verwunderlich. Erstaunlicher ist es, daß Nossack der Verfasser war, der sich gleich in seinem ersten Brief an Molzahn zur »Urfeindschaft zwischen Mutter und Sohn« bekennt. Nossack schrieb in dieser Zeit an seiner bereits 1942 begonnenen ersten größeren Prosaarbeit, »Nekyia. Bericht eines Überlebenden«, die 1947 erschien. In dieser in einer toten Stadt spielenden surrealistischen und traumhaft-mythischen Erzählung wird der Protagonist am Ende von seinen imaginierten Lehrern zur Mutter geschickt. Die deutlich an die Geschichte von Orest und seiner Mutter Klytämnestra, der Mörderin ihres Mannes Agamemnon, angelehnte Begegnung führt nicht wie im Mythos zur Blutrache, sondern zur Versöhnung mit der Mutter – der einzigen im Werk und in den Tagebüchern Nossacks. Es ist also wohl kein Zufall, daß »Der Sohn« in derselben Zeit entstand. Nossack antwortet auf Molzahns Brief schnell und ausführlich und bringt gleich sein Orest-Thema zur Sprache. In der Folge entwickelt sich ein großer, bis ans Ende der fünfziger Jahre intensiver, später sporadischer Briefwechsel, der erst 1973 endet. Er umfaßt 134 erhaltene, meist lange bis sehr lange Schreiben, einige davon auch an oder von Nossacks Frau Gabriele. Nicht wenige sind verlorengegangen. Die meisten sind mit der Maschine geschrieben, das erste Nossacks vom 7. Oktober 1946 und der zweite Teil seines Briefs vom 10. November 1946 (datiert auf den 16. November) liegen in seiner äußerst schwer lesbaren Handschrift vor.

Die Briefpartner haben beide Tausende von Schreiben hinterlassen. Was Nossack angeht, so ist die Korrespondenz mit Molzahn wohl seine mit Abstand umfangreichste und ausdauerndste mit einer Frau. Beide verband die Überzeugung, »daß man das Leben nur fühlt beim Schaffen« (siehe die Briefe vom 21. März und 6. April 1947).

Im Lauf der Jahre hat sich ihr Verhältnis verändert. Am Anfang ihrer Beziehung ist Molzahn eine erfahrene und anerkannte Autorin, die an einem großen Roman schreibt, Nossack in der literarischen Welt dagegen noch ein Nobody, der »überhaupt gern lernen« möchte, wie er in seinem ersten Brief schreibt. Molzahn aber steht, das weiß sie noch nicht, vor dem Ende ihrer schriftstellerischen Laufbahn, denn der Verleger Eugen Claassen, der sie mit Vorschüssen unterstützt hat, will den »Seraphus«, als er 1948 endlich vorliegt, doch nicht publizieren. Die Währungsreform hat die Verlage risikoscheu gemacht, das Publikum will vom Krieg nichts mehr hören. Für die Autorin ist das nach den persönlichen Verlusten ein weiterer Schlag. Sie lebt schon seit Jahren in Kleinmachnow, das nun in der Sowjetischen Besatzungszone, später in der DDR liegt, die sie lange nicht verlassen will – bis sie es 1953 dann doch tut, weil der Druck der sozialistischen Kulturpolitik immer größer wurde. Auch ihr Festhalten an Kleinmachnow hat Claassen nicht gefallen und eine Zusammenarbeit erschwert. Sie schrieb danach noch einen Roman, »Schnee im Paradies«, der 1953 bei Bertelsmann erschien und erfolglos blieb. Molzahn gehört wie zum Beispiel Horst Lange zu den Autoren, die sich in der Nachkriegszeit an den neuen sachlichen Stil nicht anpassen wollten und konnten und kein Gehör mehr fanden. Nossack dagegen wurde ein anerkannter und gefragter Schriftsteller. Nun war er es, der zu ihr hielt, sie teilnehmend beriet und zu helfen versuchte, etwa mit einem Stipendium der Mainzer Akademie und indem er bei Verlegern vorsprach, den von ihm bewunderten »Schwarzen Storch« neu aufzulegen. Dazu (und zu einem beachtlichen Erfolg sowie einer Verfilmung) kam es aber erst 1972 bei Herbig. Nossack steuerte ein Nachwort bei. Dieser Erfolg kam zu spät, um die Autorin noch einmal zum Schreiben einer größeren Arbeit zu motivieren.

Für ihr literarisches Schaffen gab ihr Nossack einen Rat: »Was für wunderbare Briefe Sie doch zu schreiben pflegen, ich staune immer aufs Neue darüber. Sie sollten genau so Bücher schreiben wie Sie Briefe schreiben, dann ist alles da, was nötig ist. Wir verderben unsere Bücher durch allzuviel Prätensionen etc, Stil, Aufbau-, Aussage etc.« (20. Dezember 1950)

Am 26. August 1958 kam er darauf noch einmal zurück. Molzahn hatte in einem nicht erhaltenen Brief offenbar geklagt, ihr Name gelte nichts mehr. Nossack meinte, sie müsse nur wieder ein gutes Buch schreiben, dann sei sie sofort wieder da, und fuhr fort: »Ein

Anderer kann immer besser beurteilen, wo die eigentliche und einmalige Begabung eines Menschen liegt. Die Ihrige liegt, ich glaube, das habe ich schon einmal erwähnt, darin, daß Sie mit erstaunlich wenigen Strichen eine Person, Situation oder Atmosphäre zu zeichnen und sinnenhaft fühlbar zu machen wissen. Ich bewundere diese Ihre Gabe immer wieder in Ihren Briefen und Artikeln und beneide Sie darum. Das bedeutet, wenn ich nicht irre, daß Sie unbedingt autobiographisch oder zum mindesten biographisch schreiben sollten, und zwar dies im weitesten Sinne verstanden. Sie dürften keine Szenen erfinden wollen, sondern erzählen und schildern, woran Sie selber teilgenommen haben oder was Ihnen gegenübergesessen hat, und da Sie viel erlebt haben und vielen Menschen begegnet sind, dürfte es niemand weniger an Stoff fehlen als Ihnen. Das Ich braucht dabei gar nicht erwähnt zu werden. (...) Nochmals: schreiben Sie Bücher, so wie Sie Briefe schreiben. So wie Ihnen der Schnabel gewachsen ist.«
Der Rat erreichte Molzahn im Krankenhaus, eine schwere Depression hatte sie dorthin gebracht. Sie antwortete deshalb erst spät: »Alles in Ihrem Brief an mich stimmt, nur ›stimmt‹ im Augenblick die ganze Person nicht, an die der Brief gerichtet ist.« (19. November 1958) Jahre später hat Molzahn den Rat insofern befolgt, als sie kleine und schöne autobiographische Texte schrieb, die sie zu einem Buch vereinigen wollte. Dazu ist es bisher nicht gekommen. Sie starb am 13. Dezember 1981 sechsundachtzigjährig im Jüdischen Krankenhaus in Berlin.
Die hier abgedruckten acht (nur von Tippfehlern bereinigten und um Kommata ergänzten) Briefe aus der Anfangszeit, als beide »ja gemeinsam vor den Abgründen« standen, zeichnen ein eindrückliches Bild des schwierigen Lebens in den ersten Nachkriegsjahren in der Sowjetischen Besatzungszone und im zerstörten Hamburg. Möglich, daß heute in der Ukraine wieder solche Briefe geschrieben werden.

Thomas Ehrsam

20. Sept. 46

Lieber Herr Nossack!
Am Zeitungsstand, griff ich nach dem grauen Heft, blätterte und las Ihr Gedicht »Der Sohn«. Es hat mich zwei Tage nicht losgelassen, tief bewegt, womit auch nicht das Letzte gesagt ist. Ich will Ihnen aber doch schreiben und Ihnen sagen, dass dieses Gedicht das erste war, das für mich vollendet war. Nicht meine eigne Situation, die ist nicht so wichtig, es ist die allgemeine, die darin zum Ausdruck kommt. Es ist nicht nur mein Sohn, der da spricht, es ist die Mutter begriffen und umgriffen, alles, alles ist gesagt, ganz einfach, und in der letzten Wahrheit enthüllt. Was ich nicht wusste, dass es heute in dieser Welt, die von Männern gemacht wurde, welche die Männer zerstören und verderben, doch auch noch Männer gibt, die »es wissen«. Und das ist ein so grosser Trost in all der Verzweifelung.
Ich schreibe gerade das Buch für meinen bei Stalingrad »gefallenen« Sohn Michael. Mein zweiter und letzter Sohn Uriel gab das letzte Lebenszeichen im

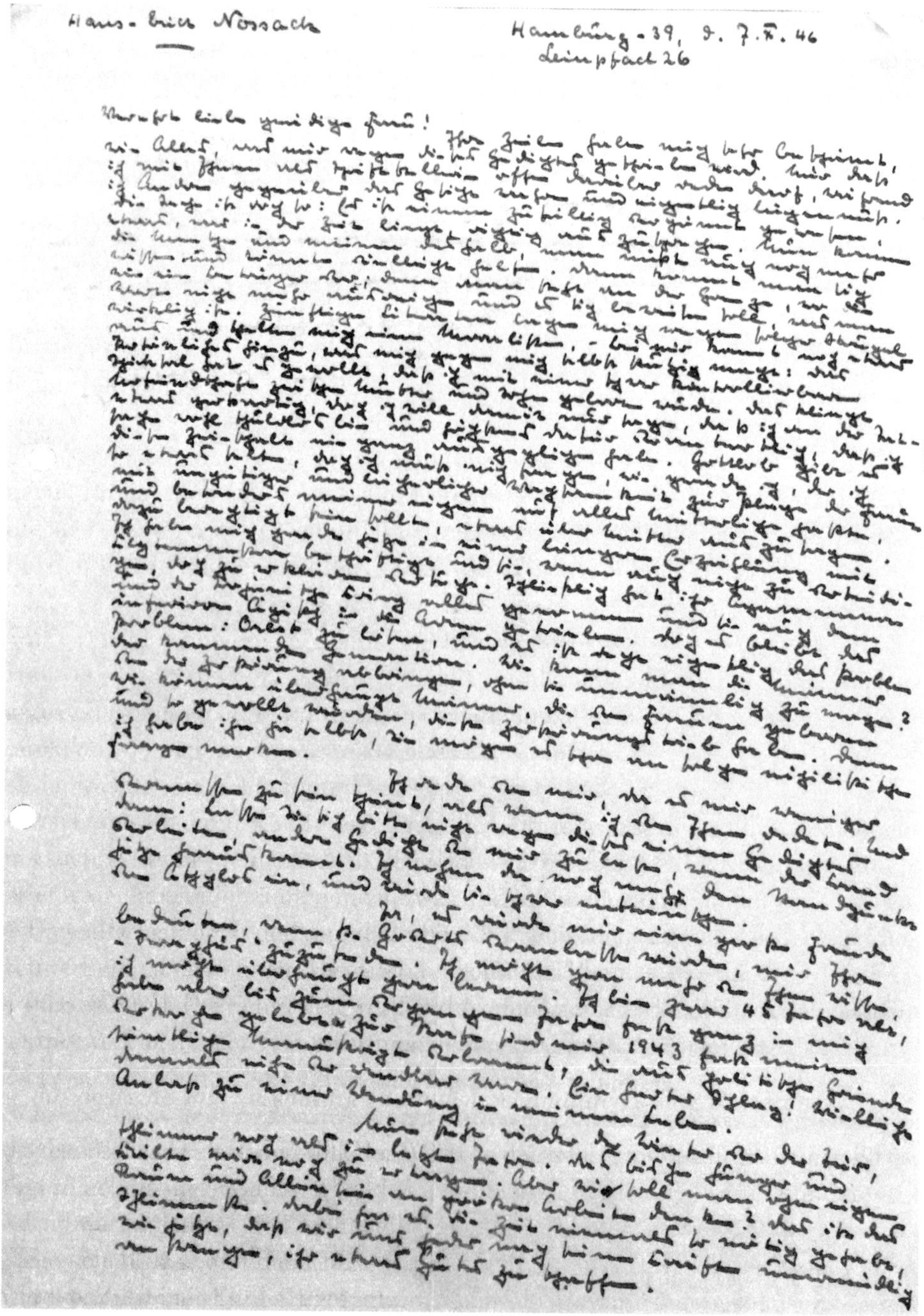

Hans-Erich Nossack

Hamburg-39, d. 7.X.46
Leinpfad 26

Verehrte liebe gnädige Frau!

[illegible]

Brief von Hans Erich Nossack an Ilse Molzahn vom 10. Oktober 1946

März des vergangenen Jahres. So werden Sie verstehen, was mir Ihr Gedicht bedeutete, und auch welche Verpflichtungen man selbst noch diesem Leben gegenüber, trotz allem, hat. Wenn es Ihnen Freude macht, soll Ihnen Dr. Classen, der mein Verleger in Hamburg ist, den »Seraphus«, der bis Frühjahr abgeschlossen sein wird, nach Erscheinen senden. Es würde mir eine grosse Freude und auch ein Trost sein, es in Ihren Händen zu wissen.
Jedenfalls danke ich Ihnen im Namen aller »Heldenmütter«, die keine Heldinnen, sondern ganz einfach Muttertiere und Kreaturen sind.

Stets Ihre
Ilse Molzahn

»Der Sohn« Erschienen in: Nordwestdeutsche Hefte 1 (1946), H. 5 (August), S. 58f.
»Seraphus« Unveröffentlichter und nur in einer stark überarbeiteten Fassung in der Staatsbibliothek zu Berlin erhaltener Roman.

Hans-Erich Nossack | Hamburg-39, d. 7.X.46
Leinpfad 26

Verehrte liebe gnädige Frau!
Ihre Zeilen haben mich sehr beschämt, wie Alles, was mir wegen dieses Gedichtes geschrieben wird. Nur daß ich mit Ihnen als Schriftstellerin offen darüber reden darf, wie fremd ich Anderen gegenüber das Gesicht wahren und eigentlich lügen muß. Die Sache ist doch so: es ist einem zufällig vergönnt gewesen, etwas, was nur in der Zeit liegt, richtig auszusprechen. Nun kommen Menschen und meinen deshalb, man müßte auch noch mehr wissen und könnte vielleicht helfen. Dann kommt man sich wie ein Betrüger vor, denn man steht an der Grenze, wo die Worte nicht mehr ausreichen und es sich erweisen soll, wer man wirklich ist. Zünftige Literaten lachen mich wegen solcher Skrupel aus und schelten mich einen Moralisten. – Bei mir kommt noch etwas Persönliches hinzu, was mich gegen mich selbst stutzig macht: das Schicksal hat es gewollt, daß ich mit einer schwer kontrollierbaren Urfeindschaft zwischen Mutter und Sohn geboren wurde. Das klingt etwas ge[xx]ig, doch ich will damit nur sagen, daß ich an der Tatsache wohl schuldlos bin und höchstens dafür verantwortlich, daß ich diesen Zwiespalt nie ganz ausgeglichen habe. Gottlob gibt es so etwas selten, doch ich muß mich fragen, wie gerade ich, der ich mit ungütiger und lächerlicher Wachsamkeit zur Plage der Frauen und besonders meiner eigenen auch alles Mütterliche haßte, dazu berechtigt sein sollte, etwas über Mütter auszusagen. Ich habe mich gerade jetzt in einer längeren Erzählung mit Klytemnestra beschäftigt, und sie, wenn auch nicht zu verteidigen, doch zu erklären versucht. Schließlich hat

ihr Agamemnon und der trojanische Krieg alles genommen und sie auch dem inferioren Aigisthes in die Arme getrieben. Doch es bleibt das Problem: Orest zu lösen, und es ist recht eigentlich das Problem der kommenden Generation. Wie kann man die Männer von der Zerstörung abbringen, ohne sie unmännlich zu machen? Wie können überhaupt Männer, die von Frauen geboren und so gewollt wurden, diesen Zerstörungstrieb haben. Denn ich habe ihn ja selbst, Sie mögen es schon an solchen nihilistischen Fragen merken.

Ich rede von mir, da es mir weniger vermessen zu sein scheint, als wenn ich von Ihnen redete. Und dann: lassen Sie sich bitte nicht wegen dieses einen Gedichtes verleiten, andere Gedichte von mir zu lesen, wenn der Band jetzt herauskommt. Ich nehme da noch mehr den Standpunkt von Äschylos ein und würde Sie schwer enttäuschen.

Ja, es würde mir eine große Freude bedeuten, wenn Sie Goverts veranlassen würden, mir Ihren »Seraphus« zuzusenden. Ich möchte gern mehr von Ihnen wissen, ich möchte überhaupt gern lernen. Ich bin zwar 45 Jahre alt, habe aber bis zum vergangenen Jahr fast ganz in mir verborgen gelebt. Zur Prosa sind mir 1943 fast sämtliche Manuskripte verbrannt, die aus politischen Gründen damals nicht verwendbar waren. Ein herber Schlag! Vielleicht Anlaß zu einer Wandlung in meinem Leben.

Nun steht wieder der Winter vor der Tür, schlimmer noch als im letzten Jahr. Das bißchen Hunger und Kälte wäre noch zu ertragen. Aber wie soll man ohne eigenen Raum und Alleinsein an größere Arbeiten denken? Das ist das Schlimmste. Dabei hat es die Zeit niemals so nötig gehabt wie jetzt, daß wir uns jeder nach seinen Kräften unermüdlich anstrengen, ihr etwas Gutes zu schaffen.

Wenn Ihnen der Sinn danach steht, möchte ich Sie bitten, daß wir von Zeit zu Zeit durch einen Gruß die Verbindung aufrecht erhalten. Wir sind durch die Not alle so verhärtet und abgehetzt, daß wir oft ganz vergessen, daß noch andere da sind, die sich auch bemühen, einen Weg aus diesem Dickicht hinaus zu finden. Und doch ist es gerade dies Bewußtsein, nicht alleine zu sein, was uns immer wieder Mut macht und uns zwingt, die Hoffnung nicht aufzugeben.

Verzeihen Sie diese für einen ersten Brief vielleicht ungewöhnlichen Bekenntnisse und bewegen Sie sie lieber noch in Ihrem mütterlichen als Ihrem schriftstellerischen Herzen. Aber auch: Seien Sie bedankt, daß Sie mich zum Reden und Nachdenken über das Alles brachten.

Vor allem aber seien Sie herzlich gegrüßt von Ihrem

Hans-Erich Nossack.

einer längeren Erzählung Hans Erich Nossack, Nekyia. Bericht eines Überlebenden, Hamburg 1947.

der Band jetzt herauskommt Hans Erich Nossack. Gedichte, Hamburg 1947.
Standpunkt von Äschylos Gemeint ist dessen Tragödientrilogie »Orestie«.
Goverts Henry Goverts (1892–1988), mit Eugen Claassen (1895–1955) Verleger des H. Goverts Verlags.
ohne eigenen Raum Als Ausgebombte wohnten Nossacks nach dem Untergang Hamburgs in sehr beengten Verhältnissen mit anderen Ausgebombten oder Flüchtlingen zusammen.

d. 20 Okt. 46. Sonntag-Morgen.

Lieber Herr Nossack!
Als ich Ihren Brief gelesen hatte, für den ich Ihnen sehr danke, sagte ich: »mein Gott, ein MENSCH!« Es wurde mir klar, wie menschenleer die Gegend ist. Am liebsten hätte ich Ihnen sofort geantwortet, aber ich wollte doch alle Ihre Worte noch in meinem Herzen bewegen, damit ich darauf vernünftig antworten konnte. Ob ich das heute kann, weiss ich nicht, aber ich werde es versuchen. Es überraschte mich keineswegs, dass Ihre Beziehungen zur Mutter problematisch waren. Nur aus den Konflikten entsteht Leben, wird Gestalt. Für die eine Mutter, die Sie suchten und nicht fanden, bekamen Sie viele Mütter, die Sie sich selber schufen, und das sind immer die besten. Was sind wir denn? Unzulänglichkeiten! Aber wir können doch alles werden, wenn es einem anderen gelingt, dorthin vorzustossen, wo SEIN REICH beginnt, das meine ich nicht christlich, ich habe das Christliche von der Mutterseite aus in reichlichem Maasse gepredigt erhalten und später dann die Erfahrung gemacht, dass, ausser Christus, Millionen Menschen ans Kreuz geschlagen wurden, ohne dass es die anderen, die dabei zusahen, in die Knie warf. Ich glaube nur an die Engel, die Cherubinen. Sie sind da und mitunter zeigen sie mit ihren goldnen Fingern auf irgend etwas und dann weiss man es. So war das mit Ihrem Gedicht. Ich las es und weinte bitterlich. Das war sehr gut, denn auch das Weinen hat man inzwischen verlernt. Ich las es nur einmal, zwei Tage rührte ich das Heft nicht wieder an. Dann war ich so weit, dass ich es noch einmal versuchte, und da wusste ich, dass es gut war. Ob es nun mit der Zeit zusammenhängt, ob es nun von unzähligen Frauen und Müttern auch so gelesen und verstanden wurde, das war dann schon ganz gleich, es war *mein* Gedicht, es war eine Versöhnung mit dem Schicksal, zu wissen, dass man nicht mutterseelenallein auf weiter Flur dastand.
Ich habe es immer ein bisschen komisch gefunden, für das Geschaffene, Gewachsene eine laienhafte Zustimmung zu geben. Ich tat es dann doch (wieder der goldene Finger!). Und Sie antworteten mir mit einem vernünftigen, menschlichen Brief, ein völlig unerwartetes Geschenk in einer Zeit, da jeder nur dem Zweck lebt oder in sich verkapselt und verriegelt ist. Und wir brauchen heute so

sehr die Aufgeschlossenheit, damit erst einmal wieder der Boden da ist, auf dem etwas wachsen kann, das einzige nämlich, das wirklich und bestehend ist, die fruchtbare Beziehung von Mensch zu Mensch, den Zauber brauchen wir, der von UNBEKANNT ausgeht. Unser Schicksal ist doch die gänzliche Entzauberung. Es schwingt, zittert und bebt nichts mehr. Man hat unsere Aengste, unser Fürchten mit Krieg, Bomben, Vernichtung und Zerstörung erschlagen, wir fürchten uns kaum noch vor dem Primitivsten: dem Hungern und Frieren, was soll da schon werden, frage ich mich? Der Roboter, ist die eine Antwort, meine ist es aber nicht. Ihre natürlich auch nicht, so wie ich hoffe, Sie richtig zu verstehen. Ihre, wie Sie es ausdrücken, nihilistischen Fragen bedeuten das Gegenteil, nämlich Bereitschaft, das Warten auf den goldenen Finger, der weisend ist.
Ihr Problem: Orest ist für mich schwer zu verstehen, weil ich meine, wenn man schon von Rache reden will, dass erst einmal die Mütter gerächt werden müssten, denen man die Söhne erschlug. Wenn ich weiter darüber nachdenke, haben Sie aber doch Recht. Denn wir Frauen, wir Mütter haben »einmal« versagt, in der Liebe, in der Kraft des Gefühls, denn sonst wäre diese Männerwelt nicht so katastrophal ausgebrochen. Der kalte Kopf war stärker als das wärmste Herz. Die Frauen müssen sich von ihrem Urgrund sehr weit entfernt haben, sonst wäre all das nicht möglich gewesen, der Zauber brach, die Liebe ging einmal entzwei. Wann werden wir sie wiederfinden?? Noch in dieser Welt? Hoffentlich! Denn sonst wird uns jene andere auch nicht aufgetan.
Was Sie »zerstörend« an sich nennen, möchte ich nur als aggressiv bezeichnen. Eine geistige Aggressivität ist immer gut, ich besitze sie selbst in einem hohen Maasse und kann daher mit keinem Menschen dauernd zusammenleben. Ich konnte nur mit meinen Söhnen leben, als sie so weit waren, in der Mutter die Frau, die Freundin zu sehen, die sie ein bisschen komisch fanden, über die sie lächelten, gutmütig, gewollt männlich, um in der Mutter jene Koketterie wachzurufen, bei der sie sich »gross« und erwachsen fühlen konnten. Ihren Vater liebten und verehrten sie leidenschaftlich (er ist seit 1937 in Amerika, flüchtete vor den Nazis, war entarteter Maler und hat sich inzwischen mit einer Irin verheiratet, die ebenso gut meine Schwester sein könnte). Sie schreibt mir englische Briefe, ich ihr deutsche, keiner versteht viel von des anderen Sprache, Johannes übersetzt hin und her und findet, dass beide Frauen »grand« sind. Ja, das ist der Vater, von dem ich glaubte, dass es an mir läge, dass er den Anschluss an Welt und Leben nicht bekam. Loretto, seine jetzige Frau, die »Sanfte«, hat es auch nicht zurechtbiegen können, das ist meine einzige Rechtfertigung. Es blieben also unsere Söhne. Drei Männer im ganzen, die mit Zerstörung nie etwas zu tun hatten. Uriel hat nur einmal ein Hitlerbild von der Wand gerissen und ist darauf herumgetrampelt, – als in dem Landschulheim am Solling, wohin ich ihn

gab, – weil er mal mit handfesten Jungen zusammen sein sollte, nicht immer mit der nachgiebigen Mutter, dem sanften, alles erduldenden Michael, – seine Kameraden behaupteten, Hitler sähe seinem Vater ähnlich. »Da könnte mir mein Vater leid tun!« schrie er. Es wurde ins braune Ministerium Braunschweig gemeldet. Uriel flog von der Schule, Jugendgericht, Strafe, dann mit 14 Jahren Lehrling auf dem Bau. Die beste Schule! Er war ein Mensch, als er in den Krieg musste, er hat niemanden gequält, niemals einen Schuss abgegeben, deshalb hat er sich der »Funkerei« gewidmet, er hat aber mit seinen Dresseuren gut gespielt, witzig, schlagfertig, wie er war. Dann kam er in ein »Eliteregiment« weil er physisch und auch geistig alle Voraussetzungen dafür hatte, dreimal ROB abgestellt, dreimal wieder durchgeschlüpft mit List und Fantasie, die Schlachten, der Zusammenbruch danach, wo ihm jeder grüne Grashalm »blutig« erschien und er jede Speise wieder von sich gab, die er nahm. Rumänien, Jassi, Kurland, Ostpreussen, dann verscholl ich in Schlesien. Dann sein letzter Brief Oberlausitz, strahlend, glücklich, weil er ja das baldige Ende sah, immer die Hoffnung hatte, heimzukommen. Aus. Einmal schrieb er mir: »jetzt erkenne ich erst so richtig, dass unser Haus immer eine Kirche und unser Leben darin eine Andacht war«. Ja, das Haus ist geblieben, Bilder und Bücher, aber die Räume sind leer. Ich wohne darin mit einer Katze, die mir halb verhungert zugelaufen ist. Eine Schwester mit Tochter war bis zur vorigen Woche auch noch hier, aber sie ging wieder in ihre alte Heimat Krefeld, ich konnte sie schliesslich auch nicht halten. Also, allein. Für die Arbeit ist es gut, für das Leben nicht. Man muss sehen weiterzukommen und durchzukommen. Es ist nur ein winziger Ausschnitt aus meinem Leben, fast möchte ich sagen, wahllos herausgegriffen, die Gegenleistung zu Ihrem Bekenntnis. Vielleicht ist es nun so, dass Sie mich anders dachten und von mir enttäuscht sind. Ich kann es von Ihnen nicht sein, weil ich eben alles Menschliche nur zu gut begreife, verstrickt sind wir alle in Schuld. Aber der goldene Finger, der Cherubin, entbindet. Bleiben wir bitte bei Ihrem schönen Vorschlag, uns hin und wieder zu schreiben, vielleicht können wir es uns gegenseitig doch etwas leichter machen.

Sehr herzlich Ihre
Ilse Molzahn

Bis der Seraphus abgeschlossen ist und erscheint, schicke ich Ihnen mit gleicher Post: »der schwarze Storch«. Meine Jugend! und mein erstes Buch.
Halten Sie mich bitte nicht für »professionell«, ich bin es nicht, Literatur ist mir greulich [xxx]. Das ist meist nur »Häkelei« oder »Stricken« langweilig bis dort hinaus.

seit 1937 in Amerika Johannes Molzahn emigrierte 1938 in die USA.
Hitlerbild Der Vorfall trug sich im Mai 1939 zu.
ROB Reserveoffiziersbewerber.
ich in Schlesien Ilse Molzahn verließ im Frühsommer 1943 wegen der Bombardierung Berlin und ging zu ihren Eltern nach Schlesien, auch um von Paul Fechter loszukommen.
»der schwarze Storch« Der Roman erschien 1936.

Hamburg-39, den 10. Nov. 1946
Leinpfad 26

Sehr verehrte liebe Frau Molzahn! Sie werden denken, da versagt dieser Mensch schon gleich zu Anfang, und ich denke selber so. Erst wartete ich auf eine ruhige Stunde, um Ihnen zu antworten, denn ich führe ein schrecklich abgehetztes Leben. Dann hat mich irgendein Fieber ergriffen, das mich auch jetzt noch ganz stumpf macht. Ich glaube, ich bin nicht sehr wehleidig, wie man es sonst den Männern nachsagt, doch es wird ein hartes Stück sein, diesen Winter hinter sich zu bringen. Jedenfalls will ich Sie nicht länger warten lassen, aber ich muss Sie vorher um Nachsicht bitten. Wieviel einfacher wäre es, wir könnten in der Dämmerung zu Ihnen herumkommen. Wir könnten auch einen Kater mitbringen, damit Ihre Katze auch nicht allein ist. Er gehört eigentlich nicht uns, aber er hält sich gern bei uns auf, natürlich wegen des Essens und eines ruhigen Schlafplatzes. Nach der Hamburger Katastrophe wurde er als Kind aus den Trümmern aufgesammelt. Die Natur hat ihn aber mit einem besseren Pelz versorgt, als die Wirtschaftsämter es mit uns anderen Ausgebombten taten. Ja, ein stattlicher Bursche! Natürlich ist er auf den Namen Peter getauft, wird aber von uns »Tiny« und »Odd Fellow« genannt, ja, wenn er sich ein paar Tage nicht sehen lässt, weil er hinter den Mädchen her ist, wird er als »Verlorner Sohn« begrüsst, zumal ich ein solches Stück geschrieben habe, das unter den Nazis nicht aufzuführen war und vor dem die blassen Regisseure auch jetzt immer noch Angst haben. Ausserdem sind die Ausländer Konjunktur; dagegen kommt man nicht auf. Ja, auch das wäre einfacher, wenn ich Ihnen etwas von mir zu lesen geben könnte; denn die meisten meiner Sachen spielen doch ziemlich in Ihrer Welt oder am Rande Ihrer Welt, so die »Rotte Kain«, auch ein Stück mit einer Urmutter, und dann die Erzählung »Nekyia«, die wohl bald gedruckt wird. Doch wie lange dauert das heutzutage alles. Ich meine das so: Es werden heute so viel Worte und Pläne gemacht, aber es gibt doch nur eine Hilfe, die Tat. Für uns aber ist die Tat das Werk, und vielleicht habe ich alles, was ich Ihnen auf Ihren Brief und den »Schwarzen Storch« sagen möchte, schon einmal besser zu sagen versucht, als ich es jetzt könnte. Denn der »Schwarze Storch« und Ihr Brief sind eins für mich. Dass es ein gutes Buch ist, werden Ihnen Andere schon gesagt haben. Darum geht es jetzt nicht, sondern gerade um diese Einheit. Ich habe ein leises heimliches Motto für mich und für das, was der Zeit not tut. Aber man darf es nicht laut sagen, dann wird es gleich unecht. Bekennen und Begeistern! Verstehen Sie es bitte richtig, vor allem das zweite Wort. Dadurch, dass wir den Mut haben, uns zu bekennen, wecken wir in Andren den Geist, oder so ähnlich mein ich es. Allerdings, manchmal wenn ich müde in der U-Bahn stehe und sehe die stumpfen Gesichter um mich her, – wo ist da einer, der etwa ausrufen könnte: Aus tiefer Not schrei ich zu dir!, und zu wissen, dass jeder dieser Stumpfbolde mich leicht übers Ohr hauen würde, wenn es sich um ein Geschäft handelte, – dann fragt man sich: Wozu mühen wir uns, dies alles bis zu Ende durchzuleben und das richtige Wort zu finden? Aber das ist ungerecht. Sie sind da, wir sind da und noch viele, und wenn es auch nur Wenige sind, auf sie kommt es ja an. Ja, Sie schreiben ein Buch, wie Sie einen Brief schreiben. Es ist da keine Unechtheit und Verfälschung durch die Form wie bei uns, das ist das Wunderbare. Ich mühe mich immer noch vergeblich darum, einfach das zu sagen, was nötig ist, ohne mich um irgendwelche Formen zu kümmern, die man uns überliefert hat. Weil mir alle Bücher und die ganze Vergangenheit verbrannt ist, werde ich vielleicht eines Tages noch dahin kommen. Sie glauben garnicht, welch ein Ueberdruss mich packt, wenn ich all dies formal so unangreifbar saubere Zeug lese, was heute gedruckt wird. Es ist doch ein Luxus, der garnicht mehr zu uns passt. Aber genug von Literatur, mehr ist das ja nicht.

16.XI.46

Der Brief ist nun doch liegen geblieben, weil mich das gestrige Ungemach zur Strecke gebracht hat. Das ist sehr ärgerlich auch im anderen Sinne. Im September, als ich allerhand hinter mich gebracht hatte, dachte ich: Nun habe ich es. Nun brauche ich einfach so weiter zu machen. Aber damit ist nichts. Wenn ich mich erst wieder ganz beisammen habe, werde ich ganz von vorne anfangen müssen, und nichts Bisheriges zählt oder fällt ins Gewicht. Doch ich schicke Ihnen die umseitige Stümperei trotzdem, um Ihnen wenigstens meinen guten Willen zu zeigen. Ich sehe, dass ich noch nicht einmal ein Wort des Dankes gesagt habe, weder für das Vertrauen Ihres Briefes noch für das Buch noch für die Blätter aus Ihrem Märchenwald. Mit einem Wort: für die Begegnung. Ich nenne Märchenwald diese Ihre Welt, aus der wir Alle herkommen, nur dass die meisten Menschen es nicht wahrhaben wollen und es vergessen. Das Kind des »Schwarzen Storches« blickt verträumt daraus auf die Menschen, die sich aus dem Walde entfernt haben und jenseits des Waldrandes unwirklich in ihrer Wirklichkeit umhertaumeln. Vielleicht haben Sie inzwischen auch oft die Grenzen überschritten und versuchen nun, wie jene zu leben. Was kann dabei herauskommen als

Missverständnis und Kummer. Aber nun sehe ich sie wieder zurückgekehrt in Ihre Welt, einsam, enttäuscht und traurige Zaubersprüche murmelnd. Dazwischen aber liegt unser furchtbares Zeitalter und der Zusammenbruch dieser halben Wirklichkeit. Es versucht uns nachträglich auch mit in den Abgrund zu ziehen, und wir haben Mühe, uns zu halten. Aber vergessen Sie nicht, dass Ihre Welt durch keine Atombomben und keine Unvollkommenheit der Menschen zerstört werden kann. All das Leid flüchtet sich in diesen Märchenwald, die Bäume rauschen tiefer davon und die Blätter werden [xxx] gefärbt. Aber es liegt an uns, dies zu erleben und immer wieder zu verkünden.
Ich werde Ihnen das nächste Mal besser und anders schreiben können. Diesmal musste es so gehen. Aber geben Sie es bitte nicht auf, mir einfach zu schreiben, wenn Ihnen gerade danach zu Mute ist und all Ihr Kummer nicht in Ihrem Buch Wort werden will. Man hat dies so nötig, dass manchmal einer durch den Wald ruft: Hallo, bist du noch da? Und der Andre antwortet einfach: Ja, Alles in Ordnung! Das genügt. Sonst wollen wir Alle ja garnichts.
Sobald mein Gedichtband herauskommt, werde ich ihn Ihnen schicken. Drei oder vier Gedichte, wenn ich es bedenke, sind wohl darunter, die auch vor Ihnen und in dem Märchenwald bestehen werden. Ich selber bin dem Ganzen fern. Die Sachen hätten 1941 erscheinen müssen. Damals wäre es ein geheimer Aufruf gewesen. Doch genug davon, Sie werden es ja selbst sehen.
Seien Sie herzlichst bedankt und gegrüsst

Von Ihrem

Hans Erich Nossack.

P.S. Einige Stunden später, nachts: dies muss ich Ihnen noch sagen, dass ich eben zum ersten Male seit 4 Wochen wieder ein paar gute Gedanken oder Eingebungen oder Gestalten oder wie wir es sonst nennen wollen, gehabt habe, und ich weiss, dass ich's nur dem zu verdanken habe, weil ich mich mit Ihnen und Ihrer Welt beschäftigte. Haben Sie Dank für diese Hilfe.

schrecklich abgehetztes Leben Nossack leitete immer noch die väterliche Kaffee-Import-Gesellschaft, was wegen des Schwarzhandels schwierig war.
»Verlorener Sohn« Hans Erich Nossacks »Die Hauptprobe. Eine tragödienhafte Burleske mit zwei Pausen« erschien erst 1956 (Die Mainzer Reihe 3).
»Rotte Kain« Hans Erich Nossack, Die Rotte Kain. Schauspiel in drei Akten, Hamburg 1949.
Blätter aus Ihrem Märchenwald Molzahn hat wohl ihren Briefen getrocknete Blätter aus ihrem Garten beigelegt.

1. Jan. 1947.

Lieber Herr Nossack!

Heute erreichte mich Ihr Brief vom 20. Er fiel mir mitten ins Herz und ich bin ganz glücklich im Augenblick. Mein Versprechen, Ihnen Heiligabend zu schreiben, fiel ins Wasser. Ein Glück nur, dass ich Ihrer Frau wenigstens diesen Zettel schickte, mit einem Papierengel für Sie. Wird wohl inzwischen eingetroffen sein. Nein, ich konnte nicht schreiben, weil ich krank war. Die Kälte hatte mich umgeschmissen. Bin von Natur aus sehr kälteempfindlich, und mein Haus mit einer angeschossenen und ziemlich zerlöcherten Nordwand war der reinste Eispalast. Eingemummelt in ich weiss nicht was, schlitterte ich im Haus umher, holte Holz, zerklopfte Briketts, holte Wasser aus dem Keller, trug Schmutzwasser nach draussen. Überall starrte mich nur Eis an, die Bestecke blieben einem an den Händen kleben, ebenso die Türklinken. Zum Teil Pappe am Fenster, nun kamen die Matratzen der freien und leeren Betten davor. In einer Stube, wo ich arbeite, jetzt auch schlafe, kroch ich mit Muschi an den Ofen. Da mir ausserhalb dieser Stube die Tränen an den Wimpern festfroren, weinte ich sie leise in die Asche. Der Dreck! Das Durcheinander von Kartoffeln, Zahnputzglas, Tannenzweig. Es war eine Kiefer, die ich von der Immortellenwiese holte, stand so frierend im Ostwind, klapperte genau so wie ich, als ich das winzige schiefe Bäumchen mit einer kleinen Säge vom Urgrund entfernte. Ich hing aber doch ein paar bunte Kugeln daran und steckte vier Lichtchen dazu, die ich auch noch fand, und darunter die Bilder der Kinder. Nein, sie mussten ihren Weihnachtsbaum haben. – – Ich habe aber die Lichtchen erst gestern zum Jahresschluss angesteckt, als ich ein paar einsame Frauen bei mir hatte, vorher gings nicht. Bis Weihnachten schleppte ich mich so hin, war froh, wenn ich abends Fieber hatte, weil mir dann wenigstens warm war. Muschi legte sich unter die Steppdecke mitten auf meinen Bauch, was ihr sonst nie gestattet wird, wie soll man da schlafen, wenn so ein molliges Katzentier auf einem schwer liegt, aber bei der Kälte? Heiligabend ging ich in die Siedlung »Klein-Moskau« (so sagten die Leute hier immer während der Vergangenheit) an den »Kanal«, wo in einer Laube meine Aufwartung und Freundin mit ihrem Mann und sieben geretteten Kindern lebt. Kinder von 6 bis 21 Jahren. Drei Generationen. Die Älteste, die mit meiner Hilfe Tänzerin wurde, aber dann doch einem Mann in die Arme lief und nun auch schon ein Kind hat, war da, eine Ziegelarbeiterin, die Lisbeth heisst und ein sehr aristokratischer Proletarier ist, drastisch, stabil, mit königlicher Haltung. Hier bescherte ich erst mal, trank mit den Leuten Kaffee und wurde mit schrecklich viel Kuchen gefüttert, bekam wie jedes Familienmitglied meinen »süssen Teller«, hatte mein kleines Patenkind auf dem Schoss, aber nicht lange, das zappelte immer nach der neuen Puppe und dem Puppenwagen. Neben mir auf dem Sofa sass Vater Pfaff, erzählte mir, dass er

einen Zug Schneegänse gesehen, die gen Norden zogen, das bedeutete Tauwetter. Richtig, als ich sehr früh heimging, die Sterne waren noch nicht alle gekommen, war der Himmel schon dunstig. Ich atmete auf und fand diese Weihnachtsbotschaft mit den Schneegänsen, die schönste in dem alten Jahr. Ja, nun wollte ich Ihnen schreiben. Mein Herz war ganz bei Ihnen beiden, alles andere durfte ich ja garnicht lieben oder denken, jedoch reichte meine Kraft nicht aus, trotz des langen Abends. Ich verkroch mich in mein Lager.
Am ersten Feiertag erwachte ich mit Migräne, wenn Sie wissen, was das ist. Ich leide daran, an einer ererbten, konstitutionellen Migräne seit meinem 5. Lebensjahr. Dauert meist zwei Tage so ein Anfall, wo ich weder leben noch sterben kann, es helfen nur schwere Mittel, Morphium, das ich aber sehr selten gebrauche. Diesmal nahm ich es, ich hätte diese Tage sonst garnicht überstehen können.
Natürlich brauchte ich nicht allein sein, aber wenn ich krank bin, mag ich noch weniger zu anderen Menschen gehen, konnte es auch garnicht. Ich bin dann wie ein Tier, verkrieche mich, mag auch keine Pflege oder irgend ein Getue, man soll mich nur in Ruhe lassen. So geschah es auch. Aber man ist dann furchtbar ausgeliefert. Es war ein schwerer Kampf mit allem und jedem und nicht zuletzt mit sich selbst. Glauben Sie mir, lieber Herr Nossack, wir stehen ja gemeinsam vor den Abgründen, o nein, so tapfer wie ich erscheine, bin ich garnicht. Aber welch ein Trost auch von anderen zu wissen. So einen Brief zu bekommen, wo kein Wort falsch ist, geschweige denn ein Satz! Das ist es doch und ist alles und trägt. Ich bin dem Schicksal so dankbar, das mich jenen Brief schreiben liess oder besser schreiben hiess, dass Sie da sind, dass ich Ihnen schreiben kann, so einfach hin, ohne jede »Einstellung auf den anderen«. – Ich schrieb dieser Tage an Claassen, dass wir uns »entdeckt« hätten, er findet Sie »sehr sympathisch«, kennen Sie ihn? Er ist ein anständiger Kerl, benahm sich immer gut gegen mich, auf der anderen Seite durchaus »Kaufmann«, aber zum Bücherveröffentlichen braucht man ja auch keinen »Poeten«. Jedenfalls ist er intensiv und aufgeschlossen, verdient sicher wunderbar Geld, aber das kommt einem dann ja auch zugute und dem äusseren Leben, das ja auch getragen werden muss. – Bewahren wir uns nur das Lächeln des Herzens, öffnen wir nur immer unsere Arme, ganz gleich in welche Ferne, es wird schon immer etwas Gutes an unserem Herzen liegen und sich ein klein wenig ausruhen, die Liebe, »die es überstanden hat«, ich meine, die das Leben überstanden hat, trägt und wärmt für die Ewigkeit. Gell, Sie verstehen mich, wissen, was ich meine. Ich denke ganz intensiv an Sie und Ihre Frau. Auch zu dritt ist es immer ein Zwiegespräch, Denn jeder liest das Wort anders und bewahrt es für sich. Ich habe einen ganzen Haufen Wünsche für Sie, dass Sie gut »durchkommen«, und wenn ich Ihnen einmal irgendwie helfen kann, lassen Sie es mich wissen. Ich setze mich immer gern für Freunde ein. (…)

Gestern Abend habe ich zum ersten Male ein Kapitel aus dem »Seraphus« vorgelesen, »neue Schuhe« betitelt. Es scheint, dem Eindruck nach zu urteilen, dass ich mit dem Buch hinkomme. Aber wie bin ich durch die Kältekatastrophe zurückgeworfen! Brauch wohl garnicht erst zu sagen, dass fast alle »Installationen« im Hause hin sind. Erst haben drei Männer und ich überall die Eisblöcke aufgehackt und dann wurde »getaut« mit einem entsetzlich stinkenden blau brennenden Zeug, und dann sprangen Ausgüsse, armdicke Röhren etz. Und nun putze ich immer noch Eiswasser mit irgend welchen Lumpen weg, denn normale Wischtücher gibt es ja nicht. Aber ich habe Kerzen! Denn zu der irrsinnigen Kälte kam die lastende Dunkelheit, endlose Stromsperren. Dunkelheit plus Kälte ist das Schlimmste. Wurde es nach 10 Uhr abends wieder hell, fand ich es schon wärmer. Aber Heiligabend erstand ich Kerzen, und der Schuster war gestern so gnädig, mir meine Skistiefel abzunehmen, die ich bis auf die Kernsohle durchgelaufen hatte. Welche Aussicht, einmal wieder ein Paar heile Schuhe zu bekommen! Meinen Silvestergästen sagte ich, dass man garnicht zu arbeiten brauche, man hat genug zu tun, sein Leben zu fristen, zu betteln, zu tauschen, zu mauscheln, o, wie widerlich ist das alles, dieser Kampf um die primitivsten Selbstverständlichkeiten. Und dann darf man auch nicht in einem Steinhaus wohnen. Sollte es mal so weit kommen, ein eigenes Haus zu besitzen, dann will ich es aus festen dicken Holzbalken haben, darin ist es immer warm. Steinhaus ist immer kalt. Ja, in den schlimmen Tagen war es draussen viel wärmer als drinnen. Ich war fast immer am Tage im Garten, Holzhacken oder Gestrüpp sammeln, Natur ist immer warm, auch bei 20 Grad. Immer fühlt man die Sonne!

Eben sagt unser Wetterbericht wieder 10 gr. Kälte für die Nacht an. O Russland, o arme Gefangene. Ich darf es nicht denken und klammere mich an Sie und das Lächeln soll mir nicht einfrieren. Immer Ihnen beiden alles Gute und [xxx] Ihnen.
Ihre Molzahn

Ihr Brief Nossack hatte Molzahn am 20. Dezember 1946 geschrieben, »dass Sie sich in den kommenden Tagen, die für Sie noch schwerer zu ertragen sein werden als für uns andere, nicht ganz verlassen zu fühlen brauchen«, und daß er ihren ersten Brief als »Verpflichtung des Schicksals« betrachte.

den 13. Jan. 47.

Lieber Herr Nossack!
Beim abendlich üblichen Kerzenschein schreibe ich diese Zeilen für Sie und in Gedanken, wie es Ihnen ergangen sein wird. Als ich gestern, zum Schneefegen gerüstet, aus dem Haus trat, schlug die Luft warme Tücher um mich. Ich war so

überrascht, dass mir die Schneeschüppe aus den Händen fiel. Denn die kälteste Nacht war Sonnabend zum Sonntag. Der Schneesturm heulte im Schornstein, wehte die Vorhänge auf, dahinter die letzten Matratzen vor der Scheibe, die ich genau bei Kälteeinbruch einmal nachts eingedrückt hatte, weil ich Kissen gegen das Fenster legen wollte. Aber die Scheibe war so spröde durch die dicken Eisblumen, dass sie brach, ich hörte das Klirren im Garten und der Mond sah zu mir herein, und die Kälte stieg herein mit 20 Grad. Ich war starr vor Entsetzen. Der einzige noch einigermassen warme Raum. Nichts konnte ich tun, als ausstopfen mit allem, was ich hatte, Matratzen, Kissen, Zeitungen, und so ist es auch heute noch, da das Eis noch lange nicht getaut ist, im Haus die Wände noch glitzern und die Spiegel gleich toten Augen dicke Eisschichten tragen. – – Aber gestern, die warme Luft! Das Schnee schüppen war ein Vergnügen. Danach Zeitungen aus Zehldf (Berlin!) geholt. Weg von Zone zu Zone. Heute eine Reise, seitdem wir einen neuen Kommandanten in Teltow haben und alle neue Ausweise haben müssen und überall Posten stehen. Nun, man ist das Leben »auf der freien Wildbahn« nachgerade gewöhnt. Ich kenne ja meine Felder und Aecker. Man pütscht sich durch. Wohne nur 5 Minuten vom Amerikanischen Sektor. Gleich hinter meinem Hause, wo die Teltowwerft mit hochgehissten Schiffsrümpfen auf ihre Auferstehung wartet, beginnt das »andere Land«. Über Zäune, Hecken, die immer rauchenden, wenn auch jetzt mit Schnee bedeckten Abfallhalden der »Amis« hinauf und über das ganze Gerümpel von leeren Büchsen, Abfällen, Papier, Schlacken hinweg und man ist auf der »richtigen Strasse«. Kaum hatte ich meinen Feldweg hinter mir, war auf dem Zehlendorfer Damm, stand ein deutscher Schupo vor mir und verlangte meinen Ausweis. Es ist schon grotesk. Man kommt sich beinahe wie ein wildes Tier vor. Zudem bin ich furchtbar ängstlich, ich zeige es nur nicht, ich muss immer dagegen angehen, mich nicht feige zu drücken, sondern die Situation so zu nehmen, wie sie nun einmal ist. Einsperren lasse ich mich nicht! Ich liebe Freiheit nun einmal überall, besonders Bewegungsfreiheit. Da nehme ich dann schon einige Strapazen auf mich. Kam auch gut heim. Sperrte alle Fenster und Türen auf und atmete, atmete! O, im Hause ist noch lange nicht alles gut. Das Wasser friert noch in der Küche. Die ganze Hausleitung ist totgestellt. Immerfort waren Handwerker da, denn einmal war es so weit, dass die Wasseruhr zum Platzen reif war. Im Keller wurde bei 6 gr unter Null der Boden abgerissen, Rohre ausgewechselt etz. Aber ich habe unten nun Wasser, direkt aus der Erde! Komme mir wie eine Nymphe vor, die nach der heimlichen Quelle hinabsteigt. Auf diese Weise stört mich das Wasserschleppen nicht so. Aber wir haben es nun wohl überstanden, Südwind. Südwind! Muschi ging heute nach draussen in den Schnee, sah sich um: soll ichs wagen? Schnupperte am Schnee und machte furchtbar steife Pfoten, als sie hinter dem Nachbarzaun verschwand.

Ich merke ordentlich, wie froh auch sie ist, obgleich sie es in ihrem dauerhaften und täglich dicker werdenden Pelz viel besser hatte als ich. Einige meiner Kleidungsstücke habe ich nun schon wieder abgelegt, so den Salzburger weit gefalteten Trachtenrock über der Skihose, dann eine Strickjacke, das Kopftuch und auch den Wollschal. Es ist nur gut, dass man über sich selber lachen kann. Jedenfalls sehe ich nun nicht mehr wie eine ins Grosse übertragene Teepuppe aus. Aber Sie? Ich habe hier manchen Tag und manchen Abend, mit oder ohne Kerze, je nachdem, wie ich sie bekam, an Sie gedacht und ob wenigstens etwas Feuer im Ofen war und etwas in den Töpfen? Jede Verbindung war ja abgeschnitten. Heute erst kamen wieder Briefe. Und wenn nach 10 Uhr abends das Licht kam, rief ich »Thalatta!«, dann begann ein bisschen Leben im warmen Schein, auch wenn es noch so kalt war. Nun, es waren die schlimmsten Wochen, die ich seit der Eroberung erlebte, das Hungern im Sommer 45 war nichts dagegen. Und die Angst um den nächsten Tag steigert sich so sehr, wenn man an die Freunde denkt und wie es ihnen ergeht und wie sie es überstehen. Man sah aus der ganzen Situation, wie unsinnig dieses aufgebauschte Leben der Civilisation ist, fehlt nur ein bisschen Koks, so ist alles verheddert, alles durcheinander. Und bei der Überorganisation wird es niemals besser werden. Diejenigen, die uns betreuen, die immer von Europa und Deutschland sprechen, wandeln durch übergeheizte Konferenzzimmer, haben grosse Debatten, aber wer tut das »Nächstliegende«, die Menschen vor Kälte zu schützen? Bis dieses Problem reif zur Verhandelung sein wird, wird wohl bei uns schon »ewiger Frühling« sein. Nein, diese Welt ist es nicht. Wir können uns nicht mehr darauf verlassen, wir müssen nur Krallen und Zähne gebrauchen und uns gegen das äussere Ungemach wehren, und den Instinkt wachhalten, der ja in jeder schwierigen Lage immer das Richtige tut. Hat man es überstanden, ist man wieder ein Stückchen gewachsen, vielleicht ein wenig härter geworden, der Seelenschmelz ist nicht mehr so zart, man trauert ein wenig über seine harten Hände und das härtere Herz. Und dann kommt wieder eine Minute, wo alles das garnichts mehr gilt. So war es heute, als ich am Nachmittag in den »Frühling« ging. Es war schon fast 6 Uhr, und noch immer war dieses selige Leuchten in der Luft. War es Schnee, war es der Südwind, war es der blaue Waldesschatten oder der grüne Streifen im Osten inmitten des dunklen Himmels, ich weiss es nicht. Aber es brachen so alle Krusten und ich sah meine Kinder, die ich in diesem wilden Kampf um das Dasein der letzten Tage fast vergessen hatte, und der Schmerz, der mit ihnen kam, taute die Tränen, die ich so schön und unbeachtet da draussen im Felde weinen konnte. Aber mit den Tränen kam doch alles wieder, die ganze Schönheit dieser verruchten Erde, dieser verruchten Welt, und es ging sich mit einem Male so leicht über den Schnee, die umgebrochene Ackerfläche. Ausgesöhnt mit dem Schicksal kam ich nach Haus in meine Einsamkeit, zündete mein Licht an und liess die Zauberschatten an den Wänden tanzen – – – – – –

»Thalatta!«, 9 Uhr und schon ist Licht. Der Hamburger Sender klimpert, ich höre ihn öfter. Wenn man viel allein ist, ist ja jedes Geräusch willkommen, und Hamburg? Es ist eben die »Sphärenverbindung«, die so wohl tut. – Dieser Tage habe ich »den Sohn« viele Male abgeschrieben, um ihn einigen mir nahestehenden Menschen zu schicken. Mein erster Eindruck und mein erstes Gefühl sind geblieben. Keine Angst, lieber Herr Nossack, wer so am Abgrund des letzten Leides, des Einfühlens spielt, den fangen immer wieder die Engel auf. Sie werden alles nachholen, was Ihnen verbrannte. Sie werden vieles und Schönes schreiben. Lassen Sie sich ruhig fallen, ich rufe schon die Engel, die Sie immer wieder auffangen. Ihnen und Ihrer lieben Frau herzlichst ihre

Ilse Molzahn

Hamburg, den 21. März 1947

Verehrte liebe Frau Molzahn! (…)

Als ich den Frühling roch, wollte ich gleich an Sie schreiben. Aber welch ein Sturm wirtschaftlicher Art ging seit dem 13. März über mein Haupt hinweg. Es war schwer, sich aufrecht zu halten. Doch ich versuche, die Sache zu meistern. (…)

Sie lieben den Winter. Ja, ich kann Sie wohl verstehen. Ich lobte im Herzen die Zerstörung Hamburgs, natürlich darf man das nicht laut tun. Ich bejahte die Zerstörung, weil es reif dazu war. Sie können mit Recht sagen, ich war zu feige, um die Entscheidung über das, was ich seit Jahren fühlte, selber zu treffen, d. h. das unechte Bürgerliche Leben über Bord zu schmeissen. Auch ist es Nihilismus, sicher, und irgendwo mit umgekehrten Vorzeichen grenzt es sogar an nazistische Einstellung. Trotzdem, was diesen Winter angeht: Ich habe seit Oktober keine anständige Zeile geschrieben. Die Kälte, die Lichtlosigkeit, die Krankenpflege, Heizungsbeschaffung, vor allem der Mangel an einem eignen Zimmer haben mich daran gehindert. Warum schreiben, könnte man sagen. Leben ist wichtiger. Gewiss. Aber wenn man das Leben nur fühlt beim Schaffen, dann ist die Sache faul. Ich habe oft wie ein Tier aufheulen mögen. Ich sitze nachts an einem Schreibtisch, nein, an einem Sekretär aus der Zeit unsres armen Bruders Kleist. Das Möbel gehört mir nicht. Manchmal möchte man in die Kniee sinken vor Qual, ich weiss nicht vor wem und vor was. Ich bin kein disziplinierter Schreiber, leider nicht. Ich muss warten, bis es so weit ist, und dann alles stehen und liegen lassen. Dadurch ist mein bürgerliches Dasein in dauernder Unordnung, und die Wartezeit ist entsetzlich. Möglich, wenn der Winter milder gewesen wäre und weniger unglücklich, dass ich auch nichts Anständiges zustande gebracht hätte. Wer kann das wissen. Möglich auch, dass all die heruntergeschluckte Not sich in irgendwelche Werte umsetzt. Hoffen wir das. Mit Leuten, die nur schreiben können, wenn sie bekennen, ist nicht viel anzufangen. Dies soll nicht eine Klage sein, sondern nur eine Darstellung. Für mich ist das ein alter abgeleierter Vers. (…)

Welch ein fürchterliches Farbband! Sie werden sicher blaue Hände von dem Brief bekommen. Aber wir sind ja Dreck gewöhnt. Der Ofen sorgt dafür. Ich muss noch ins Krankenhaus zur Bestrahlung, das ärgert mich gewaltig, ich habe weder Zeit noch Geld für die Mediziner übrig. Wenn man nur Gelegenheit hätte, irgendwo mit nacktem Oberkörper in der Sonne zu sitzen, wäre alles in wenigen Tagen gut. Ich habe mich wegen Kälte und Zeitmangel beinahe vier Wochen nicht richtig gewaschen. Kein Wunder, dass der Leib rebelliert. Doch nun genug für einen ersten Frühlingsbrief. Halten Sie weiter aus und lassen sich von Ihrem Kummer nicht umwerfen.

Herzlichst, Ihr
Hans Erich Nossack

Krankenpflege Gabriele Nossack war an einer schweren Lungen- und Rippenfellentzündung erkrankt.
Bestrahlung Molzahn antwortete darauf: »Selbst ich mit meiner ewigen Hautmassage, dem ständigen barfusslaufen im Sommer, (…) kam nicht um diese ›Hungergeschwüre‹ herum. Mit Cebion [Vitamin C-Präparat] und den ersten Hilfspaketen aus USA wurde es aber bald besser.« (6. April 1947)

1. Ostertag [6.4.1947]

Lieber Herr Nossack! Dank für Ihren Brief! (…) Ich freue mich so, dass Sie in der »Wandlung« einen Beitrag hatten. Bitte, leihen Sie ihn mir einmal, schicke es eingeschrieben zurück, ich weiss, man bekommt immer nur ein[en] Beleg. Trauern Sie nicht um die verlorene Winterzeit, Molzahn sagte immer, »die negativsten Zeiten sind die positivsten,« da arbeitet es dann, was einen nicht los lässt, nachher, dann ist es nur das Ausatmen des Heiligen Geistes. Nicht verzagen, ich glaube ganz fest an Sie! Alles, was Sie schreiben, stimmt und ist so richtig erlebt und mit all den Qualen, deshalb kommt auch Ihre Stunde! Nicht ungeduldig sein, warten und durch, Arbeiten muss man natürlich, nicht locker lassen. Bei mir springts auch nicht auf, beim ersten Schlag. Als stiege man in ein Bergwerk, erster Stollen, zweiter Stollen und immer tiefer und dann wirds leicht und man ist glücklich. Nein, ich bin auch nicht glücklich, wenn ich lebe, nur wenn ich arbeite, kommt es manchmal, ganz selten, über mich, das frei sein, das SEHEN und FÜHLEN, die Sprache aller Wesen und Dinge. Es kostet aber viel, besonders, wenn man es *sagt*. Man darf es keinem Manne sagen, der mit einem glücklich ist. Es wird nie verziehen, auch eine Frau verzeiht es nicht, es ist gleich, ob Mann oder Frau, wer *es* nicht weiss, versteht es nicht. Aber ich verstehe es, dieses »dass man das Leben nur fühlt beim Schaffen«. Das ist unsere Tragik und auch unser ganzes Glück. Es sind die Schwingen, die über alles hinwegtragen, das Wirkliche ist ein Traum, spielt sich in der Ferne ab, nah ist die eigne Wirklichkeit, die ganz unsichtbare und still kämpfende, lautlos und für sich kämpfend. Man geht nach Hause, zu sich allein. Gut das. So kommen alle Dinge wieder in Ordnung, es wird alles lächerlich, was Menschen wichtig nehmen, man nimmt sich nicht mehr wichtig, nicht mehr den Morgen oder Abend, nicht mehr das Essen oder Schlafen. Es gibt Tage, da steht auf seinem niedrigen Tisch alles, vorn die Schreibmaschine, dahinter liegt das Brot. Links von mir steht ein Hocker mit einem Elektrokocher, daneben ein Topf Wasser, Kaffee- oder Teebüchse. Und ich spinne meinen Faden, tippe, rede mit dem Papier, hantiere dann plötzlich mit dem Kocher, schneide ein Stück Brot ab, trinke was heisses, kaue das Brot, Sonne am Mittag, schiebe das Brot wieder nach hinten, tippe weiter. Die Sonne wandert, verschwindet, es wird kalt. Ich »rede weiter mit meinen Leuten«, gehe mechanisch zum Ofen, aus, natürlich, hole Asche und Koks aus dem Ofen, huste, rede weiter mit meinen Leuten, knülle Papier, stecke es an, knistere mit Holzreisig, rede weiter, Feuer brennt, wieder läuft die Maschine. Und dann gibts einen Ruck und ich schiebe die Maschine weg und lege meine Arme auf den Tisch und darauf den Kopf und bin wie nichts eingeschlafen, total fertig eingeschlafen. Wenn ich aufwache, ist es dunkel oder wie jetzt halb dunkel. Mond, stelle ich fest, Feuer wieder aus. Ist Strom da? Nein. Also, gehen wir spazieren. Da komme ich dann so langsam zu mir, »rede nicht mehr mit meinen Leuten«, sondern bedenke den kommenden Tag. Steueramt. Holzschein, Karten anmelden, Brot holen, Holzhacken, Wäsche wegbringen. Zeitungen abholen. – Ja, und dann kochen. Dann ist es glücklich 9 oder halb 10 geworden. Das nennt man allerdings keinen bürgerlichen Haushalt. Ich futtere dann für zwei (wenn ich habe), heize toll ein, wenn ich schlafe, in meiner Kautschecke liege, muss es warm sein. Die grosse Lampe ist dunkel, die kleine brennt und bescheint die Bilder der Jungen und ihre Blumen oder Zweige. Michael bekommt drei Gutenachtküsse auf das kalte Glas-Mündchen und Uriel auch, genau drei. Das ist nie ausgefallen, solange die Kinder nicht mehr bei mir sind. Früher bekamen sie die Küsse, wenn sie schon schliefen, das habe ich nie vergessen, ganz gleich, wann ich nach Hause kam, und von oder mit wem, bei den Kindern war ich immer, ehe die Nacht voll war. (…)

Gut, dass sich Ihre Frau wieder so weit erholt hat. »Töchter der Erde«, das Erfolgsbuch sozusagen, war das einzige Buch, das ich nie wieder gelesen habe, das heisst, über den ersten Teil kam ich nicht hinweg. Sehr schnell geschrieben und in einer Zeit, wo ich nicht allein lebte und sehr absorbiert wurde, hier zog das Buch und dort der Mann. Es war ausserdem ein Mann, der mir und meiner Arbeit garnicht gut bekam, ein Lebensspieler, so leicht, untragisch, warmblütig. Nur den Augenblick hiess er Leben. Alles Schreiben fiel ihm mühelos in den Schoss. Aber er bekannte nie Farbe, vielleicht hatte er keine, ich weiss es nicht. Immerhin 8 Jahre kostete mich dieses Leben, oder: weil ich auch »mal leben wollte«, geriet alles in den Strudel, Molzahn nach Amerika, und die Söhne in den unseligen Krieg. Das ist meine furchtbare [Fortsetzung am Rand:] Schuld, jetzt wissen Sie es. Und in dem Hause dieses Mannes lebe ich heute noch, sehe ihn auch hin und wieder. Eine andere Frau spielte ihn mir aus der Hand und warf ihn nach zwei Jahren mir wieder vor die Füsse. Da ging ich aber fort nach Schlesien, es waren nicht allein die Bombennächte. Ja und jetzt? »Liebe Ilse, gute Ilse! Lass es doch wieder Frühling werden.« NEIN. Aus und vorbei. Ich habe es zu teuer bezahlt, jetzt will ich nur arbeiten. [hs.:] Damit mag diese vertrauliche Epistel ihr Ende haben. Leben Sie wohl, Sie, von der geheimen Brüderschaft, es ist schon richtig, das mit dem Schaffen. Es lohnt. Sehr herzlich Ihre Ilse Molzahn

in der Wandlung einen Beitrag Hans Erich Nossack, Szenen aus dem ersten Akt des Schauspiels »Die Rotte Kain«, in: Die Wandlung 2 (1947) H. 1, S 17–29.
»Töchter der Erde« Gabriele Nossack las Molzahns 1941 erschienenen Roman.
dort der Mann Paul Fechter (1880–1958).

DURS GRÜNBEIN

KRIEGSBEUTE

Gedichte

NACH CHR.

Meine unchristlichen Vorfahren, ein Leben lang
sind sie ohne Gott ausgekommen.
Dabei geschah immer irgend etwas, womit sie
nie gerechnet hatten. Zwei Weltkriege,
der Untergang ihrer Stadt, Krankheiten oder

wie das ist, wenn man alles verliert, – die Freiheit
einem abhanden kommt, zweimal in Folge.
Wenn unchristliche Wesen (Hitler, Stalin)
die einzige Welt, in der man sich bewegen durfte,
für Millionen zur Falle machen, zur Hölle.

Sie haben es überlebt, mit viel Glück,
wenn auch ohne Bekenntnis. Verschwiegen
blieben die Stoßgebete im Luftschutzkeller,
als im Zeichen der Rache, der Gerechtigkeit
der Mensch mit der jüngsten Technik
die leeren Himmel zum Einsturz brachte.

Nie erwähnten sie (die es doch gab)
jene flüchtigen Augenblicke,
in denen die Furcht sich löste, der Alltag
aufbrach wie eine Frucht, eine spröde Frucht,
die mehr enthielt als nur Kerne, Tränen, Gram
und die Ekstasen der kleinen Leute.

ADRIAEN BROUWER, 1636

Als hätte er sich eben erst umgedreht,
um dir, eigens dir, dem Betrachter,
seinen Rauch ins Gesicht zu blasen
durch das Dunkel der Zeiten hindurch.

Als könnte kein Blinzeln den Augenblick
damals in Flandern lichten, der blaue Dunst
in der Luft sich für immer halten,
wie das Gelächter in der Spelunke,
das Poltern und Stühlerücken im Licht
eines frühen Oktober-, späten Maitages,
das von draußen hereindringt und nichts
von dem Schlachten verrät, das Europa
durchwütet, von der Pest vor den Toren,
während in fröhlicher Runde die Freunde
den Tag verbringen. Als wollte er sagen:
»So war es, mag sein, oder auch nicht«, hat dich
der Maler offenen Mundes eines Tags
im Metropolitan Museum kalt erwischt.

KAMIKAZE

Zweimal versuchten die Mongolen
Japan das ferne Inselreich zu erobern
Perlenkette aus schmalen Inseln
im Meer isoliert von Vulkanen
Erdbeben Taifunen geformt –
beide Male vergeblich
Vorausgegangen
war dem ein Friedensangebot des Kublai Khan
eine Geste vergifteter Diplomatie
auf die man verzichtete mit Respekt
was den Zorn der Großmacht entfachte

Frage: Wie kam ein Reitervolk das nichts
vom Schiffbau wußte auf die kühne Idee
übers Meer zu setzen um ein Wasservolk
Leute im Bund mit den Fischen
den Wellen dem Seetang anzugreifen?
Die Steppenwölfe Städteverwüster hier
an Kyūshūs Küste geschützten Buchten
waren sie an die Falschen geraten

Die Linien hielten und auf dem Rückzug
kam ein Sturmwind auf der Legende zufolge

ein Götterwind der ihre Flotte vernichtete
als wäre Naturgewalt die einzige Sprache
gewesen die sie nicht verstanden
niemals verstehen konnten

HELLERAU

Hellerau – »Dunkelbrau«
Samuel Beckett

Das Tor schwang auf, die beiden Sowjet-
sterne aus Messingblech wichen zurück,
gaben den Blick frei auf den hohen Tempelbau,
Zentrum der Gartensiedlung Hellerau.
Wir sahen den Appellplatz kurz, ein paar
Rekruten auf der Stelle trampeln,
dann kam der Posten auf uns zu,
Kalaschnikow im Arm, und trieb uns fort.
Oder wir hatten Glück und wurden arretiert
im Wachhaus hinterm Drehkreuz,
Gefangene für ein paar bange Filmminuten.
Wir fühlten uns dort wie die wilden Kerle,
nahe der Waffenkammer, wie in einem Fort
mitten in den Indianerterritorien, Wyoming
oder Arizona. Unseren Bewachern
war dieses Hellerau so fremd wie jeder andere
Kasernenstandort im besiegten Naziland.

HUND AUF DER AUTOBAHN

Einmal warst auch du
dieser Hund auf der Autobahn,
den der Naziphilosoph meinte,
ein Tier gegen den Strom anlaufend,
die hupende Herde aus Blech.
Erinnerst du dich, wie uns
beim Wandern in Norditalien
nur noch Fernstraßen blieben,
Fahrbahnränder, die schmalen
Streifen zwischen den Leitplanken,

wo sich der Abfall sammelt,
den der Fahrtwind verweht,
Reste von Gummi, Radkappen,
Auspuffteile. Im Vorbeirasen
den Hunden eins auszuwischen,
ließ man die Motoren aufheulen,
blitzte mit Scheinwerfern
uns, die wandernden Irrläufer, an.

KRIEGSBEUTE

Und beinah hätten sie das Kind entführt,
das Mädchen mit den schwarzen Zöpfen,
den breiten Wangenknochen, Mutter,
die aussah wie eines der ihren,
Kind sibirischer Weiten.
Hätten sie einfach mitgenommen
auf der staubigen Vorstadtstraße in Dresden,
auf ihrem Rückmarsch gen Osten,
so wie sie manches mitnahmen,
was nicht niet-und nagelfest war.
Sie saß schon auf dem Panjewagen hoch oben,
eine Prinzessin auf all dem Beutezeug,
so die Nachbarin, Mutter lief hinterher
und schrie und nahm den Russen das Kind
immer noch schreiend und schimpfend
wieder ab. Den Siegern des Weltkriegs,
kinderlieben, liedersingenden Kerlen –
sie mochten keine schreienden Frauen.

MARIA LAZAR

IM AUFTRAG VON GOEBBELS' NACHFOLGER

Zwei Essays

Zur Wiederentdeckung der politischen Schriftstellerin Maria Lazar. Eine Vorbemerkung

Im September 2022 nahm ich als Verleger eine Einladung von Maria Lazars Enkelin Kathleen Dunmore nach Nottingham an. Nach dem Tod ihrer Mutter Judith, die Anfang 2020 hochbetagt verstorben war, holte sie sich den Nachlaß ihrer geheimnisumwitterten Großmutter ins Haus, den diese kurz vor ihrem Tod 1948 in Stockholm sorgfältig vorgeordnet hatte. Er befand sich über sechs Jahrzehnte lang in zwei schwarzen Metallkisten im Wohnzimmer der Familie Dunmore in Northampton. Für Judith Dunmore war der Nachlaß ein Tabu. Zu schmerzlich war die Erinnerung an das langwierige körperliche Leiden der Mutter, an ihren Selbstmord mit dem Fön in der Badewanne. Zu schmerzlich wohl auch die Erinnerung an zwei unverheiratet gebliebene Tanten, die Ende August 1942 im weißrussischen Vernichtungslager Maly Trostinec von der Waffen-SS ermordet wurden. Die Kinder durften die Kisten niemals öffnen.

Nun aber war es soweit. Die Enkelin war bereit, den Bann zu brechen. Da es ihr verwehrt geblieben war, ihre Großmutter kennenzulernen, wollte sie ihr nun zumindest in ihren unveröffentlichten Werken begegnen. Im Auftrag des Österreichischen Rundfunks begleitete mich die Drehbuchautorin und Regisseurin Kerstin Schütze nach Nottingham, um die Sichtung des Nachlasses für den Hörfunk zu dokumentieren. Gemeinsam mit Kathleen öffneten wir die Kisten und entdeckten einen Schatz. Neben bis dahin noch völlig unbekannten und unveröffentlicht gebliebenen Romanen und längeren Prosaarbeiten, wie »Viermal ICH«, »Zwei Soldaten«, »Der Walzer im Hof« und »Det kam af sig selv« (Das kam wie von selbst) – ein Roman, der dem dänischen Widerstand gegen die NS-Besatzer im Zweiten Weltkrieg ein Denkmal setzt –, fanden sich vollendete, aber unaufgeführt gebliebene Theaterstücke, darunter »Der blinde Passagier«, »Die Hölle auf Erden«, »Die Weiber von Lynö« und »Die Liebe höret niemals auf«, mehr als 35 Kurzgeschichten, Erzählungen und Essays, zahlreiche Artikel, zwei Filmideen, ein Hörspiel sowie zehn Gedichte. Anfang 2023 ging dieser literarische Schatz als Schenkung an die Österreichische Exilbibliothek im Literaturhaus Wien – die Stadt, die Maria Lazar bis 1934 als ihre Heimat betrachtete und in der sie zur Schriftstellerin reifte – und harrt nun seiner weiteren philologischen Untersuchung und editorischen Aufbereitung.

Wer war Maria Lazar? 1895 geboren, als jüngstes Kind einer wohlhabenden jüdisch-assimilierten Wiener Familie – der Vater war ein hoher Beamter bei den österreichischen Eisenbahnen –, besuchte sie die Schwarzwaldschule am Franziskanerplatz im Ersten Bezirk. Die reformpädagogische Einrichtung der Salonniere Eugenie Schwarzwald galt damals als eine der fortschrittlichsten Mädchenschulen Europas. Hier unterrichteten so bedeutende Zeitgenossen wie Adolf Loos, Arnold Schönberg und Oskar Kokoschka. Letzterer verewigte die junge Lazar 1916 in seinem Ölgemälde »Dame mit Papagei«.

In Schwarzwalds Salon in der Josefstadt kam die hochbegabte junge Dichterin in Kontakt mit weiteren prominenten Figuren der österreichischen Kulturszene, darunter Jakob Wassermann, Egon Friedell, Robert Musil, Peter Altenberg, Hermann Broch und Elias Canetti. Für diesen organisierte Lazar 1933 kurz vor ihrer Auswanderung nach Dänemark eine Lesung aus seinem Stück »Die Hochzeit«, die in ihrer Wohnung stattfand und der beispielsweise Broch und der Verleger Ernst Fischer beiwohnten. Nach der Matura studierte sie an der Universität Wien Geschichte und Philosophie und arbeitete zeitweise als Lehrerin an den Schwarzwaldschulen im Ersten Bezirk und am Semmering. 1920 debütierte sie mit ihrem expressionistischen Schlüsselroman »Die Vergiftung« im kleinen Wiener Verlag E. P. Tal. Ein Jahr später gelangte ihr im Münchner Drei Masken Verlag erschienener Einakter »Der Henker« zur Uraufführung. Alfred Polgar besprach ihn ausführlich – teils tadelnd, teils lobend – in der »Weltbühne«.
Ihre journalistische Karriere begann 1922 bei der renommierten Wiener Zeitung »Der Tag«, für die auch Polgar, Musil, Béla Balázs und Joseph Roth Beiträge lieferten. Bis 1933 sind mehr als hundert veröffentlichte Feuilletons, tagespolitische Interventionen und Kritiken Lazars für das dezidiert linksliberale Blatt dokumentiert. Sie erarbeitet sich schnell den Ruf einer weitsichtigen und scharfzüngigen Publizistin. 1923 heiratet sie den Journalisten Friedrich Strindberg, den Sohn Frank Wedekinds und Frida Uhls. Obwohl die Ehe nicht lange hält, verschafft sie Lazar die schwedische Staatsbürgerschaft, die sie nach ihrer Flucht vor der heranrückenden deutschen Wehrmacht nach Schweden im Jahr 1939 vor der Ausweisung schützt und ihr damit als Jüdin im Zweiten Weltkrieg vermutlich das Leben rettet.
Im Juni 1933 finden Lazar und ihre kleine Tochter Judith mit Bertolt Brecht und ihrer Jugendfreundin Helene Weigel Unterschlupf bei der Schriftstellerin Karin Michaelis auf der dänischen Insel Thurø. Für renommierte Verlage wie S. Fischer und Kiepenheuer überträgt sie zahlreiche Romane aus dem Englischen, Dänischen und Schwedischen ins Deutsche. So stammt die erste deutsche Übersetzung von F. Scott Fitzgeralds »Der große Gatsby« von Maria Lazar. Fortan schreibt sie einen Großteil ihres Œuvres für die Schublade. Die Jahre in Dänemark – bis 1935 bleibt sie auf Thurø, dann übersiedelt sie mit ihrer Tochter nach Kopenhagen – zählen für Lazar im Rückblick zu den schönsten und produktivsten Jahren ihres Lebens. Dennoch können ihre zeitkritischen Romane und Theaterstücke – trotz vielerlei Bemühungen – in Österreich, Deutschland und der Schweiz nicht mehr erscheinen. Zum einen aufgrund ihrer politischen Implikationen und ihres unverhohlen oppositionell-subversiven Gehalts. Zum anderen, weil die antisemitische nationalsozialistische Kulturpolitik den deutschsprachigen Raum schon ab 1930 infiltriert und mitprägt und seit der »Machtergreifung« 1933 die weitere publizistische Entfaltung von Juden in Deutschland durch repressive Verordnungen zu unterbinden versteht.
In Dänemark schreibt sie unter anderem »Die Eingeborenen von Maria Blut« (ein Kapitel daraus wird 1937 in der berühmten Moskauer Exilzeitschrift »Das Wort« abgedruckt) und verwahrt einen Teil der Berliner Bibliothek Walter Benjamins vor dem nationalsozialistischen Zugriff. Als der Zweite Weltkrieg beginnt und Dänemark nicht mehr sicher ist, emigriert sie mit ihrer Tochter von Kopenhagen nach Stockholm und prägt in den folgenden Jahren die dortige Exilantenszene entscheidend mit. Nach langwieriger, erfolglos therapierter Krankheit (Morbus Cushing), verbittert und enttäuscht, daß ihrem literarischen Schaffen kein Erfolg beschieden war, scheidet sie 1948 freiwillig aus dem Leben.

Gleich vielen anderen im Dritten Reich verleugneten und verfolgten österreichischen Schriftstellerinnen – wie Hermynia Zur Mühlen, Anna Gmeyner, Else Feldmann, Mela Hartwig, Grete Hartwig-Manschinger oder Marta Karlweis – war Maria Lazar bis vor wenigen Jahren gänzlich vergessen. Ihr Name fehlte in allen einschlägigen Literaturgeschichten und Fachlexika. Eine Internetrecherche ergab so gut wie nichts. Und bis auf »Die Eingeborenen von Maria Blut«, ihren hellsichtigen, 1935 verfaßten Roman über das Heranreifen des Nationalsozialismus in der österreichischen Provinz, der durch die Bemühungen ihrer Schwester Auguste Lazar 1958 postum in der DDR erscheinen konnte, waren keine Ausgaben ihrer literarischen Werke verfügbar.

»Die Vergiftung« war nur noch in der Österreichischen Nationalbibliothek einsehbar – in einem Exemplar ohne Buchdeckel. Als ich dieses kämpferische Erstlingswerk zum ersten Mal las, war ich tief beeindruckt. In einer solch unbarmherzigen, zersetzenden Sprache hatte noch niemand die Doppelmoral des Wiener Großbürgertums vor dem Untergang Habsburgs an den Pranger gestellt. Selbst die vernichtende Gesellschafts- und Klassenkritik des großen Karl Kraus nahm sich dagegen beinahe versöhnlich aus. Bei aller Bösartigkeit seiner pointierten Verrisse und Raunzereien bleibt Kraus doch zu sehr den Konventionen des konservativen Bürgertums verhaftet, um an jenem einen echten Mord zu statuieren. Die junge Lazar hingegen trampelt noch mit Freude, in sprachlich überwältigender Weltzersplitterungsmanie, auf den Leichnamen der von ihr literarisch gemeuchelten Lauen und Bigotten herum, eines Typus, den sie in späteren Jahren als Vorläufer des willfährigen Erfüllungsgehilfen der braunen Massenbewegung identifiziert. Sprachlich noch kompromißloser als Kraus, treibt Lazar das Expressionistisch-Sezierende ihres Röntgenblicks, der unter der sauberen zivilisatorischen Fassade des Bürgerlichen das Abgründige des Triebhaft-Archaischen verortet, immer wieder auf die Spitze: »Heute drang das Licht blendend durch Steine und die erstarrte Haut ihres Leibes. Von den Blättern troff es, grell und heiß, und duftete nach dem Blut aller, die auf der Straße gingen. Das Blau war zu tief, zusammengedichtet aus trotzigen Kräften.« So heißt es in der »Vergiftung«, über deren vermeintlich »penetranten Weibsgeruch« sich Thomas Mann kurz nach Erscheinen des Buchs in seinem larmoyanten Tagebuch mokierte, während Robert Musil den »rücksichtslos unbefangenen Blick« und die »behende Kraft im Figuralen« hervorhob. Von einer solchen Begabung dürfe noch einiges zu erwarten sein. Damit behielt er zweifellos recht. Ihr episches und dramatisches Werk ist ein Vermächtnis künstlerischer Unbeugsamkeit.

Mit der Neuausgabe von »Die Vergiftung« und »Die Eingeborenen von Maria Blut« in meinem neugegründeten Verlag begann 2015 die abenteuerliche Wiederentdeckung von Maria Lazar. Der Verlag Das vergessene Buch hatte es sich auf die Fahnen geschrieben, zu Unrecht vergessene Autorinnen der ersten Hälfte des 20. Jahrhunderts dem Orkus zu entreißen.

Im Dezember 2019 feierte der Einakter »Der Henker« nach fast hundert Jahren am Wiener Akademietheater seine neuerliche Premiere und läutete damit die Wiederentdekkung der Dramatikerin Maria Lazar ein. Es folgte die Dramatisierung der »Eingeborenen von Maria Blut« am Wiener Burgtheater. In der Bühnenfassung von Alexander Kerlin und unter der Regie von Lucia Bihler wurde das Stück als eine der bemerkenswertesten Inszenierungen des deutschsprachigen Raums im Januar 2023 zum Berliner Theatertreffen eingeladen. Das Erdbeben, das Lazar 1935 im dänischen Exil vorausahnte, hat sein

Epizentrum nicht in der Großstadt, sondern in der katholischen Provinz. In den Fabriken, am Marktplatz, beim Kaffeekränzchen und beim Friseur beginnt die tektonische Plattenverschiebung, die unweigerlich zum Zivilisationsbruch führt, wenn der Typus des verbitterten kleinen Mannes sich anmaßt, die Bühne der großen Welt zu betreten.
Ein weiteres Stück, »Der Nebel von Dybern«, das sich um einen katastrophalen Unfall in einer belgischen Giftgasfabrik dreht, gelangte 1933 in Stettin, Kopenhagen und London zur Aufführung, geriet aber bald wieder in Vergessenheit. Das änderte sich im Herbst 2023, als das Wiener Theater Nestroyhof Hamakom es wieder auf den Spielplan setzte. Im Februar 2024 wurde es am Schauspielhaus Graz inszeniert, wo nun auch Lazars seinerzeit ungespielt und unveröffentlicht gebliebenes satirisches Drama »Die Hölle auf Erden« auf die Bühne kam. Dieses hatte im Herbst 2024 am Tiroler Landestheater seine Uraufführung. In den letzten Tagen der Menschheit ist der liebe Gott in Pension gegangen und schickt daher Petrus, begleitet von zwei lausbübischen Engeln, auf die Erde, um zu retten, was noch zu retten ist. Am Ende ist es allerdings der Teufel, der den nächsten Weltkrieg verhindert und dafür den Friedensnobelpreis bekommt. Als nächstes steht die Uraufführung von Lazars wohl reifstem und dramaturgisch ambitioniertestem Stück »Der blinde Passagier« am Schauspielhaus Düsseldorf an: Ein deutscher Jude versteckt sich auf der Flucht vor der Gestapo im Frachtraum eines dänischen Paketboots. Nach seiner Entdekkung entspinnt sich unter der Besatzung eine Debatte über Gehorsam und Verrat, Zivilcourage, Verantwortung und notwendige Gleichgültigkeit im Angesicht der Katastrophe.
Über Markus Oezelt, einen Großneffen Lazars, gelang es mir Anfang 2020, das lange verschollen geglaubte deutsche Originaltyposkript ihres Weltwirtschaftskrisenthrillers »Leben verboten!« zu sichten. Es wurde bald darauf unter großem medialem Zuspruch veröffentlicht. Als antifaschistische Tendenzschrift konnte das Werk 1934 nur in einer gekürzten englischen Ausgabe in London erscheinen. In diesem spannungsgeladenen Roman, der zwischen 1930 und 1932 in Wien entstand, führt Lazar uns in atemloser Schnittechnik die alptraumhaft unwirklichen Jahre vor der »Machtergreifung« der Nationalsozialisten in Deutschland vor Augen. Anhand eines Mannes ohne Eigenschaften, des jüdischen Bankiers Ernst von Ufermann, der nach einem Flugzeugabsturz eine neue Identität annimmt, um im Auftrag einer nationalsozialistischen Revolutionärsbande ein ominöses Paket von Berlin nach Wien zu schmuggeln, zeigt Lazar, wie leicht der einzelne zum Spielball von Kräften werden kann, deren zerstörerisches Potential man erst erkennt, wenn es zu spät ist.
Auch Lazars zweiter Roman »Viermal ICH«, Ende der zwanziger Jahre in Wien geschrieben, konnte nach dem großen Börsenkrach und dem Heraufziehen des Nationalsozialismus nicht mehr erscheinen – und das, obwohl Politisches darin weitgehend ausgespart blieb. 1929 bot sie das Typoskript einigen Schweizer Verlagen sowie dem Wiener Paul Zsolnay Verlag vergebens an. Für ihren nächsten Roman »Veritas verhext die Stadt« griff sie daher zu einer List. Sie legte das Buch unter dem skandinavisch klingenden Pseudonym Esther Grenen vor und gab sich als Übersetzerin einer unbekannten, aber in ihren Augen vielversprechenden dänischen Autorin aus. Die abenteuerliche Volte gelang: Der Kiepenheuer Verlag brachte den Roman zwar nicht in Buchform, dafür erschien das Werk aber rasch in Lizenz als Fortsetzungsroman, nämlich Anfang 1930 im »Berliner Tageblatt« und ab November 1931 in der bekannten Wiener Illustrierten »Der Kukkuck«, und das mit großem Erfolg beim Publikum. Von da an verstummte die Schrift-

stellerin Maria Lazar, während Esther Grenen ein überaus produktives Eigenleben zu führen begann.
»Viermal ICH« war der letzte Roman, den sie unter ihrem Klarnamen verfaßte. Das betroffen machende und unterhaltsame literarische Schelmenstück handelt von vier ungleichen Freundinnen, die in den Krisenjahren vor und nach Ende des Ersten Weltkriegs zur Schule gehen, gemeinsam aufwachsen und eine Reihe einschneidender Erfahrungen machen. Ihr Alltag, ihre erotischen Abenteuer und Verstrickungen, ihre Sehnsüchte und ihre Anmaßungen werden von der namenlosen Ich-Erzählerin in Form einer zunehmend manische Züge offenbarenden »Lebensbeichte« zu Protokoll gebracht. Den Roman, der Lazar als psychoanalytisch versierte Souffleuse weiblicher Selbstermächtigung ausweist, stellten wir zum 75. Todestag der Autorin am 30. März 2023 im Literaturhaus Wien vor. Mittlerweile gibt es eine Taschenbuchausgabe bei btb. Eine englische Ausgabe bei Seagull Books und eine italienische bei Adelphi sind in Vorbereitung.
Ende 2023 erschienen unter dem Titel »An meinen unbekannten Leser« erstmals Lazars Gedichte und zeitgleich auch ihr episches Kammerspiel »Zwei Soldaten«. Darin treibt sie die Kunst des Inneren Monologs literarisch virtuos auf die Spitze. Vor karger Wüstenlandschaft und in dunkler Nacht exponiert sie eine Parabel über Schuld, Unschuld und ideologische Verführung. Ein britischer Kampfpilot und ein deutscher SS-Sturmmann liegen sich schwerstverwundet im Niemandsland gegenüber. Während der Brite in seiner letzten Stunde durchaus offen zu sein scheint für die Möglichkeit einer Versöhnung über ideologische Gräben hinweg, bleibt der deutsche Hauptjungzugführer unversöhnlich und feindselig. Im April 2025 erschien zuletzt unter dem Titel »Gedankenstrahlen« eine größere Auswahl aus Maria Lazars Erzählungen der späten dreißiger und frühen vierziger Jahre.

Während ihrer Jahre in Schweden schrieb Lazar unter dem Eindruck des eskalierenden Weltkriegs und des sich abzeichnenden Holocaust vor allem politische Artikel, hauptsächlich für die Zeitschriften des Landes, aber auch für die freiheitliche, als Hort des Exils fungierende Basler »National-Zeitung«, in der sie in den späten dreißiger Jahren auch immer wieder Kurzgeschichten und Erzählungen publizierte. Unter ihren Artikeln sind bedeutende politische Analysen, in denen sie unter anderem die Genese des Nationalsozialismus und die spezifische Rolle Österreichs behandelt. Die Typoskripte, die verschiedene Korrekturstufen sowie handschriftliche Überarbeitungen aufweisen, befinden sich im Nachlaß der Autorin in der Österreichischen Exilbibliothek im Literaturhaus Wien. Die meisten dieser politischen Artikel wurden in den vierziger Jahren verfaßt und sind bislang unveröffentlicht geblieben. Eine genaue Datierung ist oftmals nicht mehr möglich.
Neben den hier erstmals abgedruckten Essays »Aber das ist ja Propaganda ...« und »Im Auftrag von Goebbels' Nachfolger«, die vermutlich kurz vor Ende des Zweiten Weltkriegs entstanden sind, verdienen vor allem folgende Artikel besonders hervorgehoben zu werden: »Streichen, streichen, streichen, alles streichen ...« erschien Ende 1940 in der »National-Zeitung« und setzt sich am Beispiel Franz Grillparzers mit den Zensurbedingungen im Österreich der Ära Metternich auseinander. In dem auf Deutsch noch unveröffentlichten Essay »Josef Smith, einer der Propheten, die eben heute nicht vergessen werden sollen« über den Aufstieg des Gründungsvaters der Mormonen und die frühen machtpolitischen Ambitionen der Sekte, zieht Lazar Parallelen zum Aufstieg Hitlers und zur Psychologie seiner Anhänger. Und in ihrem kurz nach Kriegsende 1945

in der schwedischen Zeitschrift »Samtid och Framtid« publizierten Aufsatz »Made in Austria« (der deutsche Originaltext erschien 2024 im Anhang der dritten Auflage von »Die Eingeborenen von Maria Blut«) stellt sie mit geschliffener Rhetorik den spezifisch österreichischen Beitrag zum Nationalsozialismus heraus: »Hitler ist kein Zufall (no accident), sagte Anthony Eden. Es ist auch kein Zufall, daß Hitler ein Österreicher ist, es ist kein Zufall, daß ein kleiner Mann aus einem kleinen österreichischen Provinznest kommen mußte, um zum Führer des großen deutschen Nationalsozialismus zu werden. In der Geschichte gibt es kaum einen Zufall. Weshalb man sie nicht aufmerksam genug studieren kann.« Um das Sterben liberaler Demokratien und die Geburt faschistischer Diktaturen frühzeitig zu erkennen und daraus individuelle Handlungsoptionen abzuleiten, lohnt es sich heute mehr denn je, das politische Werk Maria Lazars zu studieren.

Albert C. Eibl

ABER DAS IST JA PROPAGANDA …

Wir standen vor einem Kino, betrachteten die Plakate. – Es soll ein guter Film sein, sagte ich. – Ja, sagte mein Begleiter, ein intelligenter, junger Mann, es soll sogar ein ausgezeichneter Film sein. Aber das ist ja Propaganda!
– Nun, und was haben Sie dagegen einzuwenden?
Er hatte viel dagegen einzuwenden: Propaganda hat vor allem einmal nichts mit Kunst zu tun, kann gar nichts mit Kunst zu tun haben, denn alle Kunst muß objektiv sein. Zum Wesen der Propaganda jedoch gehört es, niemals objektiv zu sein, im Gegenteil, alles nur von einer Seite aus zu betrachten und zu schildern, zu lügen, möglichst viel und möglichst dick, den Gegner ins Unrecht zu setzen auf jeden Fall, zu prahlen, zu blenden, zu übertreiben. –
Ich unterbrach meinen Begleiter: – Sagen Sie einmal, das alles haben Sie wohl bei Doktor Goebbels gelernt? Da war er sehr beleidigt, so wie alle Leute, die man darauf aufmerksam macht, daß sie von nazistischen Gedankengängen infiziert sind.

Es ist der nazistischen Propaganda nämlich nebst vielen anderen gelungen, alles, was Propaganda ist und sein soll, so zu diskreditieren, daß jeder Versuch, sich für etwas einzusetzen, und mag es auch die beste Sache der Welt sein, schon an sich verdächtig wirkt. Aber das ist ja Propaganda! Die weisen Männer des Vatikans, die während des Concils von Trento Ende des 16. Jahrhunderts die Institution der *Propaganda fide* ins Leben riefen, würden erstaunt die Köpfe schütteln, wenn sie wüßten, was man aus ihrem Begriff gemacht hat. Sie waren nämlich die ersten, die diesen Begriff schufen. *Propaganda fide*, Propaganda des Glaubens – das bedeutete wörtlich Betätigung für ihren Glauben und außerdem vielleicht auch Werbung, sogar Kampf für ihren Glauben. Soll das an sich schon etwas Verdächtiges, Niedriges, etwas nicht ganz Sauberes sein?

Denn solchen Beigeschmack hat das Wort Propaganda bekommen. Dank Goebbels und einigen seiner Landsleute. Obwohl es seit vielen Jahrhunderten weiß Gott nicht die schlechtesten Leute waren, die für das einzutreten versuchten, was sie für das Richtige hielten. In Wort und Schrift. Aber es klänge heutzutage wohl blasphemisch, wenn man die Apostel als die ersten Propagandisten der Lehre Jesu bezeichnen wollte, mit Paulus als Propagandaminister. Sie waren Prediger, Verkünder. Und Sokrates, der in den Straßen Athens herumging, um seine Propaganda für *kalos kagathos* zu machen, für das Schöne und für das Gute – er war ein Philosoph. Und die großen Vorläufer der französischen Revolution, die da ganz schamlos und unverhohlen ihre Propaganda für die Menschenrechte betrieben, die Enzyklopädisten – sie wären nicht weniger erstaunt gewesen als die Vorläufer der katholischen Kirche des Tridentiner Concils, wenn man alles, was sie zu sagen hatten, von vornherein mit dem Satz abgetan hätte: aber das ist ja Propaganda!

Ein gefährlicher Satz. Denn er hat sich so weit in das allgemeine Bewußtsein eingefressen, daß er oft auch ganz vernünftige und anständige Leute davon abzuhalten vermag, sich rückhaltlos, energisch und tapfer für das einzusetzen, was sie für das Richtige halten. Und was ja schließlich auch das Richtige sein könnte.

Die Deutschen waren es, die nach dem ersten Weltkrieg für Technik und Bedeutung der Propaganda die größte Propaganda entfalten. Als sie nämlich die Legende vom Dolchstoß erfanden und zu beweisen versuchten, daß der Zusammenbruch 1918 nur auf den Verrat im Hinterland zurückzuführen sei, erklärten sie, dieser Verrat sei nur möglich gewesen dank der Meisterleistungen der englischen Kriegspropaganda. Sie schilderten dabei mit neiderfüllter Bewunderung, wie die Engländer die schändlichsten Greuelmärchen aus den okkupierten Gebieten erfunden hätten, um damit die ganze Welt gegen Deutschland aufzuwiegeln, während der deutsche Soldat durch wahre Regengüsse von Flugzetteln in seinem Vertrauen zur Heeresleitung erschüttert wurde. Methoden, denen die Deutschen, harmlos und rechtschaffen, wie sie nun einmal von Natur aus sind, hilflos ausgeliefert gewesen seien. So steht es zu lesen in einer ganzen Literatur, die sich im Deutschland der Nachkriegsjahre ergeben hat. Am wichtigsten davon ist wohl das Kapitel über Kriegspropaganda in Hitlers »Mein Kampf«. »Nach viereinhalb Jahren«, schreibt er dort, »brach in Deutschland eine Revolution aus, deren Schlagworte der feindlichen Kriegspropaganda entstammten.«

Dieses Kapitel über Kriegspropaganda unterscheidet sich übrigens in Stil und Aufbau so sehr von den übrigen Kapiteln des Buches, daß die Vermutung ausgesprochen wurde, es sei gar nicht von Hitler selbst oder zumindest nicht von ihm allein geschrieben worden. Jedenfalls ist es das beste Kapitel und verdient Beachtung.

Schon allein deshalb, weil man nicht vergessen darf, daß »Mein Kampf« ja zur Bibel des deutschen Bürgers ernannt wurde. Wie nun dieser deutsche Bürger gläubig den Inhalt einer Bibel schluckt, in der schwarz auf weiß geschrieben steht, daß es nur eine Methode gibt, mit ihm umzugehen: ihn zu belügen, zu belügen und noch einmal zu belügen, ist allein schon ein nicht uninteressantes Problem.

Ob es nun wirklich gerade die Waffen der Propaganda waren, die die Engländer im letzten Weltkrieg siegen ließen, bleibe dahingestellt. Sicher aber ist es eine starke Übertreibung, Propaganda als ein Patent neueren Datums zu bezeichnen. Propaganda, und zwar eben jene Propaganda, für die heute so viel Propaganda gemacht wird, nennen wir sie die diktatorisch-faschistische Propaganda, gab es seit jeher in allen Ländern, in allen Winkeln des Erdballs. Ihre Meister waren die Medizinmänner primitiver Völkerschaften und die Propheten schwärmerischer Sekten. Modern an ihnen sind bloß ihre Hilfsmittel, die Kamera, das Megaphon, so wie die cynische Verwertung psychologischer Erkenntnisse.

Höchst unmodern ist ihr Objekt: der Massenmensch, man könnte auch sagen, das menschliche Herdentier. Es gehört den Urzeiten an. Sein Zustand erinnert, wie Gustave Le Bon, der Begründer der Massenpsychologie, sich ausdrückt, »im höchsten Grade an den jener Lebewesen, die auf einer niedrigeren Kulturstufe stehen, nämlich der Frauen, der Wilden und der Kinder«. Er ist kein Individuum, sondern bloß der Bestandteil eines Kollektivs, hemmungslos ausgeliefert seinen Instinkten, an die nun hemmungslos appelliert wird. Mit den ältesten Zaubermitteln: man betäubt durch endlose Wiederholungen, man blendet durch Licht und Farbeneffekte, man berauscht durch sinnloses Geschrei. Eine meisterhafte Schilderung solcher Technik gibt Ignazio Silone in seinem Roman »Brot und Wein«, wo eine Massenversammlung eines italienischen Dorfes stattfindet und der verzückte Anruf an den Führer »du-ce, du-ce, du-ce« in ein solches Geheul entartet, daß man plötzlich nichts anderes mehr hört als »ce-du, ce-du, ce-du«.

Es gehört nämlich zum Wesen der diktatorischen Propaganda, daß sie alles vermeidet, was zum Denken führen könnte, daß sie sich, um einen Begriff des französischen Psychologen Lévy-Bruhl anzuführen, ausschließlich an eine prälogische Mentalität wendet. Und das mit Erfolg. Denn es ist ja allgemein bekannt, daß in jedem, auch im gebildetsten Kulturmenschen noch ein mehr oder minder großes Stück vom Urmenschen steckt. Mit ihrem fürchterlichen Organisationsvermögen, mit ihrer grauenhaften Tüchtigkeit gelang es den Deutschen, ein System der Propaganda zu schaffen, das diesen Urmenschen auszuwerten versteht. Mit ihrer verheerenden Gründlichkeit bedienten sie sich dabei der höchsten und feinsten Erkenntnisse moderner Wissenschaft von Le Bon bis Freud, um so eine der bösartigsten Waffen ihrer Rüstungsindustrie zu schmieden. Mit Erfolg. Mit großem Erfolg sogar.

Erfolg blendet immer, auch die gescheitesten Leute. Der Erfolg, den die Goebbels-Propaganda bei – wir wollen nicht gleich behaupten achtzig Millionen Deutschen, aber immerhin schon recht vielen Millionen Deutschen gehabt hat – führte dazu, daß man überhaupt keine andere Propaganda kennen will als diese teuflische Propaganda. Ja, daß man, um ein altes Wort zu verwenden, den Teufel mit Beelzebub austreiben möchte, indem man sich ihrer Methoden zu bedienen sucht. Zu ganz anderen Zwecken als sie selbst.

Der Zweck heiligt die Mittel, heißt es. Mag sein. Aber nicht jedes Mittel taugt zu jedem Zweck. Durch Lügen, mögen sie auch noch so oft und eindringlich wiederholt werden, wird es schwer sein, eine Wahrheit zu beweisen. Und das helle Licht der Vernunft wird bei dunklen Instinkten nicht viel auszurichten vermögen. Wer sich an den kollektiven Urmenschen wendet, wird wenig Aussichten haben, den individuellen Kulturmenschen zu überzeugen. Auch dürfte es nicht eben angebracht sein, seine Zuhörer als entmündigte Sklaven zu behandeln, wenn man sie zum Kampf für ihre Freiheit begeistern will.

Dies sind keineswegs nur theoretische Erörterungen. Man versuche doch einmal, einige der klassisch klaren und edlen Sätze aus Kants »Zum ewigen Frieden« im Tonfall und mit der Geste eines kriegshetzerischen Waffenführers vorzutragen. Oder, was noch einfacher ist, man versuche, eine von pöbelhaftem Pathos angeschwollene Radiorede des Führers aller Deutschen schlicht und einfach damit einzuleiten: Meine Damen und Herren – Herr Hitler! Die Deutschen wären schwer enttäuscht. Man versuche, eine Radiorede Mr. Churchills mit bombastischen Heilrufen und einer liebedienerischen Ansprache des Lordsiegelbewahrers einzuleiten. Den Engländern würde sich der Magen umdrehen. Da könnte man ebensogut Hitler Churchills dicke Zigarre in den Mund stecken oder Stalins Schnauzbart in ein Hitlerbärtchen umrasieren. Die einzigen Leute, die ähnliches für ihre Propaganda versuchen, indem sie ihre religiösen Lieder auf triviale Straßenmusik abstimmten, sind die Angehörigen der Heilsarmee, aber sie wenden sich damit doch immer an ein recht kleines und einfaches Publikum und erzielen häufig eine eher komische Wirkung.

Abgesehen aber von solchen verspielten Experimenten gibt es sehr ernste Beweise dafür, daß sich die Methoden der erfolgreichen nazistischen Propaganda nicht für alle Zwecke und nicht für alle Menschen eignen: es sind dies die schlagenden Mißerfolge dieser Propaganda in den okkupierten Gebieten. Denn wenn auch in jedem Menschen von heute noch ein Stück Urmensch steckt, wie es die Psychologie der Massen und die Psychologie des Individuums darlegen, so ist es nicht bei jedem ein gleich großes Stück. Und die Massen, die ja doch wieder aus Individuen zusammengesetzt sind, reagieren bei verschiedenen Völkern verschieden. Das kulturelle Niveau dieser Völker hängt aber davon ab, wie viele Atavismen der Urzeit noch im einzelnen, und zwar im einzelnen Durchschnittsmenschen vorhanden sind und wieweit sie ihn zu beherrschen vermögen. Die letzten Jahre haben bewiesen, daß es immerhin doch so etwas wie denkende Völker gibt, die den Zaubermitteln prälogischer Vergangenheit und ihren Medizinmännern widerstehen können. Und so erklären sich die bitteren Erfahrungen der deutschen Propaganda im Ausland, auch schon lange vor dem Krieg. Was einem Deutschen mächtig imponiert, wird einem Franzosen oft geschmacklos erscheinen, einem Dänen einfach lächerlich.

So soll man also auf Propaganda verzichten, da es sich herausgestellt hat, daß die nazistische Propaganda doch nicht überall einschlägt und man ihre Methoden nicht für andere als ihre eigenen Zwecke verwenden kann?

Um Gottes willen, nein! Auf Propaganda verzichten, hieße auf eine der wichtigsten Waffen des Krieges und auf eine der wichtigsten Waffen des künftigen Friedens verzichten. Dieser Frieden wird seine Waffen haben müssen. Man redet jetzt so viel von Erziehung, Umerziehung nach dem Kriege. Wie soll eine solche Erziehung – das Wort hat leider einen nicht ganz angenehmen gouvernantenhaften Beigeschmack – möglich sein ohne Propaganda? Völker werden nämlich noch weniger als Schulkinder vom Katheder aus erzogen. Aber diese Propaganda wird eine neue Propaganda sein müssen im guten Sinn der alten *Propaganda fide,* der Propaganda für den Glauben, und zwar diesmal für den Glauben an die Demokratie.

Sieht man erst einmal ab von dem snobistischen Vorurteil, daß es nicht »fein« ist, Propaganda zu treiben, so werden sich vielleicht auch entsprechend feine Leute für eine demokratische Propaganda finden. Denn solche braucht sie. Sie wird nämlich eine teure Propaganda werden, die Verstand kostet, ja sogar Raffinement, im Gegensatz zur diktatorischen Propaganda, deren Mittel trotz aller bombastischen Aufmachung doch billig sind. So wie jede Kunst und jedes Handwerk wird sie ihre eigene Technik entwickeln müssen, eine Technik der Rede, die kein Monolog bleiben darf, eine Technik der Dialoge, die nicht zu Reden entarten dürfen, eine Technik der Versammlungen, die jeden zu Wort und zu Gedanken kommen läßt. Obwohl sie auf Knalleffekte verzichten muß, darf sie niemals langweilig werden. Dem alten Zaubermittel betäubender Wiederholung wird sie ein neues entgegensetzen, das Zaubermittel belebender Spannung. Und sie muß darauf gefaßt sein, auch im eigenen Lager von vornherein mit einem ungeheuren Widerstand zu rechnen: dem Widerstand aller Dummköpfe.

Dann vielleicht wird ein intelligenter junger Mann, wenn er an einem Kino mit einem ausgezeichneten Propagandafilm vorbeigeht, nicht mehr sagen: – aber das ist ja Propaganda, sondern: – da gehen wir hinein, das schauen wir uns an!

Ein propagandistisches Problem für sich bleibt es allerdings, ob man ein nun einmal discreditiertes Wort wieder zu Ehren bringen kann. Leicht ist das jedenfalls nicht. Und es ist ganz amüsant zu beobachten, wie man dieses Wort jetzt zu umgehen versucht. So sagt man gerne Information. Das klingt feiner, aber auch bedeutend langweiliger. Wie wäre es mit Aufklärung? Das ist ein schönes altes Wort aus dem 18. Jahrhundert, das einen neuen Wert bekommen könnte, wenn man es einem der neuesten Worte entgegenstellt: dem Worte Verdunkelung, welches zu bilden dem 20. Jahrhundert vorbehalten blieb.

IM AUFTRAG VON GOEBBELS' NACHFOLGER

In aufgeregten Zeiten schießen gleich Pilzen neue Mythen hervor: Sie nähren neue Hoffnungen und neue Wünsche. Ihre Begriffe sind vage wie bei den ältesten Mythen, sie halten keiner Logik stand. Eben deshalb werden sie von nur allzu vielen dankbar aufgenommen und weitergegeben. So dienen sie jetzt einer neuen Propaganda, die recht gefährlich werden kann, um so mehr als die Leute, die sie verbreiten, für gewöhnlich nette Leute sind, wohlmeinende Leute, Leute, die den Frieden lieben und alle Völker versöhnen wollen. Möglichst bald.

Wer ist nicht schon einem von diesen Leuten begegnet! Man darf sich nicht von Haß verblenden lassen, sagen sie, es gilt vor allem objektiv zu bleiben, die aufgeregten Gemüter zu besänftigen, und man muß alles von einem anderen Standpunkt aus betrachten.
– Von was für einem Standpunkt aus?
– Von einem anderen Standpunkt aus. Eben hier in Schweden soll man Verständnis suchen für das deutsche Volk. Die Schweden haben ja den Krieg selbst nicht erlebt, sie haben nicht mitgemacht, was andere Länder leiden mußten –
– Da sollte man doch denken, daß eben die Schweden das richtige Verständnis schwerlich haben können. Es wäre viel von ihrer Phantasie verlangt.
– Im Gegenteil. Die Schweden werden die ersten sein, die erkennen, daß man ein ganzes Volk nicht zur Verantwortung ziehen kann, daß

das deutsche Volk unschuldig ist an den Schandtaten seiner Regierung,

daß es sozusagen als erstes Volk der Welt von dieser okkupiert wurde. Nun heißt es, ihm zu helfen, diese Gangsterbande endlich los zu werden. Es wartet nur darauf.
– Und warum half es sich nicht selbst?
– Sie sehen das von einem falschen Standpunkt aus. Das Volk ist vergewaltigt worden. Zu seiner Ehre sei gesagt: in seiner Masse war es nie nazistisch.
– Soll es einem Volke zur Ehre gereichen, wenn es sich von einer Gangsterbande vergewaltigen läßt? Sollten es wirklich nur die Parteibonzen gewesen sein und die SA und die SS?

– Natürlich auch die Junker und die Schwerindustrie und der preußische Militarismus. Der muß und wird jetzt aber endgültig geschlagen werden.
– Wieso gerade der preußische Militarismus? War München nicht die »Hauptstadt der Bewegung«? Und Österreich?

In Österreich gibt es doch überhaupt keine Nazis.

Österreich wurde mit Gewalt annektiert, Österreich hat nie zu Deutschland wollen, Österreich war das erste unschuldige Opfer der großdeutschen Expansionspolitik.
– Wer war es also, der Hitler dort im Jahre 1938 mit einem frenetischen Jubel empfing? Zog er in diesem Land nicht ein als Triumphator?
– Sie sehen das von einem falschen Standpunkt aus. Die Österreicher sind ja doch auch Deutsche, der Sprache nach und ihrer Abstammung. Man muß begreifen, daß sie sich seit jeher dem Reich verbunden fühlten. Aber heute ist die Opposition ganz kolossal. Die gesamte Bevölkerung ist gegen Hitler.
– Wird das nicht schon seit drei Jahren gesagt? Und zeigt nicht eben das Beispiel der übrigen okkupierten Länder, daß sich das Gesamtverhalten der Bevölkerung auf die Dauer nicht verheimlichen läßt?
– Ja, wenn Sie in diesem Zusammenhang von den übrigen okkupierten Ländern sprechen, da stehen Sie eben von vornherein auf einem ganz falschen Standpunkt. Die kann man doch mit Österreich oder gar mit Deutschland nicht vergleichen. Die hatten es leicht. Da kam der Feind ins Land, der Fremde, der Eindringling. Die hatten ihren Nationalismus.
– Nichts anderes?
– Was denn sonst,

in den okkupierten Ländern war es selbstverständlich nur der Nationalismus, der sie gegen Hitler kämpfen ließ.

– Wäre es nicht auch im Sinne des deutschen Nationalismus gewesen, sich rechtzeitig einer Gangsterbande zu erwehren und ihre Schandtaten nicht mitzumachen?
– Ich begreife Ihren Standpunkt nicht. Wie hätte man sich wehren können? In Deutschland waren es doch die Deutschen selbst, die einen so furchtbaren Terror ausübten. Das ist doch ganz etwas anderes. Man kann doch nicht aus Nationalismus die eigenen Landsleute bekämpfen.
– Wenn Nationalismus kein mystischer Begriff ist, sondern ganz einfach die Kulturgemeinschaft eines Volkes ausdrückt, sein Rechtsbewußtsein, sein Anstandsgefühl –
– ?

– Um Gottes willen, Sie glauben doch nicht, daß es in Dänemark keinen Antisemitismus gibt.

Antisemitismus gibt es überall. Es wird mit ihm jetzt immer schlimmer. Auf der ganzen Welt.

Sie ahnen nicht, wie das jetzt ist, in England vor allem und in Amerika. Ein Jude wird dort nach dem Kriege kaum leben können.
– Aber in Deutschland?
– In Deutschland wird es nach dem Kriege überhaupt keinen Antisemitismus mehr geben. Das deutsche Volk als solches, in seiner Masse, hat einen Antisemitismus nie gekannt. Er wurde ihm wie so viel anderes von seinen Unterdrückern aufgedrängt. Das muß man schon zu seiner Ehre sagen.
– Soll es einem Volke zur Ehre gereichen, daß es sich von seinen Unterdrükkern so viel aufdrängen läßt? Nicht nur »so viel«, sondern mehr, als die Weltgeschichte bisher aufzuweisen hat?
– Sie meinen, was im Osten geschehen ist. Ja, das ist schrecklich und es wird gewiß niemanden geben, der es nicht auf das tiefste bedauert. Man muß aber auch vor Übertreibungen warnen. Und Sie können sich nicht auf den Standpunkt stellen, daß so etwas noch nicht dagewesen ist.

Gewalt und Grausamkeit hat es ganz so wie jetzt seit jeher in der Geschichte gegeben.

Denken Sie an die Französische Revolution, die Christenverfolgungen, die Neger in Amerika oder gar an alles, was die Engländer den Indern angetan haben.
– Dann sind also die ungeheuerlichen, wohldurchdachten und organisierten Verbrechen der Deutschen gar nichts Erstmaliges?
– Der Deutschen! Sie werden doch nicht behaupten wollen, daß es die Deutschen, alle Deutschen waren. Ich sage Ihnen, eine Gangsterbande, die sich unter besonders unglückseligen Verhältnissen, man denke nur an Versailles, die Krise und so weiter, des deutschen Volkes bemächtigen konnte. Wenn Sie sich aber von vornhinein auf den Standpunkt stellen wie

Lord Vansittart, der verkündet, daß man achtzig Millionen Menschen ausrotten soll –

– Entschuldigen Sie, aber wo verkündet er das? Wo haben Sie so was bei ihm gelesen?
– Ich lese doch nicht Vansittart. Mir genügt, was ich so von ihm weiß. Und das weiß ein jeder. Ich sage Ihnen, der Vansittartismus ist eine ganz gefährliche Pest, vor der man die Menschheit nicht genug warnen kann. Eine Art neuer Nazismus.

Es ist natürlich sehr einfach für einen englischen Lord, zu behaupten, daß die Deutschen schuld an allem sind.

Wer hat denn den Nazismus groß werden lassen?

– Nicht die Deutschen? Wer denn sonst?
– *Die Engländer.*
– ?
– Vergessen Sie nicht die perfide Politik der plutokratischen Lords. Oder glauben Sie vielleicht im Ernst, daß die nicht wußten, was in Deutschland alles vorging? Wenn sie rechtzeitig eingegriffen hätten, so wäre Hitler nie an die Macht gelangt. Es wäre ihre Aufgabe gewesen –
– Die Aufgabe der Engländer? In Deutschland?
– Aber sie dachten nicht daran. Im Gegenteil. Ihnen war der Nazismus eben recht. Sie wollten Rußland erledigen. Das ist ihnen aber denn doch nicht gelungen. So wenig wie es ihnen gelang, die Russen in diesem Kriege verbluten zu lassen. Sie wußten sehr genau, weshalb sie mit der Invasion so lange auf sich warten ließen. Da können sie von nun an noch so viel siegen, es ist und bleibt doch eine Schande und Rußland wird es ihnen nie verzeihen. Warten Sie nur, bis dieser Krieg einmal zu Ende ist –
– Sie meinen, daß dann unbedingt ein neuer kommen muß. Aber gehören Sie nicht eigentlich zu den Leuten, die für den Frieden sind und alle Völker versöhnen wollen? Möglichst bald?
– Sie sprechen da von einem sehr naiven Standpunkt aus. Denn

zwischen England und Rußland gibt es keine Verständigung.

Der englische Imperialismus und der russische Bolschewismus sind unvereinbare Gegensätze. Gar nicht zu reden von den Amerikanern, die in ihrem eingefleischten Kapitalismus nur darauf lauern, die Sowjetunion anzugreifen. Es wird ein ungeheueres Chaos geben und den Russen wird gar nichts anderes übrigbleiben, als sich auf ein festes und geeintes Deutschland zu stützen –
– So daß nach einem netten kleinen Weltkrieg Nr. 3 die Deutschen dann die Führung übernehmen.
– Also, das hab' ich denn doch nicht gesagt.

VICTOR BROMBERT

ALS RITCHIE BOY VOM TRAININGSCAMP IN DEN KRIEG

In der vielleicht bewegendsten Episode in Christian Bauers ergreifendem Dokumentarfilm »The Ritchie Boys« erzählt einer der jüdischen Protagonisten, wie es ihm im befreiten Nazi-Vernichtungslager beim Anblick menschlicher Ascheréste die Sprache verschlug und er bei dem Versuch, mit den Überlebenden zu reden, kein Wort in seiner Mutterzunge Jiddisch herausbrachte. Dieser Moment eines totalen Sprachverlusts, einer radikalen Entwurzelung lenkt unser Augenmerk auf die fatale Rolle, die der Sprache in der Geschichte zukommt, die der Film erzählt.

Eine unbewußte innere Abkehr, ja Entfremdung von der Muttersprache war das Los vieler politischer Exilanten, die den Kampf gegen den Nazi-Alptraum aufnahmen. Besonders schmerzlich erlebten es deutsche Juden, die von ihrer eigenen, ihnen liebgewordenen Kultur ausgestoßen worden waren. So oder so – und oft auf widersprüchliche Weise – gab es nach dem Schock der Verfolgung, der Vertreibung, des Exils, der erzwungenen Auswanderung keinen Weg zurück. Die einst gemeinsame Sprache war nicht mehr dieselbe – weder psychologisch noch moralisch.

Camp Ritchie, das militärische Ausbildungslager des Geheimdiensts in den Hügeln des westlichen Maryland, erinnerte mich mit seiner ruhigen Lage und geradezu bukolischen Atmosphäre an Urlaubsgegenden in Mitteleuropa. Die umherschlendernden uniformierten Silhouetten hatten nichts eindeutig Militärisches an sich, sie sahen fremd aus und schwatzten in fremden Sprachen oder mit fremdländischem Akzent wie Urlauber aus aller Welt in einem Kurort. Nichtsdestotrotz herrschte ein strenges Regiment, sie absolvierten ein anspruchsvolles Training in Kampfaufklärung, insbesondere für Verhöre von Gefangenen an der Front. Sie wurden erschwerten Bedingungen ausgesetzt, auf die Erkundung der Lage hinter den feindlichen Linien vorbereitet, und man brachte ihnen sogar bei, wie man einen Wachposten beim Anschleichen hinterrücks mit einer Garotte erwürgt. All dies stellte ungewohnte Anforderungen an jene, die eher sitzende Lebensweisen kannten.

Der Unterricht im Klassenzimmer war vorwiegend sprachlicher Natur. Wir mußten die Namen deutscher Einheiten, ihre Stellenpläne, Waffen, Ordonnanzen, Kampffahrzeuge und die Terminologie ihrer Befehlskette auswendig lernen. Dazu zählten taktische Begriffe, zum Beispiel »festnageln«, »Rückzug«, »abschneiden«, »umzingeln«, »Speerspitze« und »abriegeln«. Wir sollten angeblich erbeutete Briefe von Kriegsgefangenen an ihre Frauen oder Geliebten analysieren, um die Moral der Einheiten einschätzen zu können. Diese Briefe (einige davon offensichtlich von unseren einfallsreichen Ausbildern gefälscht) enthielten recht schlüpfrige Anspielungen auf intime Momente, was zu Heiterkeitsausbrüchen unter den Ritchie Boys führte, aber auch zu scharfsinnigen Diskussionen über den Unterschied zwischen Erotik und Pornographie, zwischen Wort und Tat. Mit anderen Worten, wir lernten zu entziffern, zu dekodieren, zu übersetzen, zu interpretieren.

Selbst das Morsealphabet, das wir beherrschen mußten, erforderte eine Übersetzungsleistung. Ich erinnere mich daran, wie ich mich aus Übermut unserem Ausbilder gegenüber mit der Bemerkung wichtig tat, daß dessen Punkte und Striche an die trochäischen, jambischen und anapästischen Metren in der Poesie erinnerten, die ich in meinem Pariser Gymnasium gelernt hatte. (Der Ausbilder tadelte meine »Albernheit«.) Vor allem wurden uns Katz-und-Maus-Verhörtechniken eingebleut.

Ich war damals neunzehn, drei Jahre zuvor, 1940, hatte die deutsche Invasion in Frankreich meinen Schulbesuch unterbrochen, und Camp Ritchie war sozusagen meine erste Universität. Die meisten meiner Mitrekruten waren älter als ich. Nicht wenige hatten einen Hochschulabschluß und ich genoß das Privileg, an Gesprächen über Politik, Geschichte, Philosophie, Mozarts Opern, Piero della Francesca und die Neuerungen des Impressionismus teilnehmen zu dürfen. Wegen seines vielsprachigen, kosmopolitischen Charakters war das Camp wie eine Mini-MLA – eine Modern Language Association im Herzen des bäuerlichen Maryland.

In diesem Punkt ist Christian Bauers Film über die Ritchie Boys, ähnlich wie Bruce Hendersons Buch »Sons and Soldiers«, etwas einseitig – da beider Hauptthema die nach bitter errungenem Sieg erfolgte Rückkehr deutscher Flüchtlinge in ihr Heimatland ist, das sie verfolgt und vertrieben hatte. In Wirklichkeit waren in Camp Ritchie viele Nationalitäten vertreten – Belgier, Franzosen, Ungarn, Italiener, Polen, sogar gelegentlich Amerikaner oder Briten. Mein Fall unterschied sich offensichtlich von dem der anderen im Film oder im Buch. Als Sohn russischer Emigranten, die am Beginn der russischen Revolution geflohen waren, wuchs ich in früher Kindheit mit einer Mischung aus Russisch und Deutsch auf, später in Paris wurde Französisch meine Hauptsprache.

Die Ausbildung in Camp Ritchie dauerte etwa acht Wochen. Die Französischsprachigen waren speziell für Verhöre von Zivilisten an der Front, den Kontakt mit der Résistance und die Aufklärung hinter den Linien geschult worden.

Sie waren die MII (Military Intelligence Interpreters). Die Deutschsprachigen wurden als Spezialisten für Verhöre von Kriegsgefangenen (IPW) ausgebildet. Tatsächlich waren Verhören und Auswerten einander ergänzende, sich überlappende Tätigkeiten. Als der Stab herausfand, daß ich sowohl französisch als auch deutsch sprach, absolvierte ich eine zweite, postgraduale Ausbildung zur Vorbereitung auf die Landung in der Normandie. Bei der Ankunft in Omaha Beach und während des gesamten Frankreichfeldzugs war ich in einem französischsprachigen Team, während der Kämpfe auf deutschem Gebiet in einem deutschsprachigen. Um eine Vorstellung von der internationalen, vielsprachigen Natur dieser Geheimdienstoperationen zu geben: Mein sogenanntes deutsches Team während der Kämpfe im Hürtgenwald und der Ardennenoffensive bestand aus dem Sohn eines amerikanischen Rabbiners, einem Österreicher, einem Ungarn, dessen starker Akzent uns fast das Leben kostete, einem Typen aus Nürnberg und einem biertrinkenden, schmerbäuchigen Amerikaner aus Milwaukee. In meinem französischen Team gab es einen Polen, der im spanischen Bürgerkrieg gekämpft hatte und uns mit Inbrunst Lieder der Thälmann-Brigade vorsang, sowie einen Briten und einen Amerikaner, der eindeutig ein WASP war, ein weißer angelsächsischer Protestant. Wir fanden heraus, daß wir sechs im deutschen Team es insgesamt auf sechzehn Sprachen brachten. Die Rückkehr nach Europa und der Einmarsch in Deutschland waren für jeden von uns offensichtlich eine andere Erfahrung. Allen gemeinsam aber war der Abscheu vor dem Nationalsozialismus.

Für uns alle waren Camp Ritchie und die darauffolgende Zeit auch eine bedeutsame Lektion in bezug auf die Sprache und die Auseinandersetzung mit ihr, sei es im Training, bei Streitgesprächen oder im Gefecht. Ich selbst landete mit der 2. Panzerdivision (bekannt als »Hell on Wheels«) an Omaha Beach und wurde später der 28. Infanteriedivision zugeteilt, die im Hürtgenwald und während der Ardennenoffensive kämpfte. Sprache war nicht nur ein taktisches und strategisches Werkzeug, sie war ein entscheidender Faktor für unser Überleben. Einer der Beteiligten in Bauers Dokumentarfilm erzählt, wie ein Ritchie Boy, als er nachts von der Latrine zurückkam, von einem unserer schießwütigen Soldaten erschossen wurde, weil er das Paßwort mit stark ausländischem Akzent aussprach. Ich selbst erinnere mich, wie unser Jeep während der Rundstedt-Offensive in den Ardennen, als unsere Truppen wegen der Unterwanderung durch Deutsche in amerikanischen Uniformen extrem nervös waren, an einem Kontrollpunkt angehalten wurde und der breite ungarische Akzent eines der unsrigen höchst verdächtig wirkte. Wir wurden gefragt: »Welche Stadt nennt man die *Windy City?*« Keiner von uns wußte es. Wir bekamen eine zweite Chance. »Wer hat die *World Series* gewonnen?« Wieder fielen wir Neubürger alle durch.

Es stand nicht gut für uns. Spione wurden auf der Stelle exekutiert. Glücklicherweise konnte ich meine ganze Beredsamkeit entfalten, und so wurden wir als Gefangene zum Hauptquartier der Einheit gebracht, wo ich unsere Identität und unsere Funktion als Geheimdienstteam beweisen konnte.

Beim Verhör von Zivilisten an der Front – insbesondere in der Normandie – lauerten andere Gefahren. Wo ist das Minenfeld? Wo haben Sie das Maschinengewehrnest gesehen? Wo ist der Hohlweg, der zu dem besetzten Bauernhof führt? Die Antwort lautete zum Beispiel »nach links«, doch die Hand zeigte oft nach rechts. Mit Absicht? Es gibt gesprochene Sprache und es gibt Körpersprache. Wir lernten, besonders vorsichtig zu sein und dieselben Fragen mehrmals und verschiedenen Personen zu stellen. Mit normannischen Bauern war die Kommunikation oft schwierig. Sie waren starr vor Schreck beim Anblick einer amerikanischen Uniform und wurden zum lebenden Beweis für die Macht des Stereotyps über die Vernunft. Obwohl ich sie in fließendem Pariser Französisch anredete, antworteten sie ausnahmslos in einer Art Pidgin, die auf Infinitiven basierte: »vous prendre droite«, »vous voir bois«. Einige waren übereifrig und gaben uns Informationen, von denen sie annahmen, daß wir sie hören wollten. Andere gaben absichtlich falsche Informationen, weil wir natürlich nicht immer willkommen waren, und auch das mußte aus den Worten oder dem Lächeln herausgelesen werden. Wir lernten viel über die Unzuverlässigkeit von Zeugen und die Widersprüchlichkeit der Aussagen.

Es war in der Tat eine wichtige Lektion in bezug auf die komplexe Beziehung zwischen Gesagtem und Gemeintem, besonders über die Unzulänglichkeit von Worten im Angesicht der Gewalt. Diese Lektion über die Ohnmacht des Wortes wurde uns in der Normandie früh eingebleut, als zwei aus unserem französischen Team, die am besten deutsch sprachen, mehrmals den Sonderauftrag erhielten, durch einen Hohlweg zu kriechen, vorbei an durchlöcherten Helmen im Schlamm, um die deutschen Truppen über Lautsprecher mit Lockangeboten zur Kapitulation zu bewegen. Die Antwort war immer die gleiche: heulende Mörsergranaten, die gefürchteten »Nebelwerfer«, die auf uns niederprasselten. Kein einziger Deutscher wollte sich ergeben, was uns bezüglich der Wirksamkeit unserer Rhetorik Demut lehrte.

Dennoch sollte man die Rolle der Rhetorik bei unserer regulären Arbeit als Vernehmer von Kriegsgefangenen nicht herunterspielen. Denn Rhetorik, die Kunst zu überzeugen, war bei den Verhören wie bei ihrer Auswertung von entscheidender Bedeutung. Einige von uns entdeckten und entwickelten auf diese Weise ihr literaturanalytisches Talent. Taktische Vernehmungen sind unzweifelhaft ein Handwerk, das auf verschiedenen rhetorischen Techniken beruht. Es handelt sich im wahrsten Sinne des Wortes um eine Überredungskunst. Wie jeder

Vernehmer weiß (und das gilt auch für polizeiliche Befragungen), ist es mit entsprechendem Geschick möglich, Personen wertvolle Informationen zu entlocken, die nicht einmal ahnen, daß sie über solche verfügen. Drohungen und Gewalt sind weniger hilfreich und viel unwirksamer als das Suggerieren von Gemeinsamkeit, als Signale der Mitmenschlichkeit, ja sogar einer gewissen Komplizität. Auch Zigaretten halfen.

Wir hatten in Camp Ritchie ein paar Grundregeln gelernt. Aber diese Regeln halfen wenig. Verhörtechniken können nicht abstrakt gelehrt werden, sie müssen praktiziert und den jeweiligen Umständen angepaßt werden. Wenn es um die Interpretation der Antworten geht, kommt es oft nicht darauf an, *was* gesagt wird, sondern *wie*. In unserer Art zu lügen kann sich die Wahrheit verraten – wie es in der Politik ja oft genug geschieht. Für Interpretationsversuche sind die Spannungen oder gar Widersprüche zwischen dem *Wie* und dem *Was* aufschlußreich, zwischen Redewendungen und Syntax, bildlichen Ausdrücken und Grammatik. Vielleicht war das meine erste Lektion in Dekonstruktion. Ich war neunzehn und am Ende meiner Ritchie-Boy-Zeit zweiundzwanzig. Heute begreife ich, daß ich als Geheimdienstvernehmer und Deuter von Informationen über die Lage auf dem Schlachtfeld gelernt habe, Ungesagtes herauszuhören und zwischen den Zeilen zu lesen. Und im Umgang mit dem gesprochenen und dem geschriebenen Wort zurückhaltend zu sein.

Das war eine Lektion, die sich auch in der Literaturwissenschaft als wichtig erwies: Es gibt einen großen Unterschied zwischen denen, die ein Ohr haben für das, was der Text zu sagen hat, und denen, die ihm eine vorgefaßte Meinung oder Theorie überstülpen wollen. In der Geheimdienstarbeit kann dieses Vorgehen in die Irre führen und sich als kostspielig oder gar tödlich erweisen. In der Literaturwissenschaft und der Kritik kann es zu Fehlinterpretationen und Verzerrungen führen.

Während der Ausbildung im Camp Ritchie und vor allem während der Schlachten war diese Lektion in intellektueller Bescheidenheit und gesundem Skeptizismus von unschätzbarem Wert. Aber es gab auch andere Lektionen moralischer und psychologischer Art. Eine Rückkehr aus dem *Exil,* selbst eine siegreiche, ist immer schwierig. Für die verfolgten deutschen Juden war sie voller Probleme, wenn nicht gar unmöglich. (Wie sollte man nach solchem Haß vergeben können?) Aber auch für andere, die unter dem Druck der Ereignisse gezwungen waren, ihr Land zu verlassen, war sie kompliziert. Meine eigene Rückkehr nach Frankreich war zutiefst getrübt durch Erinnerungen an die Nazi-Besatzung und das Vichy-Regime, den beschämenden Waffenstillstand, die Verfolgungen und Deportationen – und später, nach der Befreiung, die Flut der Denunziationen. Jeder behauptete, den Deutschen Widerstand geleistet zu haben, während man den Nachbarn der Kollaboration mit dem Feind beschuldigte. Was für eine Vergebung war unter diesen Umständen möglich? Der Heilungsprozeß würde Zeit brauchen. Befreier und Befreite sprachen moralisch und psychologisch vorerst nicht mehr dieselbe Sprache.

Aber es gab auch eine andere, positivere Lektion. Bei vielen von uns Ritchie-Kameraden wuchs die Sehnsucht nach Frieden mit jedem Tag des Krieges. Wir haben Leben gerettet. Amerikanische Leben, aber auch deutsche und italienische. Über dieses Bewußtsein und diesen Trost hinaus hatte ich einen starken antiheroischen Impuls, der möglicherweise erklärt, warum ich viele Jahre später das Buch »In Praise of Antiheroes« schrieb. Einige von uns – Primo Levi mochte unser Vorbild gewesen sein – zogen die »Odyssee« der »Ilias« vor, jenem Epos, in dem das Schlachten verherrlicht wird. Mir gefiel die Geschichte von Odysseus' Heimkehr nach Ithaka zu seiner Penelope weitaus besser, weg von der unmenschlichen Welt der Götter, Göttinnen und Ungeheuer. Vor allem aber bestärkte uns die Ritchie-Erfahrung in unserem Mißtrauen gegenüber hochtrabenden Worten, besonders wenn sie im Dienste von Täuschungen und Lügen aller Art stehen. Wir wurden uns bewußt, daß Worte falsche Werte verbreiten können, daß Sprache verfälschen und täuschen kann. Wir lernten, wie wichtig Klarheit und Aufklärung sind, wie sehr man auf der Hut sein muß vor angemaßter Autorität und Gewalt und dem stets schädlichen Mißbrauch von Sprache als einer politischen Waffe.

Aus dem Englischen von Gabriele Helen Killert

EVELYN SCHLAG

SCHRAPNELL

Gedichte

SCHWARZE TRÄNEN

Auf einem wilden Kletterpfad lief
eine Frau quer über Panzerteile
ihr Gesicht war durchgestrichen

kann sein sie lebte gar nicht mehr
nur laufen war geblieben – das hatte
ich nie glauben wollen wie so vieles

nicht: achtgeben daß man sich
nichts eintritt gestern hatte ich das
Pech und stieg auf eine blaue Nuß

ich wollte schnell über einen Berg
von Abfall und fing an zu galoppieren
etwas sang in meinen Ohren – keine

Sprache Befehle keine Ausrufzeichen
es war fast wie zu Ostern damals als
ich neu war und allen Namen nachlief

der Rost steigt in die Nase ist nicht
zu vermeiden bei so viel Schrott
ich kannte das nicht – hatte immer

einen guten Platz mit zweimal Essen
ich möchte wissen wo die jetzt alle
sind – aufgelöst in Wetter? ich heule

schwarze Töne schwarze Tränen –
kommt her!

SCHRAPNELL

Keine Impfmale auf dem
Oberarm jemand hat ihm
das graue Trikot über die
Schulter hinunter aufgerissen

ich höre das Explodieren
des Risses wieder und
wieder die Explosion des
Risses bis die Stelle freiliegt

eine runde Öffnung im
Nackenmuskel noch immer
quillt Blut in zwei Spuren
daraus noch immer höre

ich nicht den Schuß

GABRIEL

ein dunkler Innenraum das
Gold glänzt da und dort

auf einer Balustrade steht
ein Geist aus einem andren

Krieg: von Kopf bis Fuß in
einem weißen Sack verpackt

die Hände schauen heraus
und fuchteln aufgeregt:

erstickt er? Steht er unter
Strom von einem Kabel –

ein neues Abu Ghraib?
sein Freund im teuren

Abendkleid hat eine goldne
Lilie mitgebracht: in solcher

Jahreszeit

BIS 400 ZÄHLEN

ein Feldweg Stromleitung
Betonplatten halten den
Hang im Zaum Sträucher
wachsen herunter paar

Steine in den Weg gedrückt
von einem Fahrzeug –
ganz weit hinten wird der
Himmel hellgrau und hell

er ist ein einzelner Toter
er liegt auf dem Bauch
den Kopf zur Seite er hat
schütteres graues Haar

in seinem Gesicht zwei
Höhlen auf Augenhöhe
in hundert Metern liegt
bestimmt wieder einer

NOAH WILLUMSEN

»UND WAS MICH SELBST ANGEHT? ICH SPIELE«

Helene Weigel, ein Porträt

Mehr als fünf Jahrzehnte nach dem Tod der großen Schauspielerin Helene Weigel, die am 12. Mai diesen Jahres 125 geworden wäre, ist ihr künstlerisches Vermächtnis schwer zu fassen. Denn im Gegensatz zu den Texten ihres Mannes, Bertolt Brecht, ist ihr Spiel nicht mehr direkt erlebbar. Es läßt sich nur rekonstruieren: aus den Erinnerungen ihrer Freunde, den Medien ihrer Zeit und den wenigen Zeugnissen, die sie selbst hinterließ. Spuren muß man suchen und eine Sprache finden für das Transitorische.

Weigel selbst hat ihren späteren Archivaren kaum zugearbeitet. Als Matthias Braun 1978 daranging, im Bertolt-Brecht-Archiv ein Helene-Weigel-Archiv einzurichten, mußte er mit einiger Bestürzung feststellen, daß fast gar nichts vorhanden war. Schriften von Weigel gibt es im eigentlichen Sinne nicht. Sie schrieb zwar aufschlußreiche und oft schöne Briefe, die von »Theater der Zeit« herausgegeben wurden (»Wir sind zu berühmt, um überall hinzugehen.« Briefwechsel 1935–1971). Aber alle Angebote, Rezensionen oder Artikel zu verfassen, lehnte sie mit extravaganter Bescheidenheit ab: »Ich kann nicht schreiben, bin ein besserer Analphabet, und außerdem, unter uns gesagt, ich hasse die Äußerungssucht.« Das meiste, was wir über ihr Selbstverständnis wissen, läßt sich zwei längeren biographischen Gesprächen entnehmen, zu denen sie sich 1959 von Hans Bunge und 1969 von Werner Hecht überreden ließ. Auszüge aus dem ersten wurden in »helene weigel 100«, aus dem zweiten in Hechts »Helene Weigel. Eine große Frau des 20. Jahrhunderts« abgedruckt. Auch Braun entsann sich seines Tonbandgeräts und führte über hundert Zeitzeugengespräche, um den mageren Bestand zu ergänzen. Sie bleiben eine unschätzbare Quelle für Weigels Leben und Werk und bilden die Basis für Sabine Kebirs maßgebliche Biographie »Helene Weigel. Abstieg in den Ruhm« (2002).

Wer aber »die Stimme der Weigel« direkt hören möchte – eine Stimme, die nach Anna Seghers »soviel wert sein könnte wie Zeitungsauflagen oder viele Packen Flugblätter oder ein paar Waggon Munition« –, kann auf Aufnahmen zurückgreifen, die für Rundfunk oder Schallplatten gemacht wurden und im Internet kursieren. Weigel als Frau Luckerniddle etwa, in der Hörspielfassung von »Die heilige Johanna der Schlachthöfe« (1932), die vor Hitlers Machtergreifung noch gesendet werden konnte. »Ihre Stimme ist voll und dunkel«, schreibt Brecht in

»Über eine große Schauspielerin unserer Generation«, »und auch in der Schärfe und im Schrei angenehm.« Aber hier schreit sie nicht. Im schleppenden Tonfall ihres geschmeidigen Alts deutet sich das unvorstellbare Leid der verhungernden Arbeiterfrau, deren Mann versehentlich zu Büchsenfleisch verarbeitet worden ist, lediglich als Trägheit an. Apathisch, ohne teilnahmslos zu sein, scheint Weigel an den Lippen der von ihr verkörperten Figur zu hängen, die sich selbst benommen zuhört, ohne fassen zu können, daß sie noch spricht.
Zwölf Jahre früher, am Anfang ihrer Karriere, pflegte sie allerdings einen ganz anderen Vortragsstil. Sie hatte, wie sie im Gespräch mit Bunge erzählt, »enormes Glück«: Mit neunzehn, mehr oder weniger ohne Schauspielausbildung, wurde die junge Wienerin direkt in Frankfurt engagiert. Zwar ließ ihr »sonores, von tiefer Empfindung getragenes Organ« die Kritik bald aufhorchen, denn sie verfügte von Natur aus über »eine Biegsamkeit der Stimme« und besaß »in hohem Maße die Kunst der Instrumentation der Rede«. Doch habe sie, bemängelte Max Geisenheymer, der sie 1921 als das Dienstmädchen Pauline Piperkarcka in Hauptmanns »Die Ratten« erlebte, ihre Worte »mit einer Vehemenz hochgeschleudert, daß sie oft ihren Sinn verloren. Helene Weigel drängte sich mit brennender Vitalität in den Vordergrund des Geschehens. Ihr Brüllen, Heulen und Schluchzen hatte Unterirdisches. Ein kleiner Vulkan begann zu speien.«
Das einzige Dokument, das diesen ihren ersten Stil belegt, ist eine Szene von vielleicht 50 Sekunden aus Fritz Langs »Metropolis« (1927). Während Heinrich George in der Rolle des Vorarbeiters Grot vor seiner zerstörten Herz-Maschine eine Art expressionistischen Anfall erleidet, tritt Weigel wie in Vorwegnahme ihrer berühmtesten Rolle als eine hart bedrängte Mutter auf, die ihre Kinder durch eigenes, unüberlegtes Handeln verloren zu haben glaubt, ersoffen in den unteren Schächten der Stadt, aus denen die Maschine das Wasser nicht mehr abpumpt. Die Kamera wechselt hin und her zwischen dem riesenhaften George und dem Arbeiterchor, aus dem Weigel immer auszubrechen im Begriff scheint. Ihre Affekte lösen sich mit jeder Einstellung gleichsam stroboskopisch ab: Panik, Flehen, Verzweiflung, Haß. Selbst im Stummfilm ist das Schreien der »lärmendsten Schauspielerin Berlins«, wie sie Norbert Falk 1928 noch nennen konnte, unüberhörbar.
»Ihr sehr emotionales Spiel, ihr leidenschaftliches Schöpfen aus mystischen Urgründen, ihre lautstark eingesetzte Stimme, ihre Tendenz zu Übertreibungen«: All das war, unterstreicht Hecht, »nahezu das Gegenteil der von Brecht angestrebten epischen Spielweise«. Wie kam es zu dieser radikalen Transformation? In den ersten Jahren ihrer Verbindung mit ihm, ab 1923, war er noch dabei, eine Beschreibung der neuen Spielform, die ihm vorschwebte, zu entwickeln. Ihre Liebesbeziehung wurde aber erst langsam zu einer beruflichen. »Am Anfang, als

wir uns kennenlernten, habe ich auf Brecht keinen großen Eindruck als Schauspielerin gemacht«, erinnerte sie sich am Ende ihres Lebens: »Ich interessierte ihn vielmehr als Frau.«

Die erste Rolle, die sie mit ihm einstudierte, war die Klara in Hebbels »Maria Magdalena« (1925); es war zugleich ihr Durchbruch in Berlin. Kann es Zufall sein, daß Felix Joachimson in ihrem Spiel »Akzente des Körpers und der Sprache« entdeckte, »die weniger Hebbel als der jüngsten Dramatik zukommen, die dennoch bezwingen und mitreißen«? Doch der Einfluß war ein gegenseitiger. »Der Übergang vom Bedenkenlosen zum Überlegten« wurde Weigel zufolge durch Brecht herbeigeführt. Aber als Schauspielerin war sie, wie Marieluise Fleißer in ihrer Brecht-Erzählung »Avantgarde« schreibt, »die wahre Ergänzung für so einen Mann, das brauchte er wesentlich«: »Sie machte es ihm vor, was sich darstellen ließ und was nicht, das Irgendmögliche holte sie ihm zuliebe heraus und konnte auch einmal warnen, bis hierher, nicht weiter! Er tappte dann nicht mehr im Dunklen.«

Danach scheint sie die meisten Rollen mit ihm durchgearbeitet zu haben, darunter die Magd in »König Ödipus« (1929), die er im Berliner Börsen-Courier als Prototyp der »neuen Art« von Schauspiel lobte. Sie habe Jokastes Selbstmord »mit ganz gefühlloser, durchdringender Stimme« verkündet, »ohne jede Klage, aber so bestimmt und unaufhaltsam, daß die nackte Tatsache ihres Todes gerade in diesem Augenblick mehr Wirkung ausübte, als jeder eigene Schmerz zustande gebracht hätte«. »Nicht ihre Stimme, wohl aber ihr Gesicht« habe sie dem Entsetzen übergeben – eine Strategie, die ihrer »Courage«-Darstellung 1949 einen beispiellosen Erfolg bescherte.

Die Eigenart dieses Gesichts, nicht weniger als die ihrer Stimme, prägte ihren künstlerischen Werdegang entscheidend mit. »Eine Schönheit nach Hollywoodfilm-Begriffen bin ich in meinem Leben nicht gewesen«, lautete ihre trockene Selbsteinschätzung. Ein amerikanischer Journalist bezeichnet sie in späteren Jahren als »unique beauty«, was zumindest zweischneidig war – Arnolt Bronnen, dem eine frühe Beziehung mit ihr nachgesagt wird, fand sie schließlich »zu interessant«. Selbst die Schriftstellerin Karin Michaëlis, über lange Jahre ihre wichtigste Förderin, beschrieb sie 1919 in der Vossischen Zeitung als »wohl häßlich«, »nicht ungleich dem Bilde, das man sich von einer jungen, halb abnormen, halb schamlosen Kindesmörderin macht, der es an der Fähigkeit gebricht, die Tragweite ihrer Untat zu erfassen«. Bevor Michaëlis die dramatischen Verwandlungen miterlebte, zu denen Weigel als noch ganz junge Frau offenbar fähig war, hielt sie eine Karriere am Theater für ausgeschlossen: »Es gibt Dinge, die sinnlos sind. Will man Schauspielerin sein, so muß man haben, was dazugehört.« Sobald Weigel auf der Bühne stand, gab Michaëlis zu, meldeten sich solche, die meinten, »das Mädel sei immer schön gewesen«. Aber in frühen Rollenfotografien – als Frau Dworschak in Anton Wildgans' »In Ewigkeit Amen«, laut Personenverzeichnis eine »ausrangierte Prostituierte minderster Sorte«, frech und stumpfsinnig, als ihre Berufsgenossin Anna Leiser in Hanns Johsts »Der König«, grobschlächtig, aber verzückt, als Molières Kammerzofe Claudine, fesch, flott und keck – ist sie überhaupt nur mit Mühe als ein und dieselbe Person zu erkennen, geschweige denn als Helene Weigel.

Derartige Kommentare über das Aussehen einer bedeutenden Künstlerin mögen unangebracht erscheinen, doch Urteile über das Äußere einer Schauspielerin waren damals wie heute keine Nebensächlichkeit. Sie entschieden nicht nur darüber, wie Michaëlis befürchtete, ob man überhaupt Rollen bekam, sondern legten genau fest, welche man bekommen konnte. Weigel machte sich keine Illusionen: »So wie ich aussah und so wie ich angefangen hatte, ging das alles ins Charakterfach«, ein Sammelbegriff für alles, was in das Rollenfachsystem, das den Theaterbetrieb bis weit ins 20. Jahrhundert hinein strukturierte, nicht zu passen schien.

Diese Fächer, die zwischen konkreten Individuen und dramatischen Rollen vermittelten, bezogen sich nicht allein auf spezifische schauspielerische Fähigkeiten, sondern vor allem auf objektivierbare, stereotypisierte Merkmale wie Geschlecht, Attraktivität, Körperform und Temperament, die für gewisse Menschenarten, wie Könige, Schurken oder junge Liebhaber charakteristisch erschienen. Sie boten eine Organisationsform für Ensembles, die über ein gewisses Reservoir von Typen verfügen mußten, um ihr Repertoire zu stemmen: Sowohl die Auswahl der Stücke als auch mögliche Engagements ließen sich daraus ableiten, denn die in Frage kommenden Fächer wurden für die Schauspieler vertraglich festgeschrieben. Das funktionierte wie die Stimmfächer in der Oper: Auch optisch galt Weigel als Kontraaltistin. Die typischen Rollen ihrer ersten Periode lagen entsprechend unterhalb der Soubrettenlinie: Sie spielte Dirnen und Dienerinnen, Mägde und Hexen. Selbst ihre erste große Rolle, die mittel- und treulose Marie in »Woyzeck«, war keine bürgerliche Heldin. Mit zwanzig trat sie zum ersten Mal als Greisin auf.

Nur vor dem Hintergrund ihres Rollenfachs, ihrer schauspielerischen Identität, ist die Bedeutung derjenigen Rolle zu verstehen, die die wichtigste ihrer Karriere wurde: Pelagea Wlassowa in Brechts vernachlässigtem Meisterwerk »Die Mutter« (1932). Denn, wie Weigel erklärte, »vom Charakterfach ins Mutterfach zu kommen, ist fast kein Weg im Theater«: In dieses alterten sich vielmehr erfolgreiche Erste Liebhaberinnen hinein. Brecht kreierte für sie also »das neue Fach der proletarischen Mutter« (Sabine Kebir), das er später um die Figur der Mutter Courage ergänzte. Walter Benjamin argumentierte in seiner

Rezension der Uraufführung, Wlassowa – »42 Jahre alt, Witwe eines Arbeiters und Mutter eines Arbeiters« – leide unter einer zweifachen Ausbeutung: »als Angehörige der Arbeiterklasse einmal, als Frau und Mutter ein zweites Mal«. Zur Klassengrundlage marxistischer Politik sind die Merkmale des Alters und des Geschlechts hinzugekommen, um aus den Untiefen des Charakterfachs ein neues dramatisches Proletariat hervorzurufen, das seine Befreiung nur um den Preis der Befreiung aller erkaufen kann. In Benjamins Worten: »Sind die Mütter revolutioniert, so bleibt nichts mehr zu revolutionieren.« So rückte Wlassowa, die im bürgerlichen Theater höchstens eine Nebenfigur gewesen wäre (Fach »komische Alte«), ins Zentrum der Handlung, und mit ihr Weigel, die während der ganzen zwanziger Jahre in peripheren Rollen aufgetreten war.

Erst bei der Entwicklung dieser Rolle erreichten Brecht und Weigel jene Synthese von Dichtung und Schauspiel, auf der sie in der Nachkriegszeit aufbauen konnten: »Der Humor, die Wärme, die Freundlichkeit, das sind alles Entdekkungen gewesen, die wir bei der Rolle der Wlassowa machten. Das war auch für Brecht überraschend.« So konnte sie Herbert Ihering davon überzeugen, »daß gewisse schauspielerische Begabungen in diesem Stil erst frei werden«. In einem Lebenslauf, den sie in den sechziger Jahren verfaßte, konstatiert Weigel, ihre Darstellung der Pelagea Wlassowa gehöre »zu den großen Leistungen dieser Zeit«. Und Brecht schrieb, die Rolle könne ihr »auf diesem Planeten nicht leicht nachgespielt werden«. Selbst Alfred Kerr, der das Stück und dessen Schreiber verachtete, flößte ihr Spiel Ehrfurcht ein: »Sie ist einfach herrlich: in Mildheit, Zähheit, dazwischen Freundlichkeit; rechtens entfernt von allem Heldentum, eine Arbeiterfrau, irgendeine Hoffnung aus der Masse (…). Es gibt kaum Schöneres.«

Die Inszenierung soll Brecht zufolge schon in den ersten Wochen »etwa 15000 Berliner Arbeiterfrauen« erreicht haben. Nach zweiunddreißig Aufführungen im Komödienhaus am Schiffbauerdamm nahmen Weigel und die Junge Volksbühne die Produktion ins Lustspielhaus an der Friedrichstraße, ins Wallner-Theater, in große und kleine Säle. Doch wie Brecht mit charakteristischer Verve feststellt: »Die Kunstkenner blieben weg, und statt ihrer kamen die Polizisten. Die Wahrheiten, denen [Weigel] ihre Stimme und ihre Deutlichkeit lieh, riefen die Justiz herbei, welche dazu da ist, die Gerechtigkeit zu bekämpfen.« Einer ihrer Auftritte ist durch die Einmischung der polizeilichen Theaterkritik geradezu legendär geworden. Davon erzählt sie in dem Gespräch mit Werner Hecht: »Das Stück direkt zu verbieten mißlang beim ersten Versuch. Da versuchten es die Behörden im Februar 1932 auf andere Weise, als wir die ›Mutter‹ im Gesellschaftshaus Moabit vor Arbeitern spielen wollten. Eine polizeiliche Genehmigung lag vor. Aber in einem Schreiben der Baupolizei, das wir erst kurz vorher bekamen, wurde die Aufführung untersagt, weil die Sache in dem Saal ›zu feuergefährlich‹ sei. Wir begannen trotzdem, und nun wurde die Aufführung ständig unterbrochen. Das ging in Phasen vor sich und war sehr lustig. Wenn also die Aufführung aus feuerpolizeilichen Gründen nicht gespielt werden darf, meinten wir, dann werden wir den Text nur sprechen. Dabei haben wir ihnen nun wieder zuviel Gesten gemacht. Dann sagten sie, Gänge auf der Bühne zu machen, das geht auch nicht. Und schließlich hatten sie auch etwas gegen die Kostüme. So haben wir uns vor den Vorhang gesetzt und das Stück ›gelesen‹. Das schien ihnen dann übrigens auch feuergefährlich. Es war eine unbeschreiblich komische und ständig unterbrochene Aufführung, weil die Feuerpolizei von uns immer etwas Neues verlangte. (...) Sie fand bis zum Schluß statt und war eine unserer erfolgreichsten Aufführungen, weil die Leute herrlich fanden, daß wir uns nicht kleinkriegen ließen und weitermachten unter immer schwierigeren Bedingungen.«

Dieser ironische Bericht ist mehr als eine bloße Anekdote. In ihm spiegelt sich vielmehr eine lange deutsche Geschichte behördlicher Schikane, die für Weigel, als sie 1969 rückblickend darüber lachte, keineswegs Vergangenheit geworden war. Vielmehr war der administrative Zwang, unter dem Kunst nur durch kluges Agieren und schiere Willenskraft ermöglicht werden konnte, bedrückend aktuell. Im Herzen dieser Erinnerung brennt aber die Überzeugung, daß die Zensoren letztlich doch recht hatten: Wo ein Körper auf der Bühne steht und eine Stimme die richtigen Worte spricht, herrscht immer »Feuergefahr«.

Auch für Anna Seghers war es ein Rätsel, »wie es Helene Weigel fertigbrachte, durch Krieg und Faschismus, durch Länder und Ozeane, ihre Kunst zu retten«. Weigel selbst gab an, durch »die Jahre der großen Zweifel« hindurch, als sie »nichts anderes als eine Hausfrau« war, »lange Sprechübungen« gemacht zu haben, dieselben zungenbrecherischen Exerzitien Julius Heys, die sie an der Marxistischen Arbeiterschule in Neukölln unterrichtet hatte: *Barbara saß nah am Abhang,/Sprach gar sangbar – zaghaft langsam.* »Manchmal kam ich mir dabei dumm vor.«

Aus dieser Periode sind, wie aus der ersten, fast keine Spuren ihrer Kunst erhalten. Dem Kino blieb sie durch die Kurzsicht Hollywoods weitestgehend versagt. Nur in einem nicht namentlich ausgewiesenen Auftritt in der Verfilmung von Seghers' Roman »Das siebte Kreuz« (»The Seventh Cross«, 1944) kann man sie noch erleben: als Hauswartin, die den Besuch eines verdächtigen Mannes bei ihren Nachbarn anzeigt. Obwohl sie auch hier eine stumme Kleinstrolle hat, könnte Weigels Spielweise keinen krasseren Gegensatz zu der in »Metropolis« bilden. Aus dem emphatischen, aber handelsüblichen Expressionismus von einst ist etwas Fremdes und Hintergründiges geworden, das zur genauen Beobachtung und Interpretation auffordert.

Als Spencer Tracey – in der Rolle des aus dem KZ entflohenen Georg Heisler – erscheint, ist Weigel mit Putzen beschäftigt. Mit einem Besen in der Hand vollführt sie eine fast geometrische, schlängelnde Bewegung im kleinen Raum hinter der Haustreppe: rechts um die offene Tür und links an die Wand, wo sie ihren gesenkten Kopf mit einer gegenläufigen Bewegung über die rechte Schulter in die Höhe schraubt. Der unverhohlene Blick unter den hochgezogenen Brauen scheint den Körper hinter sich herzuziehen, als wolle er die Treppe hinauf. Von einem Mienenspiel kann aber keine Rede sein: Ihr Ausdruck bleibt straff und leer, die Lippen verziehen sich unmerklich. »Sorgsam entfernt sie von ihrem Gesicht/Jegliche Besonderheit«, schreibt Brecht von der »Schauspielerin im Exil«: »die leiseste Empfindung/Wird es verändern.« Erst eine halbe Stunde später, als die Gestapo kommt, um ihren Nachbarn Roeder abzuholen, betritt sie wieder die Bildfläche. Erneut finden wir sie bei der Arbeit, auf den Knien vor der Haustür mit einem Wischlappen. Tief im Bildhintergrund verfolgt sie erst über die eine, dann über die andere Schulter, wie das Auto anhält und der Nachbar sein Fahrrad entsperrt. Als er verhaftet wird, folgt ihr Körper dem Blick diesmal tatsächlich die Treppe hinunter, wird mit jedem Schritt kleiner und serviler. Die Augen kleben auf dem Gehweg.

Als heimlicher Mittelpunkt der Szene wird sie erst erkennbar, als die Gestapo abfährt und sie mit Roeders Fahrrad in den Händen zurückläßt. Plötzlich füllt ihr Gesicht in erschütternder Nahaufnahme die ganze Leinwand. Die Brauen haben sich gelöst, das Gesicht ist ausdruckslos, die Mundwinkel ziehen leicht nach unten. Wieder wendet sie die Augen, das Gesicht, den Torso nach oben, zu Roeders Frau, die vom Fenster aus dem mit ihrem Mann wegfahrenden Auto nachstarrt. Im Gegensatz zu den Verrätern in Brechts »Furcht und Elend des III. Reiches«, die dem »Nachbarn die Grube gegraben« haben und nun »wissen, daß man sie kennt«, verblaßt Weigels Hauswartin nicht. Sie steht, in ihren Blikken und Gebärden unlesbar, auf offener Straße und schaut.

Nach dem Krieg in Berlin, erinnert sich ihre Mitarbeiterin Vera Tenschert, ging Weigel selten ins Kino: »Sie hatte eine Aversion ein bißchen, dieses Hollywood muß wie ein Trauma gewesen sein.« Das hatte sie aber gar nicht nötig, denn »die wahre Theaterzeit begann«, als sie und Brecht zurückgekehrt waren. Beschreibungen und Aufnahmen ihrer großen Rollen dieser Zeit – Anna Fierling in »Mutter Courage«, Volumnia in »Coriolan«, Wlassowa natürlich, später Helmut Baierls »Frau Flinz« – sind zwar wenig bekannt, aber reichlich vorhanden.

Es wäre jedoch grundfalsch, diese vier Mutterrollen mit Weigels Person zu identifizieren. Sie selbst hatte »eine ziemliche Abneigung gegen bestimmte Formen der Mütterlichkeit«, gegen die sie in diesen heterogenen Rollen anspielen konnte. Die größte Schwierigkeit der Courage-Rolle, führt sie in einem Interview

nach dem Pariser Erfolg 1954 aus, sei es gewesen, »über das Stadium der falschen Sentimentalität hinauszugelangen«: »Mutter Courage ist schuld am Tod von all ihren Kindern. Man darf nicht zu viel Mitleid mit ihr haben.« Weigel war eine dialektische Schauspielerin, die ihre Rollen aus Widersprüchen aufbaute: Volumnia mußte sympathisch wirken, um einer rigorosen Kritik unterzogen zu werden, Wlassowa so niedergeschlagen sein, daß sie sich glaubhaft wieder erheben konnte. Dafür war es gar nicht nötig, mit der Figur auf der Bühne zu verschmelzen. Wie Weigels Schauspielkollegen am Berliner Ensemble ihrer Biographin Kebir erzählten, zeigte sie oft »während eines kurzen Schließens des Vorhangs oder auch bei geöffnetem Vorhang, wenn sie mit dem Rücken zum Publikum stand, den Mitspielern ein Augenzwinkern oder eine lustige Grimasse« – auch an den tragischsten Stellen eines Stücks. Hecht gegenüber erklärte sie das Schauspielern zu einer »oberflächlichen Kunst«, also einer Kunst der Oberfläche: »Ja, weißt du, aus dem Wort des Berufs gibt's doch schon: das Zur-Schau-Stellen einer Sache. Da nützt mir das Seelenleben ganz wenig, wenn ich es nicht ausstellen kann. Der Punkt ist: Was wird sichtbar?«
Zu solchen abstrakten Thesen ließ sich Weigel selten hinreißen. Auf der berüchtigten Stanislawski-Konferenz 1953 sagte sie: »Als Schauspielerin (…) protestiere ich heftig: Ich bin kein Objekt und kein Opfer von Regie und Dramaturgie. Ich bin ein Erfinder.« Aber wie sie Ben Shaktman, der sie 1962 befragen durfte, sagte, empfand Weigel sich selbst nicht als Denkerin im theoretischen, philosophischen oder politischen Sinne. Überzeugungen »nur theoretisch auszudrükken, finde ich langweilig und überflüssig«, meinte sie zu Hecht.
Interviews gab sie deshalb äußerst ungern. Als sie Helga Heine von der »Neuen Berliner Illustrierten« an ihrer Türschwelle fand, die sie aus Anlaß ihres siebzigsten Geburtstags sprechen wollte, reagierte sie »unwirsch«:
»Ja, was is' denn das? Lauter Leut', die ich gar net brauchen kann!
Frau Professor, eine Frage nur, bitte! Ein Paar Worte wenigstens für die Zeitung. Unseren Glückwunsch …
Naa! – Euern Presseschmus mag i' schon gar net. Schad' um die Zeit.
Und mein Interview?
… hat gar net stattgefunden. Du weißt doch eh, daß ich keine geb'. Servus, Herzele!«
Andere hatten mehr Glück. Als weltberühmte Schauspielerin und, so Hermann Budzislawski, »Sendbotin der Republik, für den jungen Staat werbender als olympisches Gold«, konnte sie sich Kontakten mit der Presse kaum entziehen. Doch ihre Interventionen waren oft paradox. Marcel Reich-Ranicki, der bei einem Besuch von Brecht und ihr in Warschau ein Gespräch mit beiden führte, erinnert sich, daß »die Weigel keine Angaben zu Inhaltlichem machen wollte,

dafür war sie nicht zu haben. (…) Auf verschiedene Fragen hat sie geantwortet: ›Ich bin dazu da, Texte von Dichtern, von Brecht zu sprechen. Das, was Sie wissen wollen, müssen Sie Brecht fragen. Der kann das besser, das will ich nicht kommentieren.‹« In der eigenen Stimme sprechen zu müssen, war ihr nie ganz geheuer. »Auf Interviewfragen kann ich nicht antworten«, wiederholte sie: »Ich kann vielleicht spielen, aber sprechen, sprechen von mir selbst? Was kann ich Ihnen sagen?« Statt von sich selbst sprach sie lieber von Brecht, und auch nach seinem Tod gebrauchte sie stets den Plural, ohne zwischen ihrer, seiner und der Arbeit des Berliner Ensembles zu unterscheiden. »Ab und zu«, gestand sie ein, »habe ich mich, mit anderen in einem gemeinsamen Gespräch, auch an Interviews beteiligt, aber niemals allein. Das hab' ich nie gemacht.«
Glücklicherweise stimmt das nicht, wie der nachfolgende, erstmals auf deutsch abgedruckte Text aus dem Helene-Weigel-Archiv belegt. Hier spricht sie mit Dagny Sandvad (1905–?), einer dänischen Journalistin und Übersetzerin von Alexandre Dumas dem Jüngeren, Graham Greene, George Bernard Shaw und Detektivromanen, wie sie Weigel gerne las. Das Gespräch fand am 30. April 1954 in der Kantine des Theaters am Schiffbauerdamm statt, welches das Berliner Ensemble im März endlich hatte beziehen können. Die Kantine war Weigels Schöpfung, auf die sie begreiflicherweise stolz war: »Die Tische sind von mir entworfen, auch die eisernen Lampen.« Die Vorstellung von Erwin Strittmatters »Katzgraben«, der Sandvad beiwohnte, war weder, wie sie behauptet, die Uraufführung – diese ging schon im Vorjahr über die Bühne – noch die Premiere der von Brecht stark überarbeiteten zweiten Fassung, die erst am 12. Mai 1954 erfolgte. Ob sie eine Voraufführung oder lediglich eine Probe besuchte oder die Details zurechtbog, um ihren Bericht mit einem symbolträchtigen Datum zu versehen, ist nicht mehr zu klären.
Hervorzuheben ist Helene Weigels Einschätzung der politischen Lage im kurzen Tauwetter nach Stalins Tod. Denn trotz der Enttäuschungen, die darauf folgten, zeigt sich darin ihre unerbittlich hoffnungsvolle Haltung: »Ich würde lügen, wenn ich sagte, es wäre alles rosenrot, das ist es nicht – noch nicht –, aber große Schwierigkeiten sind überwunden und wir haben große Fortschritte gemacht – es geht ständig voran.«
Als Pelagea Wlassowa hat sie diesem Refrain fast vierzig Jahre lang, bis zu ihrem letzten Bühnenauftritt am 3. April 1971, ihre Stimme verliehen: »Wer noch lebt, sage nicht: niemals!«

DAGNY SANDVAD

WIR HABEN EINE WERTVOLLE ZUSAMMENARBEIT MIT DEM PUBLIKUM

Begegnung mit Helene Weigel

Während eines kurzen Aufenthalts in Berlin wohnte ich einer Uraufführung am Berliner Ensemble bei. »Katzgraben« von Erwin Strittmatter ist eine politische Komödie über die Haltung ostdeutscher Bauern zur Kollektivierung. Die Absicht des Stücks ist klar: Aufklärung und Propaganda. Der Großbauer *Grossmann* kämpft mit allen Mitteln gegen die Anlage eines neuen Wegs, der für die Umstellung der Landwirtschaft die notwendige Voraussetzung wäre. *Mittelländer* mit dem kleineren Betrieb schwankt wie ein Schilfrohr im Wind zwischen dem Großbauer und den Fürsprechern einer neuen Zeit, und *Kleinschmidt*, der arme Kleinbauer, ist abgearbeitet und verhalten, er versteht nichts von Traktoren, ein Ochse ist für ihn der Gipfel jeglicher Verbesserung, seinetwegen kann alles in den alten Ställen weitergehen wie bisher. Doch der Fortschritt siegt und der umstrittene Held des Stücks, der Traktor, hält seinen Einzug auf der Bühne, umjubelt von der begeisterten Dorfjugend.
Die Schauspieler sind ungeschminkt und die gesamte Aufführung ist bewußt in einem Stil gehalten, der zur einfachen, leicht verständlichen Handlung paßt. Sehr überraschend wirkt, daß dieses moderne experimentelle Stück in Blankversen geschrieben ist.

Nach der Vorstellung habe ich in der Kellerkantine Gelegenheit, Helene Weigel, der Primadonna und künstlerischen Leiterin des Theaters, meine Aufwartung zu machen. Sie ist klein und schmal, von unbeschreiblich anmutiger Haltung und mit einem Gang so lautlos und gleitend wie eine Katze. Das dunkle, olivfarbene Gesicht ist mager mit hohen Wangenknochen, großen Augenhöhlen und einem breiten Mund. Die Kopfform ist vollendet schön, das dunkle glatte Haar geflochten und zu einem Knoten stramm zurückgebunden. Zuoberst auf dem Schädel sitzt eine dicke Hornbrille.
Ich frage, ob ich ein Gespräch mit Frau Weigel führen könnte, aber zuerst würde ich sie gern als »Mutter Courage« sehen.

– Das spielen wir übermorgen – es ist ausverkauft, aber ich besorge Ihnen auf jeden Fall einen Platz in einer Seitenloge, und dann schauen wir, ob wir Zeit finden, miteinander zu sprechen.
– Vielleicht nach der Vorstellung?
Helene Weigel schüttelt lächelnd den Kopf.
– Nach der »Courage« liege ich mindestens eine halbe Stunde flach auf dem Boden – nur um zu verschnaufen –, aber wenn Sie nach der Vorstellung in die Kantine runtergehen, lasse ich Ihnen Bescheid geben.

»Mutter Courage«, letzte Szene: Helene Weigel bedeckt das Gesicht ihrer toten Tochter und erhebt sich langsam von der Bahre. Seit Beginn sind im Stück zwölf Jahre vergangen, aber sie wirkt um viele, viele mehr gealtert. Das glatte, ockergelbe Antlitz ist lehmgrau geworden, wie erstarrt mit toten Augen, die ganze Gestalt zusammengefallen und eingeschrumpelt, die dunkle, geschmeidige Stimme flach und klanglos. Langsam, mechanisch geht sie zu ihrem großen Karren, mechanisch und sorgfältig rollt sie die Taue zusammen, die die stumme Kattrin gezogen hat, und spannt sich selbst vor den Wagen in die andere Zugleine. Es ist eine Qual, der kleinen, ausgemergelten, zerlumpten Frau beim Anspannen aller ihrer Kräfte zuzusehen, wie sie den Wagen in Gang bringt und tief vorübergebeugt mit ihm davonstolpert. Zitternd bleibe ich noch einige Augenblicke nach dem Applaus sitzen, als ich aufgefordert werde, in Frau Weigels Garderobe zu kommen. Sie ist noch im Kostüm, im Begriff, ein Bouquet roter Nelken auszupacken. Mit schnellen Bewegungen reißt sie ein Stück Papier für die Interviewerin ab, teilt den Strauß in zwei Teile und gibt den einen ihrer Ankleiderin: Schauen's her, nehmen Sie die mit, und dann können Sie jetzt auch gehen, ich komme allein zurecht.
– Und was möchten Sie mich fragen?
– Sie und Bert Brecht mußten Deutschland in der Hitlerzeit verlassen?
– Ja, 33 sind wir nach Dänemark emigriert, wir wohnten bei Karin Michaëlis auf Thurø und in Svendborg. Mein Dänisch habe ich vergessen, ich verstehe es noch, wenn meine dänischen Freunde langsam sprechen. Nach fünf Jahren Dänemark sind wir nach Schweden gezogen, wo ich Sprechunterricht geben mußte, von dort nach Finnland, und 1941 sind wir nach Amerika gereist, wo wir blieben, bis Brecht – das war 47 – vor eine Untersuchungskommission kam – zusammen mit den zehn führenden Autoren Hollywoods.
– Das muß beängstigend gewesen sein.
Frau Weigel zuckt mit den Schultern: Na ja, das Unheimlichste daran war die merkwürdige Mischung aus Brutalität und Jovialität – und das neugierige weibliche Publikum im Verhörsaal, Frauen, die dort saßen und das alles genossen,

während sie strickten. Wir hatten dann auch genug, fuhren bald zurück nach Europa, und über die Schweiz kamen wir hierher. Sollen wir jetzt runter in die Kantine? Moment, gehen Sie kurz mit nach oben, dann bekommen Sie noch ein paar Schallplatten von »Mutter Courage«, die Sie nach Dänemark mitnehmen können.
Die Weigel hat sich umgezogen, in einen graubraunen Sweater und Rock, der lange Zopf ist wieder mit zwei, drei Haarnadeln zu einem Knoten zusammengerollt, und damit ist sie fertig. Wir schließen die Tür ihrer kleinen Garderobe ab und gehen nach oben ins große Büro der Theaterdirektorin Helene Weigel. Längs der Wand stehen hohe Stapel mit Kartons voller Schallplatten. Frau Weigel geht erst zum Fenster und ruft: »Fahr nach Hause, Heinz, ich bin hier vorläufig noch nicht fertig.« Ein unsichtbarer Chauffeur protestiert unten im dunklen Hof, erhält aber keine Erlaubnis zu warten, Frau Weigel kann gut heimlaufen. Und so schreiten wir zur Arbeit. Die schweren Kartons werden zum Schreibtisch geschleppt, ein Messer ist nicht vorhanden, aber Helene Weigel reißt sie mit dem Stiel eines Teelöffels auf, sortiert Platten und schleppt weitere Kartons hin und her.
Die Interviewerin versucht, sich so gut wie möglich nützlich zu machen, tut sich aber schwer, das Tempo zu halten. Schließlich liegt ein gewaltiger Stapel Platten auf dem Tisch und alle Kartons sind wieder an ihrem Platz.
– War das nun Ihre halbe Stunde zum Verschnaufen, Frau Weigel?
Sie nimmt drei Viertel der Platten und dreht sich rasch zu mir um.
– Na ja, nein, aber ich will Ihnen gern diese Platten schenken und auch ein paar für meine Freunde in Dänemark mitgeben, wenn Sie die für mich mitnehmen könnten. Können Sie alle tragen? Sie sind schwer, fügt sie ein wenig bekümmert hinzu.

Am großen Tisch in der Kantine wird Frau Weigel Tee serviert, während sich die etwas erschöpfte Interviewerin mit Cognac stärkt.
– Und dann sind Sie also nach Berlin gekommen …
– 1948, ja, und es hat eine Weile gedauert, bis wir ein neues Theater hatten. Die ersten fünf Jahre haben wir uns das Deutsche Theater ausgeborgt, erst vor einem Monat sind wir hier eingezogen.
– Gab es viele Schwierigkeiten?
– Ja, natürlich, ungeheure Schwierigkeiten, nicht zuletzt damit, gute Schauspieler zu finden. Viele der Älteren konnten sich nicht umstellen und gingen lieber nach Westdeutschland, und die Jungen – ja, die sind so vom Krieg gezeichnet – alle zusammen – keiner von denen ist richtig gesund und stark, die haben zerrüttete Nerven, kaputte Mägen, traurig ist das – eine Zeitlang spotteten die Leute: Leute mit Mängeln können ans Berliner Ensemble gehen.

– Können die Berliner sich einen Theaterbesuch leisten?
– Das können sie, das Theater muß die Leute erreichen, wie alles, was mit dem kulturellen Leben zu tun hat. Sie haben wahrscheinlich gesehen, was für fabelhaft billige Bücher es hier gibt? Und der Einband, das Papier, alles ist von hoher Qualität, nicht wahr? Was das Theater betrifft, ist es so, daß ein umfängliches Rabattkarten-System eingeführt wurde, mit bis zu fünfzig Prozent Nachlaß auf die regulären Preise. Ihnen das in aller Einzelheit zu erklären ginge zu weit, aber größere Unternehmen bezahlen dem Theater zum Beispiel einen gewissen Betrag und bekommen so ein Abonnement für eine Reihe von Vorstellungen für die Arbeiter und Angestellten, die sich anmelden. Hier im Theater gibt es nur circa zweihundert Plätze im freien Verkauf, der Rest geht mit Rabatt über Abonnements weg. Sie sehen selbst, daß wir mit »Mutter Courage« ein ausverkauftes Haus haben, obwohl wir die doch schon über zweihundert Mal gespielt haben – bis Juni werden wir übrigens ein Gastspiel in Paris geben.
– Und »Katzgraben«?
– Das ist ein Experiment, jetzt müssen wir sehen, wie das in Berlin aufgenommen wird. Später soll es in anderen Städten aufgeführt werden, und natürlich gibt es Aussicht auf eine Tournee übers Land für die Bauern, von denen das Stück handelt. Der Verfasser ist Bäcker in Berlin, das ist sein erstes Stück. Durch eine Aufführung von Kleists »Der zerbrochene Krug« hatte er die Eingebung, in Blankversen zu schreiben. Dadurch werden diese »primitiven« Personen, Arbeiter und Bauern, gleichsam auf das hohe Niveau des klassischen Dramas gehoben.
– Was sagt die Kritik?
– Wir haben am ersten Abend bei einem neuen Stück keine Presse dabei, wir spielen gern vier-, fünfmal, bis ich meine, die Vorstellung ist so ausgefeilt, daß wir die Presse einladen können – aber sonst ist das Publikum unser Kritiker, wie Sie sich das vielleicht nicht vorstellen können. Um bei »Katzgraben« zu bleiben: In einer Woche, am Siebten, glaube ich, ist eine Reihe von ländlichen Organisationen eingeladen – die haben das ganze Theater für sich an dem Abend –, und am nächsten Tag halten wir mit ihnen ein Treffen ab, beantworten ihre Fragen, hören ihre Kritik, und wenn wir sie berechtigt finden, ändern wir die Dinge, die sie vorschlagen.
– Passiert das wirklich oft?
– Natürlich nicht, das versteht sich von selbst, daß wir das meiste, was wir bei diesen Treffen hören, nicht nachträglich korrigieren können, aber es kann doch passieren, daß uns ein spezielles Publikum auf ein Detail aufmerksam macht, das falsch wirkt – in der Ausdrucks- oder Verhaltensweise oder Kleidung, und dann berichtigen wir das. Wir haben auf diese Weise eine Zusammenarbeit, einen Kontakt mit dem Publikum, den wir für wertvoll halten.

– Und wie lebt es sich heute hier?
– Ich würde lügen, wenn ich sagte, es wäre alles rosenrot, das ist es nicht – noch nicht –, aber große Schwierigkeiten sind überwunden und wir haben große Fortschritte gemacht – es geht ständig voran.
– Also bereuen Sie es nicht, daß Sie zurückgekommen sind und sich entschieden haben, nach Ihrer langen Zeit im Ausland hier zu leben?
Frau Weigel betrachtet mich erstaunt.
– Bereuen? Wie kommen Sie darauf? Wir arbeiten ja hier – hier sind unsere Aufgaben – unsere Arbeit – wir gehören hierher.
Die Kantine schließt. Ich nehme Abschied von Helene Weigel. Ein Angebot, sie zu begleiten, wird dankend abgelehnt, sie geht gern allein nach Hause durch die wüsten Trümmerstraßen, und wie ein kleiner grauer Schatten verschwindet sie in der grauen Nacht.

Am nächsten Tag ist der 1. Mai. Inmitten der gewaltigen Scharen, die an der Loge des Präsidenten vorbeidefilieren – Arbeiter, Funktionärsgruppen, Familien mit Kinderwagen, alte Frauen mit Hunden an der Leine, Sportvereinigungen, Jugendorganisationen in einem bunten Durcheinander –, kommen die Künstler des Berliner Ensembles auf zwei großen Lastwagen angefahren. Präsident Pieck winkt und aus den Lautsprechern tönt es:
– Wir begrüßen die Künstler des Berliner Ensembles, wir begrüßen den Träger des Nationalpreises, den Verfasser Bert Brecht, und wir begrüßen Helene Weigel, die künstlerische Leiterin des Theaters und zweifache Trägerin des Nationalpreises …

Aus dem Dänischen von Elisa Primavera-Lévy

ANGELA KRAUSS, JÖRG MAGENAU

DAS WERK SIND NICHT DIE BÜCHER

Ein Gespräch über Lebenskunst und poetische Existenz

JÖRG MAGENAU: Dein Werk umfaßt fünfzehn Titel, geschrieben in zweiundvierzig Jahren. Es ist überschaubar, auch deshalb, weil es sich um schmale Bände handelt. Die Texte brauchen nicht viel Raum, weil sie so dicht sind. Sie öffnen sich beim Lesen nach innen, weiten sich aus in der Zeit, denn davon handeln sie auch: von Raum und Zeit, vom All und der Unendlichkeit. Doch zugleich verharren sie im ganz Konkreten, Dinghaften, Alltäglichen, wo das Leben sich abspielt. Zumeist läßt du ein Ich, eine Ich-Erzählerin sprechen. Nur im Debüt »Das Vergnügen« und in einigen Erzählungen ist das anders. Was ist das für ein Ich, das du in deinen Texten einsetzt? Eine literarische Figur? Ein Alter ego? Eine Erzählinstanz?

ANGELA KRAUSS: Am Anfang meines Erwachsenenlebens wollte ich bildende Künstlerin werden. Ein erstes Studium ging in Richtung Gebrauchsgrafik und Schrift, bevor ich mich für die Literatur entschied. Warum, könnte ich gar nicht erklären. Anfang zwanzig kamen in mir Fragen auf, die ich schon in der Pubertät gefühlt hatte: Was ist das hier? Wo bin ich? Mit diesen Fragen nähere ich mich offenbar seit jeher der Welt. Das zieht mich in jeder Weise ins Leben hinein. Damals nun hatte ich das prägende Ereignis meiner Jugend zu verarbeiten, den Freitod meines Vaters. Literarisch? Der Anspruch war zu hoch. Ich spürte das. Was in mir war, hatte keine Worte. Jetzt stellte sich die Frage so: Wer will da eigentlich schreiben? Wer ist das? Ich? Welches Ich? Diese Frage ist so fundamental – die Antwort kann eigentlich nur gefühlt werden, kaum formuliert. Wer kann sagen, welchen Raum dieses Ich in uns einnimmt? Zweifellos reicht es weit über das Autobiographische hinaus. Um dieses autobiographische Ich – das wußte ich instinktiv – ging es mir nicht. Das war nicht das, was ich an Erkenntnis suchte im Zusammenhang mit dem Tod meines Vaters. Und so habe ich bewußt Umwege eingeschlagen, habe im ersten Buch »Das Vergnügen« etwas ganz anderes erzählt und in der dritten Person. Erst achtzehn Jahre später war ich in der Lage, in der Art und Weise Ich zu sagen, in der ich die Geschichte meines Vaters schreiben konnte. Als Künstler soll man erklären, warum man etwas so und nicht anders macht. Aber es ist nicht zu erklären. Dem sogenannten Schaffensprozeß liegt keine Erklärungsnot zugrunde, sondern das freie Erleben, das umgesetzt wird in eine Form, in eine Gestalt. Das Konzept, so es das gegeben hat, löst sich im geglückten Kunstwerk auf. Es ist nicht mehr auffindbar. Erst mit »Der Dienst«, der Geschichte meines Vaters, war ich so weit, Ich zu sagen, weil ich mir dieses Ichs nun sicher war.

MAGENAU: Was ist das für ein Ich?

KRAUSS: Ein überpersönliches, das dem Leser gestattet, hineinzuschlüpfen, eines, das mich mit allen Lesern verbindet. Es hat mich fortan vor diesem Autobiographie-Ich bewahrt, auch wenn autobiographischer Stoff in meinen Büchern zu finden ist. Dabei ist die Grenze zur Fiktion für mich selbst nicht auszumachen, sie löst sich bereits vor dem Schreiben auf. Und das zunehmend. Es ist eine Frage der Intensität. Die Erlebnisstärke beim Schreiben übertrifft die ursprüngliche mühelos. Übrigens eine phantastische Erfahrung, im wahrsten Wortsinn.

MAGENAU: Also es ist ein Sich-weg-Schreiben vom Autobiographischen, das aber der Ausgangspunkt bleibt? Das Material sind Fragmente des gelebten Lebens, das zur Sprache kommt. Das läßt das Autorinnen-Ich erkennen. Und gleichzeitig ist es ein Ich, das etwas ganz anderes darstellt.

KRAUSS: Es ist offen für alle. Auf einer tiefen Ebene bin ich es, in meiner überzeitlichen Essenz sozusagen. Das geht weit über das Autobiographische hinaus.

MAGENAU: Die Hoffnung, daß andere sich in das eigene Ich hineinlesen und hineinfinden, können autofiktionale Autoren doch aber genauso haben, also Karl Ove Knausgård zum Beispiel oder Annie Ernaux, die ganz direkt am eigenen Leben entlangschreiben. Warum bist du da skeptisch?

KRAUSS: Ich wäre gefangen in meiner eigenen Biographie. Nach der suche ich aber nicht, ich suche nach Erweiterung, Entgrenzung, deshalb schreibe ich. Mein persönliches Leben ist dabei eine Inspiration. Eine Inspiration, über es hinauszugehen.

MAGENAU: In »Eine Wiege« habe ich die schöne Formulierung gefunden: »Die einzige ersehnte Konsequenz des Dichtens: daß meine Person in ihrer poetischen Gestalt restlos auf- also untergeht.«

KRAUSS: Das würde ich mein Credo nennen.

MAGENAU: In »Eine Wiege« arbeitest du mit Fotos aus der Kindheit, Fotos, die dein Vater gemacht hat. Da würde man doch sofort sagen, das ist eine Form von Autobiographie, von Kindheitsbuch. Es ist zugleich lyrisch, poetisch und doch Prosa.

KRAUSS: Wie gesagt, ich habe keinerlei Interesse an Autobiographie. Deshalb war der von dir zitierte Vorsatz nötig, damit das von meiner Seite ausgeschlossen wird. Wir wissen, wie verlockend es ist zu glauben, etwas sei autobiographisch, worunter gern die sogenannte Wirklichkeit verstanden wird. Keiner kann sich dem ganz entziehen, ich selbst auch nicht. Der Mensch ist neugierig auf den anderen. Wer dazu noch private Fotos aus der Kindheit bietet, lädt ja geradezu zu dieser Lesart ein. Aber gerade das hat mich ungeheuer gereizt. Die erste Prüfung war »Der Dienst«, weil er auf autobiographischen Tatsachen beruht. »Eine Wiege« bedeutete angesichts der Fotografien: Erhöhung der Prüfungsbedingungen. Aber man ist mir auch hier nie zu nahe getreten mit der Bemerkung: Oh, das bist ja du! Meine Person ist also in ihrer poetischen Gestalt auf- und untergegangen.

MAGENAU: Wann hast du zum ersten Mal auf deine Bücher geschaut und gesagt, das sind nicht nur einzelne Titel, sondern ein Werk? Hast du das Gefühl, da ist etwas Ganzes, das zusammengehört? Gibt es so etwas wie ein Werk-Gefühl?

KRAUSS: Das bildet sich allmählich heraus. Auf meiner Website gibt es eine Rubrik »Werk«, aber das ist eher so gemeint, daß ich da am Werk bin. Damit ist kein qualitativer Werkbegriff gemeint. In Werk steckt ja das Werken mit drin. Zusammenhänge ergeben sich auch dadurch, daß ich mich immer wieder mal spielerisch selbst zitiere. Mozart hat das auch so gemacht. Beim letzten Buch »Das Weltgebäude muß errichtet werden. Man will ja irgendwo wohnen« geht das bis in den Titel. Der Satz stammt aus »Im schönsten Fall«. Das war 2011. Das Weltgebäude zu errichten hat heute eine ganz andere Dringlichkeit bekommen, deshalb habe ich den Satz als Titel gewählt. Ich mache das also nicht nur, um die einzelnen Bücher miteinander zu verbinden. Es ist wie ein Knüpfen am ganzen Netz, dem der Literatur und des Lebens. Dabei merke ich ganz nebenbei, daß ich tatsächlich an *einem* Werk schreibe.

MAGENAU: Gibt es so etwas wie eine Entwicklung? Schreibst du dich zu etwas hin, dem du von Buch zu Buch näherkommst?

KRAUSS: Das geschieht von selbst, es ist ein Wachsen im Leben. Ich komme im Leben einem Etwas näher. Was ist das? Vollkommenheit, Erkenntnis im Rahmen dessen, was Beschränktheit und Unvorhersehbarkeit des Lebens erlauben. Ich reflektiere, komponiere das schreibend, in Formen, Szenen.

MAGENAU: In deiner Poetikvorlesung »Die Gesamtliebe und die Einzelliebe« erzählst du einen Traum, in dem du das Werk siehst. Das ist ein Block aus Sandstein, kantig behauen. Als Gegenstand läßt es sich aber nicht festhalten. Die Träumerin weiß, wenn sie jetzt zum Stift greifen würde, um das alles aufzuschreiben, wäre es verloren. Also läßt sie es und gleitet zurück in den Traum.

KRAUSS: Ich habe damals den »Dienst« gesehen. Eine Zeitlang hatte ich eine ganze Traumserie. Immer wenn ich zu einem neuen Buch ansetzte, habe ich es im Traum gesehen. Einmal als barocken Schuh mit einer Schleife darauf, einmal diesen Sandsteinblock, und jedesmal wußte ich, ich sehe jetzt mein Werk. Ich habe das Symbol seltsamerweise immer sofort verstanden, es wies auf Gestalt und Rhythmus des Textes hin. Einmal war es eine Torte, eine feinziselierte Schokoladentorte.

MAGENAU: An einer anderen Stelle in der Poetikvorlesung setzt du das Werk mit dem Sein gleich. Da sprichst du von Eigensinn, von der Zauberkraft des Bewußtseins, von Sehnsucht, Erwartung, Phantasie, Liebe. Das sind die Kräfte, die das Sein hervorbringen. Und dann schreibst du: »Das war mein Werk, mein Kunstwerk.« Da geht es nicht mehr um ein einzelnes Buch, sondern tatsächlich um ein in Jahrzehnten geschaffenes Werk: das Sein.

KRAUSS: Das Werk sind nicht die Bücher. Es ist die Lebenskunst. Sie besteht in erster Linie darin, daß man sich seiner bewußt wird. Nur dann kann man aus dem Leben mit all seinen Banalitäten ein Kunststück schaffen. Es muß nicht unbedingt Literatur daraus werden. Es kann auch etwas anderes entstehen. Ein Spiel etwa, eine bewußt gewordene Lebensweise, ein Lebensentwurf, der eine Versuchsanordnung bleibt, alles mögliche. Mir wurde offenbar in die Wiege gelegt, nach einer poetischen Existenz zu streben, das Leben als Kunstwerk auffassen zu wollen. Daß dabei Bücher entstehen, ist ein schöner Nebeneffekt.

MAGENAU: Ist das nicht ein bißchen bescheiden formuliert?

KRAUSS: Eher nicht, ein Leben als gelungenes Kunstwerk stellt doch den denkbar höchsten Anspruch dar. Aber ich liebe die Herausforderung, deshalb habe ich mir unter den Künsten wohl auch die schwerste gewählt, die der Sprache. Nur in der Sprache drücken wir alles durch das Sieb des Verstandes, kein Celloklang, keine Farbe, kein Tanz kennt diesen Verstandesfilter. Diese Künste treffen direkt auf die Sinne, ins Herz. Ich habe also die Wortkunst gewählt, um dann festzustellen: Ich will das Wort überwinden. In meiner Jugend habe ich Leistungssport getrieben, vielleicht besitze ich ein Gen dafür, das Schwierigste zu suchen. Milliarden Menschen bedienen sich achtlos eines Materials, aus dem einige von ihnen Kunstwerke erschaffen, die inmitten dieser Achtlosigkeit wahrgenommen werden wollen. Mit diesem Material, dem Wort, muß also etwas geschehen, es muß gewissermaßen gereinigt, befreit werden von dieser Abnutzung, die heute vor allem ein medialer Verschleiß ist. Die Sprache erleidet derzeit einen beispiellosen Wertverlust. Das Wort muß wieder glänzen, klingen. Als würde es zum ersten Mal gehört. Dafür werden Gedichte geschrieben. Oder wie man es auch nennen mag, das ursprünglich klingende Wort.

MAGENAU: Haben deine Bücher deshalb keine Gattungsbezeichnung? Nur die Erzählungen sind als Erzählungen ausgewiesen, und beim Debüt »Das Vergnügen« steht »Roman« außen drauf.

KRAUSS: Das hat man mir aufgezwungen. Damals war ich noch nicht durchsetzungsfähig genug gegen das Argument, daß eine Buchhändlerin doch wissen müsse, wo sie das Buch hinstellen soll.

MAGENAU: Seither ist es dir offensichtlich gelungen, die Gattungsbezeichnung zu vermeiden. Wie würdest du deine Art des Schreibens bezeichnen?

KRAUSS: Als Kunststück, als literarisches Kunststück, als Prosakunststück? Aber eigentlich widerstrebt mir das Benennen. Ich war auf zwei großen Lesereisen durch die USA. Einer der Professoren dort hat mir gesagt: Lassen Sie sich niemals ein Genre aufzwingen. Sie sind das Genre! Das hat mir natürlich gefallen. Ein anderer schlug vor: »Narratives Persönlichkeitsarrangement«. Das wäre die germanistische Einordnung. Sehr interessant. Aber ich brauche es natürlich nicht. Kunststück reicht. Es entspricht meiner sinnlichen Vorstellung davon, was ich mache.

MAGENAU: Ein Roman zeichnet sich meistens durch eine Handlung aus. Es passieren Dinge, die man nacherzählen kann. Es gibt identifizierbare Figuren, die in einem bestimmten Verhältnis zueinander stehen. Und es gibt auch eine zeitliche Ordnung. Es muß nicht unbedingt chronologisch sein, aber doch nachvollziehbar. Um eine Geschichte zu erzählen, braucht es Anfang und Ende. Wenn es stimmt, daß deine Bücher alle zusammengehören, haben sie vielleicht keinen Anfang und kein Ende, sondern sie gehen immer weiter. Es gibt Handlungselemente, aber selten eine wirklich nacherzählbare Handlung. Jedenfalls ist das nicht das Wesentliche. Mir scheint, daß du die Romanhaftigkeit sehr bewußt unterläufst.

KRAUSS: Stimmt. Auch will ich gar nicht erst jemanden in Versuchung bringen, eine Handlung nacherzählen zu wollen. Literatur, wie ich sie schätze und schreiben möchte, ist nicht nacherzählbar. Ich will keine Geschichten erzählen. Ich bin den Strukturen des Lebens auf der Spur, und die Strukturen des Lebens zeigen bestenfalls an der Oberfläche überschaubare Verläufe. Wir brauchen diese Oberfläche, damit wir uns orientieren können und uns beruhigen, daß etwas Bestimmtes tatsächlich geschehen ist. Aber wenn jemand sagt: Ich bin von da nach dort gegangen, dann habe ich den getroffen und der hat mir das und das erzählt, und dann bin ich weitergegangen, dann wird ihn das selbst nicht befriedigen. Denn erlebt hat er etwas anderes. Vielleicht ist er aufgewühlt oder erleuchtet oder beglückt. Aber wo war der Grund für das, was ihn so beglückt oder aufgeregt hat? Das ist nicht darstellbar in einer Abfolge von Ereignissen. Das sind Erlebnis-Cluster in uns, die sich miteinander und obendrein mit dem verbinden, was wir in der Vergangenheit erfahren haben. Diesem Erleben bin ich auf der Spur. Das will ich so erzählen, daß es noch einmal erlebt werden kann. Das erfordert Erzählstrukturen, die dieses Erleben abbilden.

MAGENAU: Es geht um eine ganz bestimmte Art und Weise des Erlebens, die plausibel oder nacherlebbar gemacht werden soll. Oder wie es in deinen Poetikvorlesungen heißt: »Erzählen heißt, eine Form finden. Die Form ist das, was das Erzählte vom Erlebten unterscheidet.« Das wirft jedoch die Frage auf, welche Form das ist. Eine Form hat ja auch schon wieder etwas Beengendes, und

eigentlich suchst du nach offenen Strukturen, in denen sich die verschiedenen Möglichkeiten des Erlebens ausdrücken lassen.
KRAUSS: Es kann nicht die Form sein, in der wir normalerweise unser Erleben, um es schnell erfaßbar zu machen, abspeichern. Es muß eine andere sein, eine offenere, aber gleichzeitig bewußt strukturierte. Das dürfte vielleicht schon an den Büchern erkennbar sein, daß ich einer strengen Form folge.
MAGENAU: Und diese Form, so heißt es an derselben Stelle, dient dann auch der »Selbstfindung«, die im Schreiben intendiert ist. Das ist in meinen Ohren fast ein Schimpfwort, Selbstfindungsliteratur. Da gibt es ganze Regale in den Buchhandlungen, die das versprechen. Aber das meinst du gerade nicht.
KRAUSS: Selbstfindung geschieht ohnehin durch jedes Werk, nicht nur ein literarisches. Wer nach sich sucht, findet sich in jeder Reaktion, in jeder Handlung, in seinem ganzen Weltbezug. Im Schreiben suche ich nicht mich; mir geht es um das Aufspüren von Formen, in denen wir leben und erleben und in denen sich uns das Leben offenbart. Und das ist grenzenlos, was sich einem da offenbart. Da müßte man Hunderte Jahre leben.
MAGENAU: Oder wahnsinnig dicke Bücher schreiben. Aber das tust du ja nicht.
KRAUSS: Das geht gar nicht, weil ich meine Bücher in einem überschaubaren Spannungsbogen schreibe. Ich könnte es auch Erregungsbogen nennen. Am Anfang steht jedes Mal ein spontaner Impuls aufgrund eines Verliebtseins – in einen seltsamen Anblick, eine flüchtige Begegnung, einen plötzlichen Einblick, etwas, das mir die Welt neu erklärt. Und dieser freudige Impuls begleitet mich in variierter Weise durch den ganzen Text. Ich bin tatsächlich die ganze Zeit verliebt. Die Zeit vergeht im Flug. Als schriebe ich ein Gedicht. Ich bin keine epische Natur, ich brauche den Funken der Initiation vom Anfang bis zum Ende. Im Schreiben wie im Leben. Dabei ist meine Weltwahrnehmung vornehmlich auf ein Ganzes fokussiert, auf das ganze Gedicht. Deshalb sind auch meine Prosastücke so aufgebaut, daß alle Details miteinander in Beziehung stehen. Das kann man nur rezipieren, indem man es in einer Zeitspanne liest, die es erlaubt, diesen Zusammenhang zu halten. Wie beim Lesen von Gedichten.
MAGENAU: In den Poetikvorlesungen unterscheidest du ereignisbezogene und erlebnisbezogene Autoren. Und es gibt noch eine andere Polarität, auf die du zu sprechen kommst, nämlich Fühlen und Denken, was beides im Schreibprozeß eine Rolle spielt. Wenn man sich in der Sprache bewegt, geht es nicht anders als reflektierend. Das ist auch eine Spannung, die im Schreiben entsteht. Müßtest du das Denken nicht abschalten können, um zum reinen Erleben vorzudringen?
KRAUSS: Das Denken hat schon auch seinen Reiz. Wenn man sich bewußt ist, daß man damit zwar etwas scharf formulieren kann, es aber gleichzeitig immer wieder auflösen, das Denken immer wieder lockern muß. Denken bedeutet bei

mir nicht, mit einem bestimmten Konzept an ein Buch heranzugehen. Das ist mir völlig fremd. Das heißt nicht, daß ich keines habe, aber es ist wiederum eine Mischung aus Denken und Gefühltem und Geträumtem. Eine bewegliche Figur, die ich nicht verschriftlichen kann. Das ist meine Art Konzept.

MAGENAU: Aber es gibt ja nicht nur ein Konzept vorher, sondern auch eine Bearbeitung hinterher. Und das heißt: Reflexion am Text. Was kann ich brauchen, was kann ich nicht brauchen? In welche Ordnung bringe ich das?

KRAUSS: Das geht so: Ich schreibe ganze Passagen, die ändere ich nicht. Und dann gehe ich wieder ein bißchen herum, lebe und tue so, als wäre nichts, treffe mich mit anderen. Am schönsten ist es natürlich, wenn die anderen etwas ahnen von dieser Art Leben und vielleicht sogar in ähnlicher Weise mit sich selbst unterwegs sind. Alleinsein gehört dazu, für sich sein, mit mir sein. Ich bin nicht in der Lage, an einem Tag zu zwei Treffen zu gehen. Ich meine mit Treffen konzentrierte Begegnungen. Dafür bin ich zu offen. Es geht immer nur eines, und davon kann ich dann lange zehren. Ich vergesse den anderen nicht. Man ist ja frei und hat die Möglichkeit, sich seine Mitmenschen auszuwählen, mit denen man Zeit verbringt. Aber daß man im Grundsätzlichen mit sich selbst tief befreundet ist und aus dieser Haltung heraus auf andere und so übrigens auch auf das Schreiben zugeht, das ist das Entscheidende. Ich recherchiere auch nicht. Nie. Ich habe das einmal versucht. Das ist totes Material. Oder Einfälle in Notizbücher schreiben, um sie dann später »zu verwenden« – schon beim Gedanken der Verwendbarkeit erlischt mir jeglicher lebendige Impuls. Alles Zweckbezogene ist für mich untauglich, weil leblos. Ich kann nur auf das unmittelbar Wahrgenommene, Erinnerte, Gefühlte literarisch reagieren. Zu alldem gehört ein bestimmtes Leben. Von dem niemand weiß. Auch das geht mit der poetischen Existenz einher: ganz hier sein und ganz woanders.

MAGENAU: Martin Walser hat das einmal als »Verbergungs-Entblößungs-Spiel« bezeichnet: Schreiben, um alles sagen zu können, aber nur als Verborgenes. Deshalb schrieb er Romane, die es erlauben, sich zu öffnen, sich zu zeigen, aber eben, indem man sich verbirgt im Text, in den Figuren. Das ist die Verwandlung des Lebensstoffes in Literatur.

KRAUSS: Ja, Walser hat das großartig beherrscht, auch im Vortrag. Dieses Entblößen, das erfordert eben die hieb- und stichfeste Form, damit es nicht mißverstanden wird. Auf der Theaterbühne bleibt der Darsteller auch in den seelisch intimsten Szenen in der Rolle, also in der Form. Und gleichzeitig kommt die Kraft einzig aus seinem authentischen Ich. Auf der Bühne meiner Bücher tritt meine Ich-Darstellerin auf.

MAGENAU: Dazu gehört immer auch die Außenwelt, Dinge, Straßen, Städte, Körper, Tiere, Menschen. All das läßt sich in deinem Werk verorten, als gäbe es ein

Koordinatensystem, das alles zusammenhält. In der Mitte der Welt, am Nullpunkt, liegt Leipzig, und dort wiederum das Haus der Erzählerin, das sich von Buch zu Buch verwandelt und immer weiter aufgefächert wird. Die Wohnung unterm Dach, das Fenster, das Ausblick bietet auf den Güterbahnhof und auf den nahen Zoo. Von dort aus liegt in der einen Himmelsrichtung der Westen, vor allem mit New York als Sehnsuchtsort. In »Die Überfliegerin« geht die Reise dorthin; »Milliarden neuer Sterne« ist ein New-York-Buch. Und auf der anderen Seite gibt es den Osten mit Moskau als Ort, der aufgesucht wird, auch weil eine Freundin dort lebt. Und über allem spannt sich der Himmel, die Sterne. Das ist die Grundordnung für alle deine Bücher, die sich wie Planeten um das Zentrum herumbewegen. Es gibt also konkret den Ost-West-Gegensatz als Grundordnung, aber zugleich eine Tendenz ins Unendliche.
KRAUSS: Meine Lebensspanne fällt nun gerade in diese Zeit, in der die Polarität auf die Spitze getrieben und auch als solche postuliert wird. Das ist für mich eine wunderbare Versuchsanordnung, Ost und West, wobei sich der Blick auch umkehren läßt: Man geht nach Osten und kommt im Westen an, man geht nach Westen und kommt irgendwann wieder im Osten an. Aber schon dieser Kontrast mit der Polarität auf der einen Seite und der Grenzenlosigkeit auf der anderen Seite ist für uns nicht faßbar. Man muß einmal in Peru unterm Nachthimmel gestanden haben, um eine Ahnung davon zu bekommen, wurde mir erzählt. Ich war noch nicht dort. Deshalb muß ich mir diese Ahnung im Geiste schaffen. Ich bin mir aber immer bewußt, daß es in diesem Koordinatensystem hier, in dieser polaren Zurichtung, in der wir leben, ein Rundum gibt, das wir nicht erfassen können. Deshalb hat es mich damals so fasziniert, als die ersten Bilder des Hubble-Teleskops veröffentlicht wurden. Die sind eine Ungeheuerlichkeit an Schönheit und Rätselhaftigkeit. Das Polare ist das Faßbare. Wenn ich davon schreibe, dann um mich und andere in unserer irdischen Existenz zu identifizieren: Ja, das sind wir hier, wir erkennen uns wieder. Aber wir ahnen das andere, das Unfaßbare. Nicht nur angesichts des Kosmos, sondern ebenso in Gegenwart eines anderen Menschen. Danach sehnen wir uns insgeheim, nach der Weite, eigentlich nach dem Wunder im anderen. Davon schreibe ich.
MAGENAU: Das heißt, das zugrundeliegende Konkrete, der Ost-West-Gegensatz, die Weltordnung, ist nur der Ausgangspunkt, um sich davon wegzuschreiben?
KRAUSS: Das Konkrete ist ein Anker. Ich verankere mich physisch in dieser Weltordnung, wie ich sie vorfinde. Andernfalls verschwände man doch, ehe man sich's versieht, im Irgendwo. Es ist wie bei Gedichten. Sind sie zu vage geraten, kann man nichts mehr fassen, dann lösen sie sich auf. Es muß überall Körper im Raum geben. Und Ost und West kann man im Sinne von Topoi durchaus als Körper im Raum betrachten.

MAGENAU: Das schreibst du so ähnlich auch in den Poetikvorlesungen: »Meine poetischen Baugründe sind die Körper und der leere Raum, die Körper, deren Anwesenheit uns letztlich als Spiegel unserer eigenen Leibhaftigkeit dient. Der Raum, der von Körpern freigelassene, von Körpern verdrängte und von Körpern umbaute Raum.«
KRAUSS: Das ist meine Art der Weltwahrnehmung. Sie ist in erster Linie sinnlich, in zweiter emotional, in dritter gedanklich, reflektierend. In der Wortkunst gehört Disziplin dazu, der Reflexion die erste Stelle zu verweigern. Das im Diskursraum herumgeisternde Wort darf nicht zu schnell da sein. Das Wahrnehmen hat Vorrang: Körper und der leere Raum.
MAGENAU: Die Ost-West-Koordinaten waren früher durch den Kalten Krieg und die Mauer bestimmt. Heute bedeutet der Ost-West-Gegensatz etwas ganz anderes. Es sind zwar noch dieselben Wörter, aber nicht mehr dieselbe Sache. Indem man in diesem Koordinatensystem verharrte, wurde man einmal durchs All und wieder zurück geschleudert.
KRAUSS: Das Ganze löst sich wie alle unsere Vorstellungen oder Konzepte auf, wenn wir woanders sind, sei es nun im Westen, in New York, oder im Osten, in Moskau. Die Welt, die ich dann wahrnehme, ist jenseits der gedachten, interpretierten. Das wird uns helfen, die neuen Entwicklungen zu verstehen, denn unser vertrautes »Ost-West« löst sich gerade auf.
MAGENAU: Aber das Politische an und für sich interessiert dich eigentlich nicht. Wenn es eine Rolle spielt, dann nur indirekt, hinter dem Rücken der Erzählerin.
KRAUSS: »Hinter dem Rücken« ist gut, aber daß es mich nicht interessiert, kann ich nicht sagen, im Gegenteil. Ich lebe gerade jetzt sehr neugierig inmitten dieser Gesellschaft. Gleichzeitig schaue ich mir das Stück auf unserer Erdenbühne mit jener Distanz an, die nach etlichen Erfahrungsjahrzehnten geboten ist. Was nun meine Erzählerin betrifft, so gilt für diese eine Regel von Anfang an: Es dürfen keinerlei Partikel aus dem politischen Gesprächsraum in die Literatur eindringen. Alles muß Gestaltung finden. Das ist heute herausfordernd. Früher galt es nur den Begriff DDR samt einiger Synonyme zu vermeiden. Ein einziges Mal zeige ich ihn: In »Eine Wiege« gibt es die Fotografie eines Segelflugzeugs in der Luft, in den fünfziger Jahren. Auf einem Flügel steht DDR, winzig. Diese Lakonie könnte ich meine politische Ästhetik nennen. Heute haben wir eine ganz andere Situation. Der mediale Raum ist überall, direkt oder als Echo. Er ist auch von politischen Formeln, Phrasen durchzogen. Ist das noch aufzulösen? Zugunsten von Klarheit, Wahrhaftigkeit? Bleiben wir berührbar durch das Wort? Selbstverständlich zweifle ich keinen Moment daran. Denn ich erlebe es.
MAGENAU: Und das in der Hoffnung, daß wir uns in dieser konkreten, politisch in Unordnung geratenen Welt besser zurechtfinden mit Hilfe der Literatur?

KRAUSS: In »Die Überfliegerin« gibt es eine Passage, eine meiner liebsten Stellen, wie die Russen damals nach der Wende ihre Kasernen abgebaut haben: »Die Russen sind fort«. Die Russen haben mich seit meiner Kindheit begleitet, sie waren immer da, und diese kindliche Liebe kann niemand ausräumen. Dafür ist Literatur da, daß man dem anderen Menschen unmittelbar begegnet. Das soll man im Leben tun, aber auch die Literatur kann daran erinnern, wie alle Ideologie in dem Moment zerfällt, in dem wir dem anderen begegnen. Das ist für mich das Politische der Literatur, wie ich sie schreibe.
MAGENAU: Zu dem räumlichen Koordinatensystem gehört auch eine Zeitachse als dritte Dimension. So wie das Wohnhaus in Leipzig die Mitte darstellt, so gibt es auch einen Nullpunkt in der Zeit: Das ist 1989. Du sagst sogar einmal in »Wie weiter« explizit, dieses Jahr markiere die Mitte deines Lebens. Gilt das heute noch oder hat sich der Mittelpunkt verschoben?
KRAUSS: Man sollte die unterschwellige Wirkung von Symmetrien in den Lebensdaten nicht unterschätzen. Mein gefühlter Mittelpunkt ist inzwischen auf die Jahrtausendwende vorgerückt. Er ist offenbar beweglich. Natürlich war der Mauerfall das bedeutendste, ja das einzige Geschichtsereignis, das ich erlebt hatte. Bis dahin beneidete ich die Generation meiner Eltern und Großeltern, die ich in der großen Geschichte des letzten Jahrhunderts sah. Jetzt endlich hatte die Weltgeschichte also auch mich erreicht. Und das ganz unmittelbar: in Leipzig, wo ich zu Hause bin, vor meiner Haustür. Ich habe erlebt, nicht gleich reflektiert. Das beispiellose Geschenk dieses Unmittelbaren begreife ich aus dem Abstand heraus immer mehr. Mittlerweile wird das weltweite Signal des Mauerfalls geradezu übertrumpft, nur nicht in so schön eindeutiger Weise wie damals, es ist statt dessen ein unüberschaubares Geschehen, das die Welt ein weiteres Mal neu ordnet. Aber 1989 bleibt lebendig in seinen Nachwirkungen. Ich lerne beständig dazu; es ist meine Geschichte. Erst vor kurzem bin ich wieder gefragt worden, ob sich mein Schreiben danach verändert habe. Das hat es natürlich nicht.
MAGENAU: Ich finde schon, daß »Das Vergnügen« und auch noch »Der Dienst« in einem ganz anderen Stil gehalten sind als deine späteren Bücher. Schon deshalb, weil es in »Das Vergnügen« keine Ich-Erzählerin gibt. Ich habe doch den Eindruck, daß es da eine Zäsur gibt.
KRAUSS: Ich glaube, das hat weniger mit den gesellschaftlichen Verhältnissen zu tun. Der eigene Ton ist etwas Essentielles, tatsächlich ja auch Physisches. In ihm zeigt sich unser Sein in der Welt, also wie wir diese Welt auffassen, ihr begegnen, sie zum Ausdruck bringen. Beim Blick aufs Ganze höre ich mich in jedem Buch heraus. Nicht in der jeweiligen Komposition mit oder ohne Ich-Figur, sondern im Grundton. An seinem Grundton ist der Mensch erkennbar.

MAGENAU: Zu dieser Wahrnehmungsweise gehört bei dir zwingend das Imperfekt als Erzählform. Es ist undenkbar, daß du im Präsens schreiben würdest.

KRAUSS: Passagenweise erzeugt es eine plötzliche Lebendigkeit, das geschieht im Schreiben dann im richtigen Augenblick. Als durchgehende Form würde ein langer Text im Präsens wohl auf der Aktionsebene verharren. Und die Lebendigkeit auch.

MAGENAU: Darf ich aus »Sommer auf dem Eis« zitieren? »Man hat von der Vergangenheit immer eine einfache Vorstellung. Das Leben als Gegenwart dagegen übersteigt alle Fantasie. Nur als Vergangenheit läßt sich das Leben so herrichten, daß man halbwegs etwas erkennt.« Das ist ein programmatischer Satz. Es geht gar nicht, über Gegenwart zu schreiben. Man ist darin viel zu sehr gefangen.

KRAUSS: Es gibt nichts anderes als Vergangenheit – sobald man zu denken beginnt. Man könnte auch sagen: Durch das Denken und Schreiben machen wir die Gegenwart, in der wir einfach so wunderbar präsent sind, permanent zur Vergangenheit. Unter diesem Aspekt hat der Blick auf das Ganze, den wir miteinander auf mein Werk geworfen haben, etwas Schmerzliches und Beglückendes. Alle Literatur ist aus Lebenszeit gemacht. Und zugleich hoch verdichtetes, tief bewußt gewordenes, noch mal geschenktes Leben.

RUTH JOHANNA BENRATH

ZUGLUFT IM WELTGEFÜGE

Gedicht

Jacob Böhme zum 450. Geburtstag

Was vermeinet ihr wol daß
vor der Zeit dieser Welt
sey an statt dieser Welt
gestanden?

diese verschneiten Fernen
diese Bestäubung mit Schnee
morgens

weißliches Blau bläuliches Weiß
könnte glanzvoller nicht sein

Handschrift aus dem Nichts
schneeblau schneerosa
dazu habe ich Fragen
zweisilbiges Weiß
hat das jemand von sich gegeben

Schnee
was ist das
sieht aus wie Zucker probier' mal
schmeckt aber nach nichts schmeckt
naß
nasse Kristalle,
kleine Abbilder ihrer selbst, Fraktale,
mehr Formen möglich als Atome im
Weltall
erklär mir das

ist Energie
ist Materie

ist Wolke ist Kristall ich kann es dir nicht genau
sagen

Oder woraus vermeinet
ihr wol daß die Erde und
Sternen sind worden?

das nenne ich *erschaffen werden*
aus der Wolke herauskullern
und hineinschneien
in diese Welt

eine bauchige Flasche ausleeren
mit einem grobzinkigen Kamm die
Mähne eines Riesenpferdes striegeln
und lauter Rehe herausrieseln lassen
Rehe mit Wiesen

das nenne ich *Schöpfung*
(aber das sage ich nicht laut)

draußen war Schnee am frühen Morgen und eine
glutrote Sonne erhob sich über den Rand des
Horizonts

das nenne ich *erscheinen*

Rehe die sich auf einer Schneefläche tummeln
vor meinen Augen
und einander über den Schnee jagen und einander
hinterher springen in der heraufkommenden Sonne,
ein geballtes Feuer wie aus glühendem Eisen
geschmiedet
das jetzt hoch über dem Wald steht wo kommt das
her

erklär mir das

Oder was vermeinet ihr
wol daß in der Tieffe über
der Erden sey, oder wovon
die Tieffe worden sey?

Schnee
weiß bis zur Durchsichtigkeit
wie ein Dia

Licht wird hindurchgeschickt

vielfarbiges Weiß buntes Weiß

erklär mir das
Rehe springen über den Schnee
diese Rehe
werfen ihre Hinterbeine in die Luft
hüpfen wie Hasen
über den Schnee
alles was lebt
hat die Fähigkeit sich zu bewegen

wo Stoff und Form sich begegnen
entsteht Bewegung
Bewegung wie Hasen und Rehe
was niemand erklären kann

und daß ich das schreiben kann
Zeilen über Schnee
wer hat das gemacht
die Fähigkeit haben
das nenne ich
erschaffen worden sein

Oder woraus sind die giftigen und bösen Thier und Würme worden mit allem Ungeziefer? Oder woraus sind die heiligen Engel worden?

der Baum vor meinem Fenster
Schneereste in den Achselhöhlen
wiegt sich im Wind tanzt mit dem Wind

das nenne ich bewegt werden
der Schnee das Reh der Baum
der Wind

alles was sich bewegt muß etwas Bewegtes und etwas Bewegendes in sich haben

aber was
war *vor* der Bewegung

weggehen wiederkommen schneien schmelzen
schneien
wo kommt das alles her

Sonne, die weg ist
Schnee, der weg ist
Rehe, die weg sind
Schmerz, der da ist

erklär mir das

Und letztlich, was ist die
Seele des Menschen, und
der große GOtt selber?

DIETER WERNER

»SCHWEB EMPOR MEIN TRAUMGEBÄUDE, ÜBER MEINEN UNTERGANG!«

Leben und Werk Theodor Däublers

Es gibt eine Photographie, die Theodor Däubler so sehr charakterisiert, daß er darum bat, sie nicht mehr zu veröffentlichen. Sie zeigt ihn, bis zur Brust im Meer stehend, neptunisch, mit aufgeblähten Backen wie ein Wasserspeier an einem mittelalterlichen Dom. In ihr drückt sich unverkennbar das ozeanische Wesen Däublers und seiner Dichtung aus: sich somnambulisch tragen lassen vom Auf und Ab der Wellen, von Flut und Ebbe, Medium unterseeischer Kräfte, verspielt und gewaltig, wie es sich fügt; beiläufig die zufälligen Bruchstücke hin und her wendend, welche das unermeßliche Meer ihm zuspült. Dem jungen Carl Zuckmayer ist er als »bärtiger Okeanus« erschienen, »der seine Verse endlos wie Meereswogen dahinrollen ließ«. »Sein Baden ist sein Bestes«, bemerkt sein Freund Ernst Barlach, »er ersäuft seinen fetten Leib im salzigen Überall. Seine Zeit im Unbegrenzten, Reden, Beschwören, Prophezeien ist sein Bestes, gleichsam sein geistiges Baden; er erbricht sein Individuum im Absoluten.«
So erscheint denn auch sein Umgang mit den Motiven, die er in seiner Dichtung verarbeitet, weniger als willentliches Gestalten denn als traumbefangenes Umströmen unterschwellig wahrgenommener Strukturen. Däublers Vorstellung eines wesenhaften Zusammenhangs von Landschaft, Geschichte und Kunst, von Landschaft als mythischem Raum hat Ähnlichkeit mit den Vorstellungen der australischen Ureinwohner. Für diese ist das ganze Land von *songlines* durchzogen, von an bestimmte natürliche Wegzeichen gebundenen Routen, welche die Erinnerung an die Taten der sagenhaften Schöpferwesen der Traumzeit repräsentieren. In der mythischen Urzeit sollen sie durch Selbstschöpfung aus der Verborgenheit hervorgetreten sein und begonnen haben umherzuwandern, während sie singend die Dinge der Welt benannten und diese dadurch erst ins tatsächliche Dasein hoben. In *einem* Schöpfungsakt wurden so Vorfahren, Gesang und Landschaft zugleich geschaffen. Jeder Etappe der Wanderung entspricht eine Anzahl von Strophen, eine Landschaft kann wie eine Partitur gelesen werden. Auch bei Däubler findet sich die Vorstellung eines wesenhaften Zusammenhangs von Gesang und Welt: »Es wurde unsre ganze Welt zuerst gesungen«, heißt es in der »Hymne an Sizilien«. Am Anfang des zweiten Bandes seines Früh- und Hauptwerks »Das Nordlicht« (1910) brechen die Ahnen von Mensch und Tier

aus der Erde hervor, um den mythischen Raum der altweltlichen Geschichte zu durchschreiten. Die Klage- und Angstschreie, die die Menschen der Urzeit ausstoßen, verwandeln sich in die Stimmen von Möwen und anderen Vögeln, die sich aus dem Schrei materialisieren. Weiter heißt es dort:

> Der Mensch wird einst der Träume Wahrheiten erkennen
> Und wissen, daß er blos im Schlafe Eigenes denkt,
> Daß, wenn ihn fremde Einflüsse des Tags berennen,
> Doch nur sein innerer Gesang das Leben lenkt.

Vor allem aber ist es die Sprache, in der Däubler wie in einem Ozean treibt. Die Reime im »Nordlicht« muten gelegentlich fragwürdig an, aber darin liegt durchaus Methode. Däubler ist der Ansicht, nicht der Dichter bringe die Verse hervor, es sei vielmehr die Sprache selbst, die sich durch das Medium des Dichters hindurch ausspreche. Ihren Ursprung hat Sprache für ihn in Naturlauten. Die Ursilbe »Ra« hat er Seevögeln und Raben abgelauscht, weitere Laute dem Prasseln und Funkengeknister eines Großbrands. Durch Reim und Rhythmus bewirke Sprache ihre Selbstorganisation, im geschwisterlichen Klang des Reimes stelle ein inhärenter Sinn sich ein. Seine Dichtung ist Weltbegreifen von der Sprache her: »da erfaßt, da bildet und dichtet die Sprache sich selbst, ohne der Dinge zu achten, von denen sie angeblich nur ein lautliches Abbild ist«, wie Hugo Neugebauer dazu 1912 anmerkt. Demgegenüber findet es der spätere Staatsrechtler Carl Schmitt, der als junger Mann Däublers epochalem Dichtwerk drei kürzere Studien widmete, »höchst bemerkenswert (…), daß auch in dieser hemmungslosen Hingabe an den Sprachklang die gedankliche Richtigkeit immer gewahrt bleibt und gerade da die tiefsten Gedanken entstehen, wo die Sprache nicht nur sich selber singt und malt, sondern auch sich selber denkt«.
Däubler beschreibt in seinen »Autobiographischen Fragmenten« (1921), wie er als Kind Sprache erlebte: »Mit dramatischer Raschheit gebar ich meine Sprache. Ich erkannte sie als mein Eigenstes: vor mir, dem Kinde, graute empor, was ich war. (…) Wiegende W umwirbelten kichernde I, wandernde W umwallten erhabene A, während andere allzu hell lachende A wehmütig zu nahen wagten. Steife F festigten, stützten wollustvolle U. Und um U verschlungene S schlotterten mit kraftlosen L aus der Leere. (…) Ich glaubte mich zum erstenmal nicht mehr Ich, sondern nahm mich für eine Täuschung lebendiger Stimmungen und Ahnungen, die sich augenblicklich in mir sammelten und vernahmen.«
Noch prägnanter formuliert er seine Vorstellung einer überpersönlichen Autorschaft, damit schon die postmoderne Auflösung des Subjekts vorwegnehmend, in einem Brief an Arthur Moeller van den Bruck: »Ich, nicht Theodor Däubler,

sondern ich Weltgeist, der als Nordlicht, als irdisches Genie aufwallen will, wirke in tausend Mechanismen, in dem stillen Theodor Däubler, im Papier, das ich beschreibe, in der Tinte, in Dir, dessen Karma durch die Lektüre beeinflußt wird, in uns allen.«

Man kann Däublers rund dreißigtausend Verse umfassendes »Nordlicht« als praktische Umsetzung seiner Sprachauffassung ansehen. Er war überzeugt, mit dieser Dichtung eine Botschaft zu verkünden – als Apologet einer Sprachlehre, mit der Fähigkeit, sich die Welt so zurechtzureden, wie er sie gerne haben wollte. Und doch ist auch viel untergründiger Humor im »Nordlicht« enthalten; Däubler ist ein verspielter Riese, bei ihm mischen sich Sprachartistik und Gedankenschwere zur unauflösbaren Einheit.

Theodor Däubler wird am 17. August 1876 als Sohn eines deutschen Großkaufmanns in Triest geboren. Die Stadt wird von dem gerade erst vereinten Italien beansprucht, während der unlängst aus dem deutschen Zusammenschluß ausgegrenzte Vielvölkerstaat Österreich am Besitz seines großen Mittelmeerhafens festhält. Für Däubler wird der Konflikt personifiziert in den Gestalten seiner beiden Hauslehrer, Martino Marcowitz und Umberto Gerin. Marcowitz, ein österreichischer Nationalist und begeisterter Theatermensch, versucht in Italien nordische Kultureinflüsse, Ibsen insbesondere, durchzusetzen. Gerin, nur wenige Jahre älter als Däubler, ist Irredentist, der leidenschaftlich für den Anschluß an Italien agitiert. Zu ihm entwickelt Däubler ein besonderes Vertrauensverhältnis, seine Sympathien liegen daher bei den Irredentisten; an einer ihrer Demonstrationen nimmt er teil, muß dabei vor der Polizei fliehen.

Zum nationalen kommt ein religiös-weltanschaulicher Antagonismus hinzu. Theodor Brehmer, sein Großvater mütterlicherseits, der seit Anfang der fünfziger Jahre als Versicherungsbeamter in Triest lebt, sympathisiert mit den Ideen der Revolution von 1848 und ist Anhänger des sogenannten naturwissenschaftlichen Materialismus. Er korrespondiert mit hervorragenden Vertretern dieser Geistesrichtung, wie Carl Vogt (1817–1895) und Ernst Haeckel (1834–1919), von denen einige auch im Hause Brehmer zu Gast sind. Däubler wird dadurch schon in jungen Jahren mit deren Grundgedanken vertraut.

Nach dem Scheitern der Revolution von 1848 hofften einige Intellektuelle, die sich mit der Niederlage nicht abfinden wollten, dem reaktionären Herrschaftssystem die ideologische Stütze zu entziehen, indem sie die christlichen Glaubensinhalte in Frage stellten gemäß der Maxime: »Der Thron ist weiter nichts als ein Aufsatz des Altars. Reißt diesen ein und jener geht von selbst in Trümmer.« Wortführer dieser Strömung sind der Zoologe und frühere Paulskirchen-Abgeordnete Carl Vogt, der Physiologe Jacob Moleschott (1822–1893) und der Mediziner Ludwig

Büchner (1824–1899), Bruder des Dichters Georg Büchner. Der für die intellektuelle Situation im nachrevolutionären Deutschland so bedeutsame Konflikt spiegelt sich für den jungen Däubler unmittelbar im familiären Umfeld. Später erinnert er sich, daß den Großeltern »die Behauptungen des Darwinismus (…), da die Lehre kaum aufgekommen war, als große Erleuchtungen des menschlichen Geistes erschienen« seien. An anderer Stelle ergänzt er: »Was unsre Väter mit uns getan, war nicht immer rechtschaffen. Freilich haben sie es im Grunde ehrlich gemeint, (…) sie waren begeisterte Materialisten!« Bei allen Vorbehalten hinsichtlich einer späteren Selbststilisierung des Autors ist doch unübersehbar, wie Kindheitserfahrungen grundlegende thematische und weltanschauliche Motive begründet haben, die später sein dichterisches Werk prägen. Dazu gehören einerseits seine Vorliebe für die italienische und mediterrane Kulturwelt, andererseits seine entschiedene Ablehnung des materialistischen Welt- und Menschenbilds, dessen emotionale Dürftigkeit er früh empfunden haben mag.

Der Gegensatz zwischen der weltoffenen Mutter, die gesellschaftliche Repräsentation liebt und insgeheim davon überzeugt ist, ihren familiären Verpflichtungen eine glänzende Karriere als Sängerin geopfert zu haben, und seiner alten italienischen Kinderfrau, die in religiöser Bigotterie die liberale Lebensart ihrer Herrschaft mißbilligt und Däubler und seine Schwestern mit ihren abergläubischen Vorstellungen ängstigt, wirft einen düsteren Schatten auf diese Kindheit. Der Junge neigte zu Alpträumen, Angstzuständen und phantastischen, gespensterhaften Tagträumen. Das intelligente Kind wird zum Schulversager. Wie sehr dies durch die unglückliche familiäre Situation bedingt ist, wird durch eine Episode erhellt, die zu den wenigen glücklichen Momenten dieser Kindheit zu gehören scheint – ein mehrwöchiger Rekonvaleszenzaufenthalt des Elfjährigen bei seinem exzentrischen Onkel Arthur Brehmer, Ex-Seemann, Schriftsteller und Zeitungsherausgeber in Venedig. Hier zeigt er sich weder depressiv noch introvertiert. Er verdient sich sein Mittagessen, indem er einen Packen Zeitungen verkauft, den ihm sein Onkel in die Hand drückt, und freundet sich mit einem gleichaltrigen Jungen an. Gemeinsam erkunden sie die Stadt, schwimmen nachts in den Kanälen, wobei sich einmal auch der Onkel einer solchen abenteuerlichen Expedition angeschlossen haben soll.

Däubler wird zunächst vier Jahre privat unterrichtet, besucht dann für ein Jahr die evangelische Bürgerschule in Triest, bevor er aufs deutsche Gymnasium überwechselt. Hier wird sein Schulversagen jedoch so offensichtlich, daß er 1890 zur Großmutter nach Wien gegeben wird, um die dortige Handelsakademie zu besuchen; aber auch dort besteht er nicht. Nach neuerlich gescheitertem Versuch auf dem Triestiner Gymnasium beschließt die Familie, ihn mit Hilfe eines befreundeten Reeders als Schiffsjungen auf eine seemännische Ausbildung vorzubereiten. Aber Däubler zeigt sich den Anforderungen des rauhen Schiffsdienstes nicht gewachsen, muß nach der ersten Fahrt abmustern. Einem kurzen Besuch der nautischen Akademie in Triest folgt wiederum Privatunterricht, um ihn auf das Abitur vorzubereiten, das er 1896 als Externer in Fiume (heute Rijeka) in italienischer Sprache besteht.

In dieser Zeit will Däubler bereits die Grundideen seiner »Nordlicht«-Dichtung entwickelt haben. »Ich hatte Visionen, helle leuchtende, aber auch abgründige, über die ich niemand Bescheid erteilte. (...) Als ich 14 Jahre alt geworden war, fühlte ich mich im Besitz einer eigenen Welt, die ich auf italienisch ›L'Impero del Sole‹, auf deutsch ›das Nordlicht‹ genannt habe.« Auf Anregung seines Hauslehrers Gerin, dem er sich mit seiner Gedankenwelt anvertraut, beschäftigt er sich mit italienischer Literatur, liest d'Annunzio, Carducci, Gioberti, Mazzini, Manzoni, aber auch Dante, Campanella und Giordano Bruno. Gerin ermutigt ihn in seiner Absicht, ein Werk im Geiste Campanellas und Brunos zu verfassen. Der geliebte Lehrer stirbt jedoch an Tuberkulose, noch bevor Däubler das Abitur besteht. Im Frühsommer 1896 wird er in eine Nervenheilanstalt in Spittal/Kärnten eingewiesen, weil es »viel Aufregung wegen Frauen« gegeben hat. Bald darauf beginnt er als Einjährig-Freiwilliger seinen Militärdienst. Wieder zeigt er sich den Anforderungen einer regulären Ausbildung nicht gewachsen. Schon nach der ersten Schießübung ist er so verstört, daß der Regimentsarzt, ein Freund der Familie, ihn ins Lazarett einweist. Erst nach einem längeren Aufenthalt in der Abteilung für psychisch Kranke, die er als »richtiggehendes Irrenhaus« beschreibt, wird er aus dem Heeresverband entlassen.

Er verbringt ein weiteres Jahr bei der Familie in Triest, das vom Niedergang des väterlichen Unternehmens überschattet wird. Dies ist auch der Grund, weshalb die Familie 1898 nach Wien übersiedelt. Dort wird für ihn Musik zum eindrücklichen Bildungserlebnis. Unter der Leitung von Gustav Mahler hört er Bach, Beethoven und Mozart; bei einer Aufführung von Wagners »Siegfried« erkennt er seine Berufung zum Dichter. Er erlangt die Einwilligung der Familie zu einem halbjährigen Italienaufenthalt, um die Arbeit an dem geplanten dichterischen Großwerk zu beginnen, und verbringt daraufhin die nächsten zwölf Jahre als Wanderpoet in Italien, Frankreich und Deutschland, hauptsächlich aber in Florenz und Paris. Während dieser Zeit arbeitet er intensiv an dem 1898 begonnenen Versepos »Das Nordlicht«. Die zahlreichen Abschriften und Textvarianten, die während dieser Phase entstehen, belegen, wie ernsthaft, ja besessen er arbeitet. Bekannte sehen in ihm »einen ganz wertvollen Menschen, der moralisch zusammenklappt, wenn das Werk, an dem sein ganzes bisheriges Leben hängt, nicht erscheint«. 1910 wird dann aber doch eine dreibändige Ausgabe in einer Auflage von 750 Exemplaren publiziert.

Mit der Publikation des »Nordlichts« hatte Däubler große Erwartungen verbunden. Nach dem Ersten Weltkrieg wendet er sich dessen Ergänzung und Ausdeutung zu. Auch deshalb folgt er im August 1921 einer Einladung des Athener Professors Konstantinos D. Sphyris nach Griechenland. Er erhofft sich, inspiriert durch die unmittelbare Begegnung mit den antiken Stätten und Kunstwerken, sein Epos mit einem Buch über antike Kunst und Mythologie ergänzen zu können. Seine Briefwechsel, insbesondere der mit der Berliner Psychologin Toni Sussmann und der mit dem Schriftsteller Rudolf Pannwitz, geben einen Einblick in seine damalige Befindlichkeit. Das Gefühl mangelnder Anerkennung nagt an ihm. Zudem erfüllt ihn ein beinahe krankhaftes Mißtrauen, daß man in Deutschland sein Werk boykottiere, unterdrücke, die ihm zukommende Wirkung unterbinde. Dabei hegt er die überzogene Vorstellung, daß, wenn die Deutschen sich nur bereit fänden, das »Nordlicht« als große Dichtung aufzunehmen, sich daraus die Lösung all ihrer politischen, ökonomischen und sozialen Probleme ergeben würde. Glühend beneidet er Rilke, den Star des Insel Verlags, um dessen Ruhm, zugleich die Berechtigung dieses Ruhms in Zweifel ziehend. Das »Werk Rilkes sei wie ein Mundspülen mit lauer Sprache vor der eigentlichen Aussage«, urteilte er nach der Erinnerung Werner Helwigs über diesen. Rilke hingegen bemerkte gegenüber Katharina Kippenberg, der Ehefrau des Leiters des Insel Verlags: »Denken Sie, daß Däubler mir nichts gegeben hat, als (…) die erschütternde Verschüttung, mit der seine Gedichte (…) mich überstürzen, bis ich unter ihnen, wie unter Geröll, verschwunden bin. Genau die gleiche Pein bereitet mir sein unaufhaltsam hereinbrechendes Lesen, erst Aschenregen, dann Schutt und schließlich Untergegangensein unter einem maßlosen Übergewicht schlackenhafter Wortmonstren.«

Es gibt Däubler-Kenner, die die Ansicht vertreten, er habe mit dem Entschluß, ein Epos zu verfassen, seine eigentliche Begabung verfehlt. Däubler sei Meister der lyrischen Kleinform gewesen, in seiner Fixierung auf das »Nordlicht« sehen sie die Wurzel seines schriftstellerischen Mißerfolgs. Dem stimme ich nicht zu. Das Däublersche Werk steht zwischen dem späten 19. Jahrhundert mit seiner Vorliebe für dekorative Kolossalpanoramen, für Historisierung und Mythologisierung, und dem Expressionismus des frühen 20. Jahrhunderts. Der um zehn Jahre jüngere Ezra Pound gehört, nachdem er durch eine Phase radikaler Selbstmodernisierung gegangen ist, mit seinen »Cantos« als Dichter eindeutig ins 20. Jahrhundert. Däubler dagegen hüllt sich liebevoll in die dekorativen Versatzstücke traditioneller Versformen und historisierend-mythologisierender Handlungsentwürfe. Erst im letzten Drittel des zweiten »Nordlicht«-Bandes findet er zu einer eigenen dichterischen Sprache; ab dem Kapitel »Drei Ereignisse«, das

er nach einem handschriftlichen Vermerk im Winter 1906 in Wien verfaßt hat, läßt sich im »Nordlicht« kein wirklich mißlungener Vers mehr ausmachen. Hier wird deutlich, daß Däubler sich eine unverkennbare Sprachform erarbeitet hat, die sich mit der Rilkes durchaus auf Augenhöhe befindet.
Entgegen der verbreiteten Legende von der Erfolglosigkeit des »Nordlichts«, an deren Entstehen Däubler selbst nicht ganz unbeteiligt ist, wird dessen Erscheinen mit einiger Aufmerksamkeit registriert. Es gibt eine Reihe wohlwollender Rezensionen, etwa von Paul Adler, Erhard Buschbeck, Arthur Moeller van den Bruck und Johannes Schlaf, der junge Carl Schmitt veröffentlicht 1916, wie bereits erwähnt, eine enthusiastische Monographie und Hugo Neugebauer von der in Innsbruck erscheinenden Literaturzeitschrift »Der Brenner« läßt einem etwas gönnerhaften Verriß eine zweite lobende Rezension folgen. Das ist ein nicht unbeachtlicher Erfolg für das Erstlingswerk eines jungen Autors, der freilich Däublers überzogenen Erwartungen nicht genügen kann. Erst durch sein eigensinniges Festhalten am »Nordlicht« nach dem Ersten Weltkrieg stellt er sich, das Nicht-mehr-Zeitgemäße ignorierend, künstlerisch selbst ins Abseits. Er erkennt nicht die Tragweite der mit dem Kriegsausgang einhergehenden Zäsur, die rückwärtsgewandten ästhetischen Anteile seines Werks treten nun stärker als 1910 hervor. Auch können die darin geschilderten historisierenden Kampfszenen vor der Folie der aktuellen Fronterfahrung, die ihm im Gegensatz zur Mehrzahl seiner Zeitgenossen abgeht – Däubler, der sich viermal der Musterung stellen mußte, aber immer für untauglich befunden wurde, arbeitete bis Kriegsende als Kunstreferent des »Berliner Börsen-Couriers« –, nur noch als lächerlich empfunden werden.

Im März 1922 hält Däubler auf Einladung der philologischen Gesellschaft Parnassos in Athen einen öffentlichen Vortrag über »Griechentum in unserer Zeit«. Dieser Vortrag zeigt in Sprachduktus und Argumentationsmuster bereits viele Merkmale seiner späteren Essays. Er spannt darin den Bogen von einer ursprünglich farbigen Antike über einen diese mißverstehenden, in Akademismus erstarrten weißen Klassizismus zu einer von der griechischen Volkskunst inspirierten Rückkehr zur Farbigkeit. »Pablo Picasso verhieß, als ganz junger Mensch, zu Anfang des Jahrhunderts, in Paris den Triumph [El] Grecos«, führt er aus. »Durch den Griechen Greco (…) wird der Sieg über eine anerkanntere, aus jenem herrlichen südöstlichen Winkel Europas stammende Richtung errungen. Wir sind zur starken, doch behutsam behandelten Farbe zurückgekehrt.« Dabei irritiert ihn die freischwebende Unvermitteltheit seiner Argumentation in keiner Weise. »Ich bin ein Dichter, unser Einem fliegt Erkenntnis in einer Flughöhe zu, wo die Erweisbarkeit versagt«, erklärt er selbstbewußt in der Pose des visionären

Dichters, die die methodischen Defizite des jeder Form von Selbstdisziplinierung abholden Autodidakten freundlich überdeckt.

Die ersten Jahre in Griechenland leidet Däubler materielle Not. Das hängt allerdings auch damit zusammen, daß er es seit jeher in einer seltsamen Mischung aus Arroganz und Unbeholfenheit als natürliches Vorrecht des Genies angesehen hat, in Alltagsbelangen, also hinsichtlich so banaler Dinge wie Nahrung, Wohnung, Kleidung, andere für sich sorgen zu lassen, und ihm in Griechenland das Netzwerk von Freunden und Gönnern fehlt, die dazu bereit sind. Durch die Inflation in Deutschland sind die geringen Geldmittel, die ihm von dort zufließen, sofern sie nicht in ausländischer Währung angewiesen werden, fast ganz entwertet, bis sie in seine Hände kommen. In Athen findet er als geduldeter Gast zeitweilig Unterkunft im Deutschen Archäologischen Institut. Von dort aus unternimmt er zahlreiche Reisen zu den antiken Stätten Griechenlands; ihm fehlt aber der gewohnte gesellschaftliche Umgang. In Briefen an Rudolf Pannwitz und Toni Sussmann beklagt er seine Vereinsamung. Seine materielle Situation, insbesondere eine unzureichende Ernährung – monatelang will er nur von Reis und Makkaroni gelebt haben –, führt zu körperlicher und geistiger Erschöpfung. Er klagt, daß er kaum noch arbeiten könne, ihn schon kurzes Briefeschreiben erschöpfe. Unterbrochen wird dies von Ausbrüchen rauschhafter Aktivität. Die wenigen literarischen Arbeiten des Griechenlandaufenthalts verfaßt er jeweils innerhalb kürzester Zeit. Dabei bleibt er jedoch hinter seinem Anspruch zurück, ein großes Werk über Griechenland zu verfassen, eine völlig neue Deutung antiker Kunst und Mythologie. Doch immer wieder ergeben sich Schwierigkeiten, äußere und innere, die einer Verwirklichung im Wege stehen.

Im Oktober 1921 hat er für drei Wochen die Mönchsrepublik auf dem Berg Athos besucht. In dem daraus entstandenen Buch »Der heilige Berg Athos« beginnt Däubler den in seinem späteren Essay »Delos« umfassender angelegten Versuch, antike Mythologie und Kunst mit der christlichen Kultur organisch zu verbinden; Sternkunde, homerische Dichtung und orthodoxe Liturgie werden miteinander verflochten: »Gar hoheitsvoll dunkeln, bei Nacht, zart von Kerzenschein durchsternt, die altbemalten Kirchen aller frommgebornen Klöster. Vom Abend bis zum Sonnenaufgang singen und beten, bei weiheernstem Gottesdienst, die Männer, die nur wenig am Tage schlafen sollen, denn Wachsame sind sie vor die Welt gestellt! Mit langen schwarzen oder kristallhaft, in schweren Entbehrungsjahren, verblaßten Büsten psalmodieren sie, von hellem Stundenschlag im Finsteren zu hellem Stundenschlag, zwischen morschenden Stehbänken mit Lehnen, auf denen ein Ermüdeter kaum aufhocken darf, bis das vorgesetzte Lied sehr spät verwehen will. Ihre Stimmen sind näselnd, nur selten klar und Rubinen gleich, die zu den Bildern Gemarterter mit blutenden Wunden aufsteigen. (...) Schwerfällige Gesangbücher aus Eselshaut schleppen, während des Gottesdienstes, gar alte Priester, singend und lobpreisend den Gekreuzigten, in schwarzen Talaren, so müde von einem Tisch aus Sandelholz mit perlmutternder Krustenarbeit zur Rechten, kaum mehr so vieler, ihrer eigenen Last des Leibes standhaltend, zu einem Tisch zur Linken mit perlmutternder Krustenarbeit: und sie singen fast stimmlos das Hohelied der weinenden Mutter unterm Kreuz des verscheidenden Erlösers und Sohnes. Beinah stimmlos fällt der Bruderschaft näselndes Wehklagen um den Ewig-Gekreuzigten, bis ans Weltende, ein. Und da werden Messingkronen, die den Doppeladler des byzantinischen Kaiserreichs tragen, voll von brennenden Kerzen, in der Kirche Kuppel gezogen. Wie Stimmen feiern auch die Lichter Gottesdienst, und ich fühle, ein Sternbild, vielleicht die Plejaden, geht draußen über Seegebraus, bei Samothrake auf. Von der Schwere seines Amtes, den Brüdern durch Gesang so viel Schmerz des Herrn zu künden, den Gekreuzigten im Herzen tragend, tritt der schwarzverhüllte Weißbart zurück; und ein andrer Greis übernimmt das heilige Buch und trägt es, fast stimmlos singend, vom gleichen Tisch aus Sandelholz mit perlmutternder Krustenarbeit zur Linken, beinah ohne Macht, sein eignes Greisentum zu zerren, zum Tisch zur Rechten aus Sandelholz mit perlmutternder Krustenarbeit. Und eine andre Messingkrone, den Pelikan, der sein Herzblut für die eigne Brut hingibt, tragend, wird voll von schimmernden Lichtern emporgezogen. Da denk ich: das große Sternbild des Stieres neigt sich, draußen wo der Sturm ruhlos sucht und schluchzt, über die schlummernde Insel Imbros. – Nun stirbt der Heiland am Kreuz: sein Wissen ums Weltweh müssen Mönche spüren und wünschen es zu spüren; drum singen sie von Golgatha. Ein jüngerer Mann, schwarzbärtig, schwarzverhüllt, vermag es jetzt, das Buch mit allen Offenbarungen vom Tisch der Verheißung nach Süden zum Tisch der Verheißung nach Norden zu tragen. Bei so hohem Geschehn wird eine Messingkrone, ohne gleichnishafte Tierzierde, herabgelassen, denn ihre Lichter seien ausgelöscht; ich aber weiß: die Hyaden verschwinden hinter Tenedos, dort wo einst Ilion sank!«

Solche Zusammenschau überhöhend, vertritt er die These, daß nur durch die selbstvergessene Kontemplation der Athosmönche dem rastlosen Getriebe des modernen Europa die Balance gehalten werde. Durch die vielbeachtete Campanella-Biographie Luigi Amabiles wurde Däubler bereits als Schüler auf die Staatsutopie »Città del Sole« des Dominikaners Tommaso Campanella (1568–1639) aufmerksam. Dieser idealisiert darin den antikirchlichen Aufstand, der 1599 im kalabresischen Catanzaro unter seiner Beteiligung stattgefunden hat. Die von Platos »Politeia« und Augustinus' »Civitas Dei« beeinflußte Schrift propagiert als Vorbild für eine Reform der christlichen Staaten die Utopie einer Stadt, die von der auserwählten Priesterschaft einer die Sonne als sichtbare Offenbarung

Gottes verehrenden Religion regiert wird. Für Däubler wird Campanellas Utopie zum Kristallisationskern seiner weltanschaulichen Selbstverortung. Die Mönchsgemeinschaft des Athos wird für ihn zur Chiffre einer Erneuerung der Einheit von Religion, Kunst und Staat. Für die tatsächliche liturgische, theologische und spirituelle Tradition des orthodoxen Mönchtums interessiert er sich nur wenig; im Gegensatz zu dem Wiener Schriftsteller Franz Spunda, der ihn 1924 in Athen und 1925 auf Ägina besucht und einige Jahre darauf selbst ein Buch über den Athos veröffentlicht.
In einer Reihe von Gedichten und Prosatexten gestaltet Däubler heidnische Götterszenen, die jedoch über eine Paraphrasierung der antiken Mythen kaum hinausgehen. Erst in dem von Dezember 1923 bis Februar 1924 niedergeschriebenen Essay »Delos« gelingt ihm eine umfassendere Neudeutung, durch die er die antike Mythologie und Kunst an die Vorstellungswelt des »Nordlichts« anbindet. Apollo wird für ihn zum Schlüssel für das Verständnis der griechischen Antike. Durch ihn schaffen die Griechen erstmals in der antiken Welt eine Kultur nach menschlichem Maß. Die apollinischen Kulturideale von Klarheit, Heiterkeit, Besonnenheit und Maßkundigkeit erheben die griechischen Stämme zur Geistigkeit. Der auf der kleinen Insel Delos geborene Gott bedarf keiner äußerlichen Monumentalität, »er als erster überwindet die eigene Natur, da nicht Apollo aus ihr, sie aber durch ihn besteht«. Nach der Zeitenwende wird er zum Mittler zwischen Heidentum und Christentum, er »zeigt sich als Erzieher zur Göttlichkeit«, der dem ihm wesensverwandten Christus den Weg bereitet, in dessen Menschwerdung und Opfertod sich der apollinische Freiheitsimpuls vollendet. In der christlichen Kultur Europas sieht Däubler Apollo, im Gegensatz zu den anderen Heidengöttern, im verborgenen weiterwirken als den inspirierenden Genius der Kirchenväter und Scholastiker, der Künstler und Philosophen der italienischen Renaissance und des deutschen Idealismus.

Mitte 1922 begegnet Däubler den ihm bereits aus Florenz bekannten Söhnen des deutschen Bildhauers Paul Peterich, Eckart und Lukas, mit denen sich bald ein intensiverer Umgang entwickelt. Eckart Peterich rät ihm, mit journalistischen Reisebildern seine Einnahmen aufzubessern. Er folgt diesem Rat, wenn auch mit schlechtem Gewissen und von der Not getrieben, wähnt er doch, seine eigentliche Aufgabe zu vernachlässigen. An Toni Sussmann schreibt er: »Zum erstenmal tat ich, was man nicht darf: ich stellte geistige Pflicht, mein Werk an zweite Stelle. (…) Somit ist das Griechenlandbuch geliefert. (…) Freilich der Verrat am Werk ist da, mir ist nicht heil zu Mut.«
Es entsteht eine bedeutende Anzahl von feuilletonistischen Reiseberichten, die von seinen Freunden Max Sidow und Fritz Löffler in Deutschland weitervermittelt

werden. Eine Auswahl davon wird Sidow 1946 unter dem Titel »Griechenland« herausgeben. Unzufrieden bemerkt Däubler jedoch Toni Sussmann gegenüber: »Verloren ist verloren – es heißt sich damit abfinden. Für mein Werk konnte ich betteln, nun bin ich ja nur noch Journalist, schreibe bloß für den jämmerlichen Erwerb.« Aber hier unterliegt er einer Selbsttäuschung. Wie schon zuvor seine Schriften über moderne Kunst mehr als das »Nordlicht« Interesse bei den Lesern gefunden hatten, so tragen nun seine feuilletonistischen Reisebilder stärker als seine literarischen Arbeiten über Griechenland zu seiner Bekanntheit bei. Mitte Dezember 1925 verläßt er Griechenland und reist über Italien nach Deutschland. Im Frühjahr 1926 schreibt er an seinen Freund Spunda: »ich bin recht krank. Der Grund wohl psychisch (…) Ich bin in Deutschland von Bestürzung zu Bestürzung geraten, nun sind zu viele Schrauben locker. (…) Sie haben keine Ahnung, wie weit der Boykott geht. Es ist wirklich unheimlich.«

Diese psychische Erschütterung hängt wohl auch damit zusammen, daß ihm schließlich die Uneinlösbarkeit der mit seiner Dichtung verbundenen kulturreformatorischen Intentionen bewußt geworden ist, nicht zuletzt durch die Ablehnung, die sein 1925 in der »Deutschen Rundschau« erschienener Essay »Delos« beim lesenden Publikum erfahren hat. Wie ihm der Herausgeber Rudolf Peschel mitteilt, waren die Reaktionen darauf vorwiegend von Unverständnis und Ablehnung geprägt, es kam deswegen sogar zu Abonnementkündigungen. Katharina Kippenberg schreibt ihm durchaus wohlwollend, die Krux seiner Bücher sei, daß sie »zu schwer geschrieben« seien. Sein Anspruch einer über das Literarische hinausgehenden Weltanschauungsstiftung, auch speziell für das Griechenbuchprojekt, mag uns heute einigermaßen befremdlich erscheinen, ist jedoch im Erwartungshorizont der Zeit nicht ganz so ungewöhnlich. Man denke nur an Stefan Georges priesterlich verstandenes Dichtertum oder an Hans Henny Jahnn und seine Gründung der Glaubensgemeinschaft Ugrino. Däubler selbst sieht sich als Künder einer neuen Kosmogonie. Auch wenn die Berufung auf seine Kindheitsvision subjektiv glaubwürdig ist, mangelt es dem »Nordlicht« bei aller Würdigung seiner literarischen Qualität an der konsequenten Ausgestaltung des allenfalls erahnbaren ideellen Konzepts. Zu einer Kosmogonie reicht das nicht, trotz der emphatischen Versicherungen einiger Anhänger.

Dreimal konnte sich Däubler durch glückliche Umstände an die künstlerische Avantgarde anschließen. Beim Erscheinen des »Nordlichts« kann sich der aus einem Randgebiet des deutschen Sprachraums stammende und stärker an italienischen und französischen als an deutschen Vorbildern orientierte junge Autor in den beginnenden literarischen Expressionismus einreihen. Danach führt seine Aversion gegen alles Militärische dazu, daß er sich bei Ausbruch des Ersten Weltkriegs auf seiten der zunächst kleinen Gruppe kriegskritischer Intellektueller wiederfindet. Und schließlich fallen seine während des Kriegs entstehenden Kunstschriften in eine Phase geistiger Um- und Neuorientierung. Als Journalist ist er in dieser Hinsicht nicht allein Nutznießer, sondern am ehesten auch aktiver Mitgestalter einer gesellschaftlichen Aufnahmebereitschaft für die moderne Kunst. Diese mag ihn zur Überschätzung seiner Wirkungsmöglichkeit als Meinungsmacher geführt und zur Propagierung einer gegen den Zeitgeist der zwanziger Jahre gerichteten Staatsutopie verleitet haben.

Ein weiterer Grund, der für Däublers Griechenlandreise eine Rolle gespielt haben mag, ist seine sexuelle Orientierung. Die Anstrengung, sich seiner Homosexualität bewußt zu stellen, durchzieht als Unterton bereits seine »Nordlicht«-Dichtung. Um 1920 hat er Kontakt zu dem Kreis um den Sexualwissenschaftler Magnus Hirschfeld. Es mag sein, daß die Möglichkeit eines öffentlichen Bekanntwerdens seiner sexuellen Orientierung zu seinem Entschluß beigetragen hat, sich nach Griechenland zu begeben und für längere Zeit dort zu verweilen. Im Januar 1922 entsteht dort in nur zehn Tagen sein Essay »Sparta«, worin er die naiv-ursprüngliche Einstellung der Antike zur Homosexualität der verengten, nur auf Fortpflanzung hin zweckgerichteten christlichen Sexualmoral gegenüberstellt. Wie Freud sieht er die enge Verbindung zwischen Sexualität und künstlerischer Kreativität: »Der Mensch ist mit seiner Ganzheit mit jeder Fieber ein Geschlechtswesen; (...) Folglich bleibt das Geschlechtliche bei allem seinem Schaffen oder gar Schöpfen beteiligt.«

Anfang 1923, als in Athen Pocken und Flecktyphus ausgebrochen sind, bezieht Däubler mit Eckart Peterich für einige Wochen eine Wohnung am Meer. Im Frühjahr wohnt er für einige Zeit mit diesem und seinem jüngeren Bruder Lukas im Kalamaki, dem antiken Halimus bei Kap Kolias, wo sein Gedichtband »Attische Sonette« entsteht. Durch die Begegnung mit den Brüdern Peterich eröffnen sich Däubler Perspektiven, die seine Existenz von Grund auf verändern. An Toni Sussmann schreibt er: »Jetzt oder nie hieß es: das zweite Werk des Daseins: Griechenland (...) Doch ich bin noch zu jung dazu; diesmal hat mich Leidenschaft übermannt, Dir will ich's gestehen: ich lebe in einem Roman. Vielleicht seufzt Du auf: endlich! Doch es ist schwierig, schwer, vielleicht verhängnisvoll. (...) Heißes Wünschen hielt mich in Athen fest. Warum, nur ich weiß es, und wer mit mir unter einer Decke steckt.«

Wenige Tage später teilt er Toni Sussmann mit, er sei bis über die Ohren verliebt und zwanzig Jahre verjüngt. Däubler, der bislang kaum tragfähige emotionale Beziehungen aufzubauen vermochte, ist auf einmal bereit, eine persönliche Bindung über seine literarischen Ambitionen zu stellen. Sussmann gegenüber spricht er seine Beziehung zu Lukas Peterich offen an, hinzufügend, es vermute glücklicherweise niemand etwas, da dieser eine berückend schöne Freundin habe. Für gemeinsame Reisen benötigt er nun dringend größere Geldmittel, die er sich, nicht ohne Mißbehagen, durch verstärktes journalistisches Arbeiten zu verschaffen bemüht.

In dieser Situation kommt es zur merkwürdigsten Wendung der Däublerschen Biographie: Er beschließt Unterhaltungsliteratur zu verfassen! Es entstehen unter Mitwirkung von Eckart Peterich – später wird dieser unter Däublers Namen einige eigene Schriften veröffentlichen – zunächst eine Novelle und einige autobiographisch inspirierte Erzählungen. In einem Brief an Sussmann kommt Däublers ambivalente Haltung zum Ausdruck. »Noch nie hat sich ein Dichter so weggeworfen, doch ich tat's nicht meinetwegen allein. Auch fühle ich mich deshalb nicht unglücklich. Überhaupt sagen alle ich sähe blühend aus, sei heiterer denn je. Doch schon bedauert man, daß ich meine Gedanken wegwerfe, daß ich Unfug mit meiner Begabung treibe. Doch gleichgültig. (...) Der Kitsch ist nun geboren.«

Eines seiner Motive ist sicherlich, daß er nach Möglichkeiten sucht, am Insel Verlag vorbei publizieren zu können. Aufgrund der bestehenden Vertragsbindung ist es ihm bislang nicht möglich gewesen, anderweitig zu publizieren; zugleich bezieht er aus den dort erschienenen Büchern so gut wie keine Einnahmen. Sein Verleger Kippenberg, so hofft er, werde seine Novelle »Der Schatz der Insel«, da sie kein Hauptwerk sei, freigeben. Hinzu kommt vielleicht auch die Reaktion auf die Ablehnung, die seine Hauptschriften, insbesondere sein letzter großer Griechenlandessay »Delos«, erfahren haben. Daher mag in dem Beschluß, Unterhaltungsliteratur zu schreiben, die Absicht mitschwingen, den Deutschen künftig die Art von Literatur zu geben, die sie verdienen. Bereits 1917 hatte er seinem Freund Erhard Buschbeck geschrieben: »Die Deutschen werden schon versuchen, das Nordlicht samt mir zum Scheitern zu bringen: ich habe aber meine Pflicht getan. Ich kann, außer in diesem Ton das Wort ›Deutschland‹ nicht niederschreiben. (...) Dieses Volk ist hoffnungslos!« Doch auch ein selbstdestruktives Element scheint eine Rolle zu spielen: sein so stolz hochgehaltenes Selbstverständnis als Dichter zu zerstören, indem er sich unter Wert verkauft.

1924 und 1925 lebt er mit Lukas Peterich und dessen Freundin Caterina Holzhausen monatelang auf Ägina. »Ich weiß nicht, wie sie es mit unserer freizügigen Lebensart hält«, schreibt er an Franz Spunda im Hinblick auf dessen ihn nach Griechenland begleitende Ehefrau. »Sie könnte ja sonst *sehr* nett auf Ägina mit der Freundin Lukas', einer gebildeten deutschen Dame bleiben, während wir reisten.« Für ihn ist das Zusammenleben auf Ägina jedoch eher unglücklich. »Ich bin bis über die Ohren verliebt, von nun an hoffnungslos. (...) Ich bin seit zwei Jahren wie besessen. Dichtung, alles ist mir gleichgültig«, teilt er im August

1924 Toni Sussmann mit, und zwei Monate darauf schreibt er an Rudolf Pannwitz: »Meine starke Leidenschaftlichkeit ist zu arg – gerade wieder – gehemmt worden.« Die Situation klärt sich erst, als Lukas Peterichs Freundin schwanger wird. Däubler bittet Sussmann brieflich um Rat; fragt, ob sie der jungen Frau bei der Auswahl einer geeigneten Klinik in Deutschland für die Niederkunft behilflich sein könne. Ihre Familie dürfe nichts davon erfahren. Überlegungen zu einer Abtreibung widersetzt er sich energisch und verspricht, seinen Möglichkeiten entsprechend zu helfen. Die Schwangerschaft wird für ihn zum Anlaß, Griechenland zu verlassen. Mitte Dezember 1925 reist er über Italien nach Deutschland, wo er rechtzeitig zur Geburt des Kindes ankommt, dessen Patenschaft er übernimmt. Kurz danach schreibt er an Spunda: »Peterich, die junge Frau, das Kind sind in Dresden. Ich habe am Gedeihen der Kleinen auch meine große Freude.« Anfang 1927 teilt er ihm mit: »Journalismus und Belletristik habe ich, als durchaus nutzlos, wieder aufgegeben.« Und einige Jahre darauf: »Auch sonst sind alle Pläne (…) zunichte geworden; doch ich bin munter, gleichgültig u. zäh! – Es geht mir gar nicht schlecht, außer pekuniär.« Dem Mitherausgeber der »Charon«-Hefte, Karl Albin Bohacek, antwortet er 1933 auf eine entsprechende Anfrage: »Seit zwei Jahren schreibe ich gar nichts mehr; seit 1925 keine Verse.« Der in Griechenland vollzogene Bruch mit seinem Selbstverständnis, ein Dichter zu sein, erweist sich als endgültig. Däubler stirbt am 13. Juni 1934 in St. Blasien im Schwarzwald.

JAN WAGNER

PARADIES UND HÖLLE

Nachdichtungen hebräischer Gedichte

DIE FLÖHE

Die Flöhe, kühn wie Rösser in der Schlacht;
Wie Vögel stoßen sie herab, zerrupfen
Die Haut: Ich bin um jeden Schlaf gebracht,
Weil sie ringsum wie Ziegenböcke hupfen,

Und müder noch als müde vom Zerdrücken
Von Jung und Alt. Beherzt und stets bereit
Wie Krieger, die im Kampf zusammenrücken;
Sie scheinen träger in der Mittagszeit,

Dann wieder leichtfüßig und so behende
Wie Diebe, wird es Nacht. Vor allen Dingen
Sind sie ein Graus, weswegen meine Hände
Es leid sind, sie beständig umzubringen.

Die Bisse schwellen an zu roten Malen,
Die wie Granatäpfel mein Fleisch verzieren.
Oh Herr, vertilge sie, ich leide Qualen
Und schlafe nicht – derweil sie jubilieren.

Joseph ibn Sahl
(? – ca. 1123)

DER BLITZ

Der Blitz, der über jene Wolken lacht,
Ist wie ein Krieger, welcher weiterrennt,
Nicht Schweiß vergießt

Noch schwächelt. Oder wie ein Nacht-
Wächter, der, eingepennt,
Nur kurz ein Auge öffnet, schließt.

DES EINFÄLTIGEN WILLKOMMENSREDE

Die Gastfreundschaft ist süßer als aus Quark
Gepreßte Milch, süßer als Hefezopf,
Geschwenkt in Sahne und Vanillemark.
Ich rufe, wenn's nach Mitternacht noch klopft:

»Reißt auf die Türen, macht den Topf bereit!«
Mich freuen Gäste – wie, wenn er der Herde
Ein Lamm entrissen hat, der Wolf sich freut.
Ich pflüge täglich meiner Großmut Erde

Wie jener Ackermann und seine Stiere.
Es macht mich glücklich, andere zu mästen,
So wie es Hungernde als Glück erachten,

Ein trocken Brot zu finden, Gras und Miere,
Und es verlangt mein Augenpaar nach Gästen
Wie Eselaugen nach der Gerste schmachten.

Judah al-Harizi
(ca. 1170 – ca. 1235)

PARADIES UND HÖLLE

Mein Herz hat sich entschieden: Keinen Hektar
Vom Paradies und alle meine Gunst
Der Hölle: Dort tropft Honig, dort sind Nektar
Und zarte Ricken, Damen in der Brunst.

Was gibt's im Paradies? Wohl kaum Affären,
Nur Frauen, schwärzer noch als Pech und Ruß,
Nur Greisinnen, von denen Flechten zehren.
Dem Geist bleibt, so umringt, nichts als Verdruß.

Was, Paradies, du bietest? Ein Habtacht
Von Stummelweibern, Gaunern, Hungerleidern.
Bedenk ich's recht, so scheinst du nichts zu taugen.

Nichts übertrifft denn, Hölle, deine Pracht,
Dein sind die Mädchen in den Seidenkleidern.
Nur du führst alle Wonnen uns vor Augen.

DER GEIZKRAGEN

Hier ein Gedicht, das ich über den Dieb,
Der sich in meine Kleidung hüllte, schrieb:

Seht diesen Schurken: Bringe ihm sein Ende
Nur Bitterkeit, der Himmel seine Taten
Ans Licht. Denn so enorm seine Bestände
Und seine Herden sind – für einen Braten
Stiehlt er das Lamm von einem armen Mann.
Aus Angst, die eigene zu ramponieren,
Legt er die Vorhaut seines Nachbarn an
Beim Kopulieren.

Immanuel von Rom
(ca. 1261 – ca. 1332)

WENN DER ABEND

Wenn der Abend sich deinem Fenster nähert,
tritt ihm nackt entgegen.

Sacht wird er sich kräuseln, dunkler werden
und deine stille Schönheit und die Spitzen
deiner Brüste berühren.

Ich werde mit ihm stehen, verirrter
Wanderer, und stumm werden wir uns verzehren:
Tritt in unser Dunkel.

Und laß deine zwei Augen uns vorausreisen,
den Weg zu leuchten
mir und meinem Freund.

David Vogel
(1891 – ca. 1944)

MONIKA DRZAZGOWSKA

LÜGEN UND ERINNERUNGEN

Irgendwie wird der Schock ihre Geburt beschleunigen.
Irgendwie die Neugier.
Vater und Mutter werden in die Stadt fahren, um etwas auf dem Amt zu erledigen. Der Vater geht in den Werkzeugladen, die Mutter bummelt gutgelaunt durch die Geschäfte und will vor der Heimfahrt in der Konditorei noch eine Schillerlocke mit Creme essen.
Der März ist noch kalt, deshalb wird die Mutter ihre Füße vorsichtig auf die Platten des Gehwegs setzen. Mit dem riesigen Bauch vor sich läuft sie Richtung Altstadt. Sie wird einen Zebrastreifen betreten und, als sie gerade die Hälfte der Fahrbahn überquert hat, auf der anderen Seite etwas Merkwürdiges entdekken. Nicht das Kleid der Schaufensterpuppe, nicht das Topf-Set in der Auslage, auch nicht die Vase mit den Rosen im Fenster des Blumenladens, obwohl sie schon immer eine Schwäche für Rosen hatte. An einer Bank, auf der eine volle Einkaufstasche abgestellt ist, steht sie selbst. Das gleiche Gesicht, runde Wangen, von Kälte gerötet. Die Figur ähnlich, wenn auch sehr viel schmaler. Etwas jünger. Das unter der Wollmütze herausschauende Haar von identischer Farbe. Dann wird ihr auffallen, daß die andere viel besser gekleidet ist. Ein leichter Pelz mit braunen Stickereien, darunter ein roter Cordrock. Kniehohe Stiefel mit eleganten Absätzen. Der große Bauch der werdenden Mutter paßt nur unter ein ausgeleiertes Strickkleid und den abgetragenen Mantel des Vaters. Die einzigen Farbtupfer sind das orange Halstuch und die aus weißer Wolle gestrickte Mütze.
Die Mutter wird jäh innehalten. Bevor ihr in den Sinn kommt, daß sie mitten auf der Straße steht, wird sie das unbekannte, gleichwohl vertraute Gesicht genau studieren. Sie ist überzeugt, daß die andere bloß das Haar zurückstreichen muß, damit am Ohr ein kleiner Leberfleck zum Vorschein kommt. »Was zur Hölle«, denkt sie und fährt mit der Hand über die Wölbung unter dem Mantel. Wohl in diesem Moment wird sich die Tochter, um besser sehen zu können, mit dem Hinterteil nach unten drehen und sie mit dem Fuß in den Magen stoßen. Die Bilder fließen durch die Nabelschnur, undeutlich und mit jedem Augenblick weniger glaubwürdig. Die Unbekannte im leichten Pelz wird freundlich lächeln, während sie den neben ihr stehenden Mann anschaut. »Als hörte ich meinen Alten reden«, wird die Mutter leise zu sich selbst sagen. Die Unbekannte wird

mit einer verächtlichen Handbewegung auf die Worte ihres Begleiters reagieren und ihre Tasche nehmen, beide verschwinden. »Als sähe ich meinen Alten.« Die Mutter will zu der Frau, sie aufhalten. Der Mann im Auto, der eine Weile abwartet, ob die Schwangere sich endlich über den Zebrastreifen schleppt, hat die Hand schon auf der Hupe. Nur daß das Kind wirklich Lust hat, alles zu sehen, alles zu hören. Es streckt sich neugierig, bis schließlich die Fruchtblase platzt und ein klebriger Strom an den Beinen der Mutter herabfließt. »Sie gebären!« wird jemand schreien, die Mutter am Ellbogen nehmen und sie über die Fahrbahn führen. Die Mutter wird sich ächzend auf eine Bank setzen. Der Schmerz wird zunehmen, jemand ruft ein Taxi, streichelt ihren Arm. Die Mutter schenkt dem Tumult einen Bruchteil ihrer Aufmerksamkeit. Irgendwie weiß sie, daß die Geburt begonnen hat, aber sie ist mit Wichtigerem beschäftigt. Das Bein des Kindes bewegt sich schmerzhaft, unruhig, die Tochter, des Wartens überdrüssig, windet sich im Bauch. Die Mutter läßt sich ein wenig von der Bank gleiten, das ist besser, fast kniet sie auf dem kalten Beton des Gehwegs. »Wer ist diese Frau?« – Diese Frage dröhnt in ihrem Kopf. »Wo kommt sie her? Nicht hierher, sondern überhaupt. Wer hat sie gezeugt? Oder ist sie ein Trugbild des Teufels?« Ein Fiat fährt vor und hält an der Bordsteinkante. Die Mutter wird sich mühsam erheben und schwer auf einen fremden Mann stützen. Man wird sie zum Auto geleiten und hineinsetzen. Der Taxifahrer seufzt, er ist alles andere als erfreut, Schwangere machen nur Ärger. »Kommen Sie klar?« wird er fragen. Sie nickt, unfähig zu antworten, und die Tür schließt sich. Sie fahren durch die Stadt. Die Mutter legt sich ein Tuch zwischen die Beine und hält Ausschau nach dem roten Rock. Sie will ihn noch einmal sehen, sich vergewissern, daß es nicht die Hormone waren, daß diese andere existiert, daß ihr Mann, der gerade aus dem Laden kommt, bei ihrem Anblick denken könnte, kaum lasse er seine Frau eine Viertelstunde allein, besorge sie sich gleich eine neue Garderobe.
Eine rote Baskenmütze, ein Stück Flagge, eine rote Nelke auf einem Frauentagsplakat, eine rote Ampel. Die Mutter wird den Kopf nach rechts und nach links drehen, sie wird es schaffen, den gleichmäßig wachsenden Schmerz zu ignorieren. Sie wird es schaffen, weil gleichzeitig Verblüffung und Wut wachsen. Die regelmäßigen Fahrten des Alten in die Stadt, man könnte ein Buch darüber schreiben! Mal ging der Motor des Autos kaputt und er mußte in der Werkstatt übernachten. Ein anderes Mal die Kurbelwelle, es war ein Kreuz mit diesem Wrack, und es blieb nur eine eilig organisierte Übernachtung bei einem Kriegskameraden. Wenn er heimkam, roch er nach Stadt, Kölnisch Wasser, Restaurantessen, ausländischem Tabak und etwas Undefinierbarem, angenehm Fremden. Und wie entspannt und nett er dann für ein paar Tage war, kaum wiederzuerkennen, er spielte sogar Fangen mit den Kindern und gab ihnen Geld für ein Eis.

Das Tuch zwischen den Beinen wird schwer werden, Fruchtwasser auf den Sitz sickern. Durch die Windschutzscheibe sieht sie die Lampe über dem Krankenhaustor. Die Mutter wird sich kurz vom Gedanken an die Frau im Pelz entfernen, und dieser kleine Spalt genügt, daß ein lähmender Krampf sie mit einem unerbittlichen Stoß in zwei Stücke schneidet.
Zeit zu gebären.

Irgendwie wird sie als Landkind zur Welt kommen.
Irgendwie als Kind der Stadt.
Die Mutter soll im Kreiskrankenhaus entbinden, in der Abteilung, in der eine Bekannte als Hebamme arbeitet. Hinter einem gestärkten Paravent im Kreis einiger anderer Frauen. Sie ist auf Plaudereien, Lachen, Erfahrungsaustausch, ja häusliche Wärme eingestellt. Die Familie ist nahe und bringt Proviant, der Mann schaut jeden Tag vorbei und sie zeigt ihm jedesmal das Kind durchs Fenster. So ist der Plan, doch es wird anders kommen. Erstaunlich leer das städtische Krankenhaus, die Hebammengesichter rot von heimlichen Toasts zum Frauentag. Niemand sonst im Zimmer, sie wird allein daliegen und die leeren Wände anschreien, und das Geschrei kommt zurück und sticht sie in exakt dieselbe Stelle, wo sie mit hastig aufgerichtetem Penis hinter der Remise die jugendliche Zufallsbekanntschaft, später ihr Ehemann und noch etwas später Kindsvater gestochen hat. Damals empfand sie den Schmerz als angenehm, zumindest sagte sie sich das. Von dem Krampf, der ihren Unterleib in Stücke reißt, kann sie das nicht sagen. Nebel verschleiert ihre Augen, Leute kommen und gehen, schauen ihr zwischen die Beine, fingern herum, wollen das Kind drehen, das mit dem Steiß voran drängt. Alle heiter, aufgekratzt, zufrieden. »Nein, nein, meine Liebe, Sie müssen pressen, pressen!«, »Du schaffst das, Herzchen!« Nach elf Stunden wird sie es schaffen, die halb erstickte, blau angelaufene Tochter hinausstoßen und mit dem festen Entschluß aufs Bett zurückfallen, derartige Erfahrungen in Zukunft zu meiden.
Die Kleine wird in der leeren Abteilung schnell zur Berühmtheit. Mit dem Hintern zuerst auf die Welt, und das am Frauentag! Die kleine Locke, die sich zu einer Sechs rollt, sorgt für Lachsalven im Dienstzimmer. »Eine Stadtfrisur, keine Frage! Mit Loton fixiert!« wird die Krankenschwester lachend verkünden, als sie der Mutter das fest in ein Steckkissen gewickelte Kind reicht. Die Mutter muß fragen, was Loton ist, sie kennt den Haarlack nicht, auf dem Dorf festigt man Frisuren mit Zuckerwasser.
Die Kleine wird ihr halbes Leben auf dem Land verbringen und die andere Hälfte in der Stadt, doch im Kopf wird sie in ihrem Dorf bleiben, im Gemüsegarten, im Stall zwischen den Kühen, im Gehege bei den Hühnern. Sie wird sich ihrer städtischen Herkunft nicht bewußt sein, doch in einem bestimmten Moment zieht

sie Nutzen daraus. Als Kind wird sie bis über beide Ohren in Geschichten von Sumpfgeistern und Mahren versinken. In heißen Sommernächten wird sie den Kusinen im Zelt von weißen Damen in Schloßruinen erzählen, von Greisen, die Kinder auf von Brennesseln umwucherten Wegen am Arm packen, von Vampiren, Knoblauch und Espenpfählen. Sie wird einen Ort in der Umgebung besuchen, an dem man einst Hexen verbrannte. Ländliche Schlichtheit, bäuerliche Mentalität und magisches Denken flechten sich ein ins Gewebe ihrer Haut.

Irgendwie wird sie die Lüge liebgewinnen.
Irgendwie wird ihr die Wahrheit verhaßt.
Die Wahrheit wird von selbst kommen, in Gestalt einer Frau, die der Mutter täuschend ähnlich sieht. Sie wird im Sommer in der Tür stehen, ein paar Monate nach dem Tod des Großvaters. Mit perfekt geschnittenem Kleid, dazu passender Handtasche und einer Frisur aus dem Modejournal. Sie fragt nach der Mutter, wartet mit einem Kaffee in der Küche, nicht gerade gesprächig, aber sichtlich nervös. Die Mutter bleibt in der Tür stehen, starr vor Verblüffung. Sie schließt sich mit der Besucherin im Wohnzimmer ein, nach einer Stunde Geflüster setzt sie sich an den Küchentisch. Wortlos. Die Fremde nimmt ihre schöne Handtasche und verabschiedet sich mit einem blassen Lächeln.
Die Wahrheit werden nur Auserwählte erfahren, die Familie, das Amt. Die Mutter beantwortet alle Fragen einsilbig und meidet das Thema, wo es nur geht. Die Großmutter winkt ab, um zu zeigen, daß sie seit langem Bescheid weiß, die Tanten verschlucken sich kurz an der Nachricht, um gleich darauf Kriegsrat zu halten, und Onkel Tadeusz kommt vor Bewunderung für die Diskretion und die Leidenschaftlichkeit seines Schwiegervaters aus dem Zungenschnalzen nicht mehr heraus.
Manche Wahrheiten werden sterben, andere kommen krummbeinig zur Welt und gesellen sich zu den Lügen. Die Klassenkameradin, mit der man nicht spielen darf, weil der Vater trinkt, wird sich als sympathisches Mädchen entpuppen. Der als Schmutzfink bezeichnete Klassenkamerad leiht ihr seine Hefte, als sie an Angina erkrankt. Die jugendliche Revolte, für die Alten die schlimmste Verfehlung gegen die Institution der Familie, erweist sich als schmales Fenster, hinter dem die ersehnte Freiheit aufscheint. Die vier unterschlagenen *Vaterunser* zur Buße ziehen Unglück in der Schule, Krankheit der Mutter und Naturkatastrophen nach sich.
Die Lüge wird sie oftmals retten. Sie wird dem Dasein Glanz verleihen und Gefahren bannen.
Der strohblonde Jacek wird an der erstbesten Wand ein Streichholz anzünden und schnell an eine filterlose Zigarette halten, die in der Lücke zwischen seinen

Vorderzähnen steckt. Solche Männer verkaufen ihre Seele dem Teufel, ohne mit der Wimper zu zucken. An einem wie ihm wird das gelebte Leben keine Spuren hinterlassen, vergehende Frauen, heiße Junis und Julis, einer wie er überlebt jenseits von Zeit, Rhythmus und Biologie, ungetrübt, unberührt von Gedanken, unbefleckt von Sünde. Er wird ihr sogar noch im Traum erscheinen, als sie reif wird, als Jaceks Nachkommen heranwachsen und alle Frauen, die ihm Kinder gebären in der Hoffnung, dann werde er sie schon heiraten, werde ihre Körper und ein Dachzimmer im Haus der Eltern in Besitz nehmen. »Gefällt er dir?« wird eine Freundin fragen, als sie Jacek an der Bushaltestelle treffen. Kaum aus dem Autosan gestiegen, streift Jacek die Schuhe von den Füßen und krempelt die Hosenbeine hoch. Er zieht das Hemd aus und zeigt seinen gleichmäßig gebräunten Oberkörper. »Nein, kein bißchen«, lügt sie laut und weist das Begehren des Jungen zurück, den das Mädchen sogar interessiert, der Glanz in ihren Pupillen, diese Mischung aus Angst und Verlangen, Aufrichtigkeit und Schwindel, kindlicher Offenheit und verschlagener Schmeichelei. Weiße Flagge und Mutter Courage in einem. Jacek bleibt stehen und blickt ihr in die Augen. »Nein?« fragt er. »Wirklich nicht?« Die Freundin zieht sich verschreckt zurück, Jacek nähert sein Gesicht der sommersprossigen Nase und zischt: »Sei nicht so wählerisch, dich nimmt ja doch keiner.« Ein Gefühl von Überlegenheit regt sich in ihrer Lunge und findet blitzartig Ausdruck: »Mich hat schon einer genommen, du Dummkopf! Du Dorfcasanova!« Jacek preßt die Lippen zusammen, um die kaum den Kinderschuhen entwachsene Rotznase nicht auszulachen. Er geht, und als er noch einmal unter seiner blonden Tolle zurückschaut, feuert sie ihm eine Salve hinterher: »Du Hungerleider, du Schnösel, du Schuft!« Jacek lacht so laut auf, daß die Spatzen vom Zaun beim Laden aufflattern. Nie wieder wird sie einen solchen Anflug von Kühnheit erleben. Manchmal wird sie sich fragen, woher er wohl kam, und viel Zeit mit Überlegungen verbringen, wie sie ihn noch einmal herbeirufen könnte.

Diese wiederkehrende Erinnerung wird mit dem Bedauern darüber einhergehen, daß sie nicht sagte: »Klar, er gefällt mir, ich würde gern mit ihm im Wald Beeren pflücken. Ich würde gern seinen Bauch berühren und den Schweiß von seinem Hals küssen. Ach, wie gern ich das würde.« Was hätte schon passieren können? Wem hätte es weh getan? Noch Jahre später wird sie Gänsehaut bekommen, wenn sie sich einen ganz anderen Verlauf des Gesprächs mit dem strohblonden Jungen ausmalt. Leider lebt Jacek sein Leben schnell und intensiv, er stirbt jung, bei einem Motorradunfall in der berüchtigten Todeskurve hinter der Brücke Richtung Gemeinde.

Das Lügen wird für sie dem Atmen gleich, sie wird ihre Lügen planen und auf Raten verteilen. Mehrgeschossige Konstruktionen aus Andeutungen, Auslassungen und glatten Lügen errichten. »Hast du so etwas schon mal gemacht?« will jemand wissen. »Aber sicher!« Oder »Natürlich nicht!« Je nach erwarteter Wirkung. Ein koloriertes Gestern, ein leuchtendes Morgen, bis sie sich in ihren raffinierten Flunkereien verliert und kurzzeitig schämt. Aber nicht lange, denn wie sich rasch herausstellen wird, lügen alle, denen sie auf ihrem Weg begegnet: die Ladenbesitzerin, die Großmutter, der Vater, der Bruder, der Priester, der Mann im Fernsehen, die Mädchen in der Schule und der Herr Direktor. Sie wird ihre Skrupel ablegen und sich ganz der Wonne hingeben, eine Welt zu den eigenen Bedingungen zu schaffen. Ertappt man sie bei einer Ungereimtheit, wird sie die Schultern zucken und weiter die Wahrheit verdrehen, bis es paßt.

Irgendwie ist der erste Tag ihres Lebens der letzte Tag eines anderen.
Irgendwie erzählt die Mutter ihr das.
Die Abteilung wird sich leeren, die Lichter erlöschen, die Krankenschwestern dösen im Neonlicht des Dienstzimmers, die weißen Kokons in den Bettchen im Nebenraum hören auf zu wimmern und die dichte Krankenhausnacht bricht herein. Unter ihrer dünnen Decke wird die Mutter sich fragen, wie es weitergehen soll. Sie erhofft sich ein Geschenk zur Geburt des neuen Erdenbürgers. Egal was. Irgendein Geschenk vom Leben.
Einen Moment der Reflexion zumindest. Das heißt, nicht viel.
Wie lebendig wird ihr der Großvater vor Augen stehen. Er schwingt geschickt die Axt und haut harzige Fichtenscheite zu Kleinholz, das später munter flackernd und bullernd im Ofen verbrennt. Der Mutter wird scheinen, sie läge in keinem Bett, sondern auf dem Hauklotz und warte darauf, daß die Axt niedersaust. Krachend den Schädel trifft, ihn in Stücke schlägt, doch glücklicherweise betäubt, ehe sie tötet. So sieht sie nicht, was mit erlöschendem Blick die am Samstag geschlachteten Hühner sahen: die blutige Masse am Axtstiel und die bekleckerten Gummistiefel des Großvaters. Die lebhafteren Exemplare laufen noch einige Sekunden kopflos durch den Hof, schlagen mit den Flügeln und werfen sich in die vom Morgenregen hinterlassenen Pfützen.
Man hat ihr Leben geplant. Hat sie verheiratet. Sie hat geboren. »Was bleibt jetzt noch?« wird sie sich fragen. Sie wird sich mühsam aufrichten, irgendwie die Füße auf den Boden setzen, die Schuhe ertastet sie nicht, Schlappen hat sie keine, denn die durch einen Anruf beim Ortsvorsteher alarmierte Großmutter ist noch nicht eingetroffen. Sie rafft das zu kurze Krankenhaushemd mit den abgerissenen Schnürbändern zusammen und öffnet die Tür zum Gang. Sie hat keine Idee, wo sie hinwill, einfach nur raus, einfach verschwinden, alles hinter sich lassen, sich selbst, die Tochter, die Handtasche mit dem Allernötigsten: dem runden Spiegel mit Claudia-Cardinale-Foto auf der Rückseite, dem Kalender,

dem eleganten faltbaren getupften Regenschirm, den Toffees in Silberpapier. Von denen könnte sie jetzt gut eins essen, sie könnte alles essen, sie hat ewig nichts mehr gegessen, zu den Schillerlocken mit Creme hat sie es nicht mehr geschafft. Der Hunger knurrt leise unter dem Hemd.
Sie wird langsam gehen und mit den Fingern die Wand entlangstreifen, um die Balance zu halten. Irgendwohin gehen, etwas anderes sehen, das Meer sollte nah sein, verführerisch rauschend, dunkel und salzig, eine exotische Abwechslung zu den süßen Weihern und Teichen beim Dorf, aus dem sie gekommen ist. Jemand hat ihren Mantel weggeräumt, Flucht ist unmöglich, auch kann sie mit der dicken Binde zwischen den Beinen nicht richtig gehen. An der Tür bleibt sie stehen, durch einen Spalt weht die nächtliche Brise herein. Der Frühling zieht schüchtern über den Parkplatz, doch als Mädchen vom Land erkennt die Mutter den vertrauten Hauch leichterer Luft. Ein Schritt noch und das Krankenhaus wird hinter ihr liegen. »Was machen Sie denn hier?« – Das Quietschen der Tür weckt die diensthabende Schwester, verärgert und mit den Händen in den Hüften erscheint sie hinter der Mutter. Sie wird der Mutter ins Gesicht schauen, etwas Beunruhigendes liegt darin, deshalb nimmt sie die verhinderte Ausreißerin sanft in den Arm und sagt freundlich: »Komm, Schätzchen, wir machen dir einen Tee und ein Butterbrot. Dann schläfst du dich aus und alles wird gut.« Sie führt die Mutter in den Saal, legt sie aufs Bett, gibt ihr eine frische Binde. Sie findet eine zusätzliche Decke und hüllt die Patientin darin ein. Die Mutter schließt die Augen und schläft für einige Stunden ein. Sie wird träumen, wie sie sich für das Kind aufopfert, wie sie den einer Mutter gebührenden Respekt gewinnt. Wie auf einem Karussell ziehen abwechselnd Weihnachten und Ostern an ihr vorbei, Abstillen, Trockenwerden, Kindergarten, Schule, weiße Strümpfe, Haarspangen. Nach dem Abitur zwingt sie die Tochter, das Dorf zu verlassen, gleichsam zurückzukehren in die Stadt, in die sie von Geburt her gehört. Auch vom Eheleben – trocken, selten, unwillig – träumt sie, doch das geht unter in den zahlreichen Sommer- und Herbstpflichten. Heumachen, die Ernte einbringen. Zentner von selbstgemahlenem Kaffee, Berge von zu Nudeln und Pierogi verarbeitetem Mehl. Schnee, Tauwetter und heiße Julis beim Bohnenschälen im Garten. Die Hofhunde wechseln, einer verendet, ein anderer läuft weg, die Katze verliert ein Ohr, Scharen von Küken werden zu Hühnern, legen Eier und sterben unter der Axt. Ferkel und Enten, Tauben und Kaninchen. Tod und Zerfall, Blut, Haufen von Daunen für Kopfkissen. Mit Lorbeer und Piment gekochte Schweineohren und -schwänze. Die Mutter leckt sich im Schlaf die Lippen. Eine kräftige Brühe wäre jetzt genau das Richtige.

Irgendwie wird sie in die Rolle der Frau schlüpfen.
Irgendwie bleibt sie immer ein Mädchen.

Durch die halboffene Wohnzimmertür wird die Tochter beobachten, wie die Mutter mit einer tragbaren TV-Antenne auf dem Fußboden hantiert. Anders will sich das Bild wohl nicht einfangen lassen. Gewagte Akrobatik und unbequeme Positionen auf dem harten Linoleum für einen Happen ausländischer Serienromantik. Auf dem Glasbildschirm flimmert »Die Forsyte-Saga«, die Geschichte eines jungen Erben und einer schönen Gouvernante. Wird die Liebe siegen, werden sie gemeinsam ein bescheidenes, aber eigenes Glück finden? Die Mutter muß das unbedingt sehen und krümmt sich mit der Antenne in der Hand nach links und nach rechts, mühsam das Gleichgewicht haltend klebt sie mit der Nase am Fernseher. Aus dem Augenwinkel entdeckt sie das Kind im Schatten des Flurs.

»Was gaffst du so dumm?« fragt sie. »Ab, zurück ins Bett!«

Sie wird die Tochter mit romantischen Ideen infizieren. Ihr einreden, daß es sich lohnt, auf den Richtigen zu warten, daß sich alles im Sekundenbruchteil vollzieht, der Schein der Erkenntnis erleuchtet die Köpfe der Verliebten, und dann weiß man schon, was man sagen und tun muß. Alles ganz einfach, die Puzzleteile fügen sich von selbst zusammen: sexuelle Befriedigung, eheliches Verständnis, mütterlicher Triumph. Nur verrät einem niemand, wie man den Richtigen findet. Vermutlich nach der Christus-Methode: Wenn er vor dir steht, wirst du es wissen. Keine Tests, keine Fehltritte, du hast ein Leben und einen Versuch.

Also wird sie sich sorgfältig umschauen, angefangen mit den Ferienlagern in der Grundschule. Später bei Festen, Appellen, Maiparaden. Sorgfältig wird sie im Zug die zusteigenden Passagiere mustern, die Zuschauer im Kino, die paarweise aufgereihten Klassenkameraden im Sportunterricht. Kein Mann wird ihr entgehen; wenn in jedem von ihnen ein göttlicher Funke steckt, dann kann auch jeder von ihnen das Glück bringen.

Doch sobald etwas aufblitzt, wird sich das Mädchen zurückziehen, teils aus Angst, teils in der Hoffnung, einen Besseren zu finden, der mehr Herzflattern und Schmetterlinge im Bauch verursacht. »Es lohnt sich zu warten«, tröstet die Mutter, als sie ihr wieder einmal den Besuch eines Schulfests verbietet. Sie hiberniert das Mädchen im Zustand der Blüte, des endlosen Wartens auf Bestäubung, wobei für sie kein Insekt je gut genug ist. Das Kind wird unvorbereitet hinausziehen in die Welt, enttäuscht, müde vom Ausschauhalten nach dem Prinzen auf weißem Pferd. Wird sich wundern, wie rasch es anderen gelingt, wie schnell sie nach Niederlagen wieder aufstehen. Abends mit einem, morgens mit einem anderen, anfangs lähmen sie die Geschichten der Freundinnen von Liebhabern im Dutzend, später sehnt sie sich nach ähnlichen Erlebnissen, vor denen sie sich zugleich panisch fürchtet. Ihre bunte Schürze wirbelt im Tanz mit einem Verehrer, sie hält nicht inne. Innehalten bedeutet Erbrechen und Schwindelgefühle.

In der Schule wird ihr Klassenkamerad Sebastian ihr ein Briefchen geben: »Willst du mit mir gehen?« Sie wird mit dem Zettel in die Toilette flüchten. Sie wird sich auf die Schüssel setzen und ihn lesen – zwölf-, fünfzehn-, zwanzigmal. Sie wird den Zettel in der Mitte zusammenfalten, ihn wieder aufblättern und noch einmal lesen. Ihr Herz wird stillstehen, ihr Atem stocken. Sie wird das Briefchen in kleine Stücke reißen und im WC herunterspülen. Sie wird sich die Hände waschen, auf den Gang zurückkehren und Sebastian stehenlassen, als wäre er Luft. Eine Königin wartet, eine wahre Königin hat Zeit im Überfluß.

Irgendwie ist sie willkommen.
Irgendwie hat niemand wirklich auf sie gewartet.
Der Vater wird schließlich das Krankenhaus und seine Frau finden. Es gibt nicht viel zu tun, er steht eine Stunde vor dem Tor, ruft aus der Telefonzelle den Ortsvorsteher an, damit er der Schwiegermutter Bescheid gibt, und fährt nach Hause. Die Großmutter füttert die Hühner und macht Abendessen für den Großvater. Dieser meckert, warum sie es denn so eilig habe, Kinder würden seit Ewigkeiten geboren, da wisse man doch wohl, wie man damit umgeht, die Großmutter würde dort gerade noch fehlen. Man werde sie vermutlich überhaupt nicht ins Krankenhaus lassen, sie könnte ja Krankheiten einschleppen.
Die Großmutter wird gar nicht erst anfangen zu diskutieren. Sie packt ihre Tasche, der Schwiegersohn gibt ihr ein paar Kleidungsstücke und Beuteltee mit. Sie legt drei Gläser mit Suppe und Schmalz dazu, ein Stück Wurst, etwas Schinken und einen Rest Grützwurst. Im Laden kauft sie gutes Brot und zwackt Zucker vom Vorrat ab. Sie holt Trinkkompott aus dem Keller und fingert einen Geldschein für die Fahrkarte aus dem Strumpf. Sie steigt in den Bus, dann in den Zug, dann zuckelt sie in der Tram zum Krankenhaus, einem häßlichen grauen Gebäude, vor dem Tor schüttelt es sie geradezu. Im Dienstzimmer betrachten sie die Großmutter und ihren Krempel wie den Inbegriff eines Dorfmütterchens, obwohl sie erst Anfang vierzig ist, niemals Kopftuch trägt, ihre Zähne pflegt und einen ordentlichen Mantel anhat. Eine Schwester läßt die Besucherin ein und zeigt ihr den Weg zum Zimmer. Die Mutter hat inzwischen eine Bettnachbarin, der sie lachend erzählt, durch welchen Zufall sie in der städtischen Geburtsklinik gelandet ist. Die Großmutter stellt ihre Tasche neben das Bett und umarmt die Tochter unbeholfen. Die Mutter will kurz schlechte Laune bekommen, weil ihr die junge Frau mit Pelz und Cordrock einfällt, dann aber ermahnt sie sich selbst, daß vorerst Freude angezeigt sei, und lächelt der Großmutter zu. Die Großmutter stellt den Proviant aus der Tasche direkt ins Nachtschränkchen und schaut sich nach dem Kind um.
»Sie bringen es gleich zum Stillen«, versichert die Mutter, während sie genußvoll die Zähne in eine Brotschnitte schlägt. Und tatsächlich, die Tür geht auf,

zwei Krankenschwestern mit Säugling auf dem Arm kommen herein. Eine kommt zur Mutter, die – in der neuen Rolle errötend unter dem gestrengen Blick der Großmutter – ihre Tochter durchaus geschickt übernimmt, die Brust entblößt und das Kind anlegt. Das Baby schmatzt, es hat nicht einmal mitteilen können, daß es hungrig ist. Mit der Brustwarze im Mund beobachtet es die Umgebung, das weiße Bettzeug, die blasse Sonne hinter dem Fenster, die mit den Händen im Schoß auf dem Bettrand sitzende Frau. Es hört das Rauschen des Wassers in den Rohren, den Lärm auf dem Gang, es riecht den fernen Geruch des Lysols aus dem frisch gereinigten Isolierzimmer, den Duft von Heu an der Bluse der Großmutter, seine Zunge schmeckt die süße Milch, die aus der mütterlichen Brust direkt in seine Kehle rinnt. Die Welt präsentiert sich ihm als unerforschter Ort mit tausend Geheimnissen, die es zu ergründen lohnt. Nach dem Stillen nimmt die Großmutter das Bündel und hebt es ans Licht. Gründlich inspiziert sie den kleinen Kopf, die Haare, die Ohren, schaut in die Windel, macht ein Kreuzzeichen auf die Stirn. Sie lächelt den Knirps an, der ein Bäuerchen macht. Ein dünner Milchfaden fließt aus dem Mund auf das Jäckchen. Die Großmutter wird von einem heiseren Lachen geschüttelt:
»Du weißt, was gut ist. Essen und Trinken, das allein zählt, der Rest ist unwichtig, nichts als Firlefanz, Gewäsch und Geschwätz!«

Aus dem Polnischen von Bernhard Hartmann

PETER NEUMANN

JEDE STUNDE IST LANG

Gedichte

OLEVANO

jeden abend, im lichtlosen winkel
trepp-auf und trepp-ab
sitzen drei großmütter auf der bank und grüßen mich

buona sera, sage ich
eine plastiktasche in jeder hand
buona sera, sagen die geschwollenen füße in ihren crocs

und salben mich mit einem nicken
die eine kurz, die andere
zweimal kurz, die dritte erst kurz, dann einmal lang

rechts und links von ihnen sitzen
der tag, der monat, das jahr
und wenden die münze unter der zunge

KIRSCH

irgendwo hier mußte es sein, die stelle
der grabstein vom gutsherrn
das haus war mit brettern verschlagen, mal gab es konsum und kirsche

dann zog wieder lotto ein
am dritten poller bog sich der weg hinein
in die tannen, wälder, die lauter schwiegen, das gab relief

und als wir eines tages unverrichteter dinge wieder zurückkamen
war auch das haus, waren alle
bretter, steine und girlanden verschwunden

METEOR

so flatterte das huhn über den hof
wir hinterher, vorbei an den trögen, den ställen
kartoffeln, wie sie die zeit
nur von jahrzehnt zu jahrzehnt hervorbringt
blinde erdschichten, findlinge
sind es, festkochend
flatterte noch am zaun, als hätte ihm einer
der teufel, den kopf abgeschlagen
grenzbetrieb, verhakte sich und wußte nicht, daß es auf einmal
auf dem langen
acker war, den schneehängen, stürzte nur
immer weiter, flügelschlagend voran, der himmel fiel von mal zu mal
leichter auf die fluren, schatten
pferde mit flatternden mähnen und dünnen
beinen, das sind nur die träume, die kommen und gehen und holen
die gedanken der kinder
und noch als es in freiheit war
unrettbar weit voraus
flatterte es, als ginge es um sein leben

IM LUCH

das licht schlug an
wie eine wünschelrute, die reiterschar
dort oben auf dem

hügel, hier soll die schlacht gewesen sein
das öde land, zwei augen
kaum zu stopfen, schneespuren von

ufer zu ufer, da war eine
helle im raum, eine art offensive
schüsse knallen, wildgänse, zeichensysteme

eine lehrstunde in geometrie
noch weiß man, wo der grusberg
liegt, noch werden

im luch die kugeln gezählt

DER HARZ

das ist der frost
in den äpfeln, das ist der erde
schatten, das sind

die dunklen ausläufer, die mich
aus dem schlaf reißen
geduckte dächer, menschheitsnacht

geht schon vorüber, sagen sie
und führen die minotauren zur schlachtbank
und jede stunde ist lang

wie ein bußtag, fliegen die raben noch
um den turm, wind
fegt an gelben mauern hinab

PARETZ

man sagt, die pflanzen merkten auf
und was ich da erblickte
flaschengrünes wasser, weißgetünchte jagd

verbaute utopien
die griechische provinz, hier
war sie eingeklemmt im stumpfen winkel, sanftes ziehen

geballte wolkenwut, es
drückt die erde in die ebene alle
gräser bäume alles leichte schwere stille

URS HEFTRICH

BIN ICH EIN TINTENFISCH?

Kurze Wanderung durch die Naturlyrik

Ralph Dutli zum 70. Geburtstag

»Naturgedichte«, schreibt in ihrem erfrischenden Buch »Das verspielte Papier. Über starke, schwache und vollkommen mißlungene Gedichte« (München 2014) die Lyrikerin Kerstin Hensel, »beziehen ihren Stoff aus der Pflanzen- und Tierwelt, den Landschaften, Jahreszeiten (...), um etwas darüber hinaus zu sagen. Die verwendeten Ingredienzien sind auf Menschliches übertragbar.« Damit bringt sie auf den Punkt, was Naturgedichte seit ihrer Blüte in der Romantik auszeichnet: ein Verschmelzungsdrang mit Feld und Wald, dem die Natur zur »Übertragung aufs Menschliche« dient. Heute, angesichts der Naturzerstörung im Anthropozän, wirkt diese Perspektive ego-, ja anthropozentrisch. Gleichzeitig wächst das Bedürfnis, die schwindende Natur im Gedicht zu beschwören. Welche Möglichkeiten gibt es, sich ihr mit Worten zu nähern, ohne ihr dabei zu nahe zu treten?
Eine Option, die vielleicht berühmteste in unserem Kulturkreis, hat Francesco Petrarca vorgeführt, als er vermutlich am 26. April 1336 mit seinem Bruder den provençalischen Mont Ventoux erstieg – allen Warnungen eines ortskundigen alten Hirten zum Trotz. Seine Wanderung zum Gipfel gilt manchen als Startschuß des Alpinismus, vielen als Geburtsstunde der Moderne, nämlich der Bewußtwerdung der eigenen Subjektivität angesichts einer unvermittelt geschauten Natur. Petrarca schildert sein Landschaftserlebnis zunächst als Rausch, »durch den ungewohnten Hauch der Luft und die Weite des Rundblicks bewegt«, steht er »einem Betäubten gleich da«. Er sieht die Alpen, das Mittelmeer, die Rhône. Dann aber schlägt er, als Buchorakel, die »Bekenntnisse« des Augustinus (angeblich wahllos) auf und liest dort (angeblich zufällig): »Und es gehen die Menschen zu bestaunen die Gipfel der Berge (...) und haben nicht acht ihrer selbst.« Plötzlich schämt er sich, daß er »noch die Dinge der Erde bewundert«, wo er doch eigentlich wissen müßte, »daß es nichts Bewundernswertes gibt als die Seele«. Beim Licht des Vollmonds steigt er schweigend ab, er hat nun »genug vom Berg gesehen« und richtet seine »inneren Blicke« auf sich selbst. Es ist erstaunlich, daß Petrarcas Gipfelbericht so hartnäckig als Vorläufer romantischer Naturekstasen und Ichräusche gehandelt wird. Denn *de facto* hat sich dieser junge Wanderer das Gipfelglück durch christliche Scham vermiest. Kaum wallt das erhebende Gefühl

des Aufgehens in der Weite, die Transzendenzerfahrung angesichts der Natur in ihm auf, muß er es moralisch abschmettern. Und dies kommt kaum überraschend. Er hat ja seinen Augustinus nicht umsonst über mehr als 1500 Höhenmeter mit sich geschleppt. Anders gesagt, erfährt Petrarca beides: Naturrausch und gesteigertes Ichgefühl. Aber er erfährt es dissoziativ, nicht als entgrenzende Verschmelzung mit der Natur. Er sieht sich am Scheideweg: da die Natur, hier das Ich. Die Gleichung von Natur und Mensch – für Petrarca geht sie nicht auf.

1835, fünfhundert Jahre, nachdem der zerknirschte Petrarca im Mondlicht vom Mont Ventoux abstieg, schrieb Joseph von Eichendorff seine »Mondnacht«:

Es war, als hätt' der Himmel
Die Erde still geküßt,
Daß sie im Blüten-Schimmer
Von ihm nun träumen müßt'.

Die Luft ging durch die Felder,
Die Ähren wogten sacht,
Es rauschten leis die Wälder,
So sternklar war die Nacht.

Und meine Seele spannte
Weit ihre Flügel aus,
Flog durch die stillen Lande,
Als flöge sie nach Haus.

Eichendorffs Zwölfzeiler ist ein Paradebeispiel für jene »Übertragung aufs Menschliche«, die Kerstin Hensel als Grundprinzip aller Naturlyrik auffaßt. Die Sinnbewegung der drei Strophen führt in einem Dreischritt von einer vermenschlichten Landschaft mit klarer Entgrenzungsneigung (dem Himmel, der die Erde küßt; der vom Himmel träumenden Erde) über eine objektive Naturschilderung (die Wirkung des Windes auf die Vegetation) geradewegs zum Subjekt, das seine eigenen Grenzen in Richtung Himmel übertritt. Der Seele des Ich wachsen, wie der Psyche auf antiken Darstellungen, Flügel. Sie hebt ab. Ausgelöst wird diese Annäherung von Ich und Transzendenz durch das Erlebnis der nächtlichen Natur. Zwar präsentiert Eichendorff sie uns im Modus des Als-ob (»Es war, *als* hätt' der Himmel …« / »*Als* flöge sie nach Haus«), aber das schmälert nicht die zugrundeliegende Erfahrung: Mensch, Himmel und Natur werden eins. Anders gesagt: Der erhabene Entgrenzungsmoment, den Petrarca auf dem Mont Ventoux so mühsam gesucht hat, um ihn dann gleich wieder zwischen den Seiten seines Taschen-Augustinus zu verlieren – dieser Moment tritt nun in sein volles Recht. Das Ich darf in der Natur aufgehen, ohne Reue, ohne Rest. Für Eichendorff geht

die Gleichung von Natur und Mensch auf, allerdings um den Preis einer radikalen Vermenschlichung von Naturvorgängen.
Oft braucht es nicht einmal mehr ein Ich, um diese Identifikation auszulösen. Seit der Romantik ist die »Übertragung aufs Menschliche«, wenn wir ein Naturgedicht lesen, für uns zum Reflex geworden. Heines Verse von 1823 über eine einsame Fichte, die sich vom hohen Norden in den Süden träumt, verstehen wir intuitiv als Ausdruck romantischer Sehnsucht:

Ein Fichtenbaum steht einsam
Im Norden auf kahler Höh'.
Ihn schläfert; mit weißer Decke
Umhüllen ihn Eis und Schnee.

Er träumt von einer Palme,
Die, fern im Morgenland,
Einsam und schweigend trauert
Auf brennender Felsenwand.

Kein Mensch käme auf die Idee, von Heines Achtzeiler ernsthafte Einsichten über die Flora zweier Klimazonen zu erwarten. Niemand wird ihn auch als Enzephalogramm eines Nadelbaums lesen, als hätte der Dichter einer Fichte ein Netz von Elektroden umgelegt und die Ströme unter ihrer Rinde gemessen. Doch zeigt gerade die absurde Zuspitzung des Fichtengedichts, wie sehr Heine darin unseren Realitätssinn hinter die Fichte führt. Denn Bäume reimen sich zwar auf Träume – haben aber keine. Und falls eine Fichte jemals ein Traumgesicht hätte, so spräche viel dafür, daß sie nicht von Palmen träumte, sondern von Fichten. Bestenfalls noch von Eichhörnchen. Schlimmstenfalls vom Borkenkäfer. Naturgedichte, so können wir in Zuspitzung von Kerstin Hensel sagen, ziehen gelegentlich ihren Stoff an den Haaren herbei. In diesen Fällen wollen sie *allein* über den Menschen etwas sagen; die Natur dient nur als Gleichnis. Die Beziehung von Natur und Mensch schlägt hier vollends in Anthropozentrik um.
Diese Verbundenheit ist dann eher eine mit der eigenen Nabelschnur. Dagegen wäre grundsätzlich nichts einzuwenden. Die Nabelschau von Dichtern kann grandiose Lyrik hervorbringen – und selbst wenn nicht, hält sich der Schaden in Grenzen. Wenn sich einer im *Gedicht* mit einem Blütenzweig verwechselt, mit einer gestutzten Eiche, einem Stern am Firmament oder dem nächtlich stürmenden Meer (alle Beispiele von Hermann Hesse), wird er immer noch begeisterte Leser finden. Das Anmaßende und damit letztlich Erheiternde an solcher Totalidentifikation von Ich und Natur nehmen wir im Gedicht als selbstverständlich hin; die Romantik hat uns darauf konditioniert. Erst wenn einer im *Leben* mit der

Gleichsetzung Ernst macht, wird uns klar, wie egomanisch es in Wahrheit ist, zu glauben, die anderen Elemente der Natur da draußen hätten nichts Wichtigeres zu tun, als mit unserem Ich zu verschmelzen.

Nehmen wir zum Beispiel den jungen Klaus Kinski. Dieser hatte, erinnert sich Werner Herzog, »in einem alten Wohnhaus ein leeres Dachgeschoß als Hausbesetzer sozusagen zu seiner Wohnung erklärt und den Besitzer, der ihn hinauswerfen wollte, einfach durch Tobsuchtsanfälle verschreckt. In diesen Dachboden hatte er sich anstatt von Möbeln trockenes Laub gestreut, das schließlich kniehoch lag. Im Laub schlief er.« Er trug »dort oben in seiner Wohnung nie Kleider, er verweigerte sie als zivilisatorischen Zwang, uns von der Erfahrung der reinen Natur abzuhalten. Wenn der Postbote kam und klopfte, kam Kinski splitternackt durch das Laub geraschelt.« Was hätte wohl ein alter Grieche gedacht, wäre der unbekleidete Kinski durch eine knietiefe Blätterschicht auf ihn zugewatet? Vermutlich hätte er ihn einfach für einen Anhänger des Gottes Pan gehalten,

> dem mit dem Bocksfuß und Hörnern, der fröhlich lärmend auf Wiesen
> unter den Bäumen sich tummelt gemeinsam mit tanzenden Nymphen. (…)
> Schweifend von Ort zu Ort durchstreift er Gebüsche und Dickicht;
> bald auch lockt ihn zu sich ein leise plätscherndes Bächlein,
> bald wieder klettert er hoch hinauf auf den zackigen Felsen,
> auf dessen Spitze er stehend bewacht seine Herde von Schafen.
> Oft durcheilt er die schimmernden Firne des hohen Gebirges (…).
> Hin und wieder nun mischt sich der Gott mitten unter den Reigen.
> Dann bewegt er flink seine Beine; den Rücken mit braunem
> Luchsfell bedeckend, freut er sich stets an den fröhlichen Klängen
> dort auf der saftigen Wiese, wo Krokus sowie Hyazinthen
> duften und blühen, vermischt mit allerlei Arten von Gräsern.

Diese Hexameter (übersetzt von Ludwig Bernays) stammen aus einer der sogenannten Homerischen Hymnen, in diesem Fall einer Anrufung des für Wald und Natur zuständigen Gottes mit dem Ziegenunterleib: Pan. Naturlyrik als eigene Gattung im heutigen Sinn pflegten die Griechen nicht; entsprechende Schilderungen sind meist eingestreut in einen größeren Zusammenhang. Man verspürte offenbar auch nicht den Impuls, sich gezielt den Extremen der Natur auszusetzen, um daraus eine gesteigerte Icherfahrung zu schöpfen. Die Lieblingslandschaften romantischer Künstler in Wort und Bild – Gebirge, Wälder, Wüsten, Meere – waren der Antike natürlich bekannt. Aber damals waren dies keine Orte, die man aufgesucht hätte, um den wohligen Schauer der eigenen Verlorenheit angesichts des Unendlichen zu erfahren, einen Schauer, den die Ästhetik des späten 18. und frühen 19. Jahrhunderts auf den Begriff des Erhabenen gebracht hat. Es waren vielmehr Orte, an denen man verlorengehen, verdursten oder (wie um ein Haar Odysseus) ertrinken konnte. Allenfalls zum Aussetzen unerwünschter Kinder taugte die Wildnis, wie etwa das Taygetos-Gebirge bei Sparta. Griechen oder Römer hätten auf die Idee, einen Berg wie den Mont Ventoux zu erklimmen, vermutlich nicht anders reagiert als der alte Hirte, der Petrarca und seinen Bruder von diesem gefährlichen Nonsens abbringen wollte. Erst die Romantik entdeckte, daß man ins Gebirge ziehen kann, um Gipfel zu erklimmen und oben eine exquisite Gefühlsmischung von Ausgesetztheit, Höhenrausch und Verschmelzung mit dem All auszukosten – kurzum genau das Gefühl, das auf dem Mont Ventoux Petrarca für einen Augenblick anwehte, bevor er meinte, es als Christ ersticken zu müssen. Die Begeisterung eines Lord Byron für die Alpen, eines Michail Lermontow für den Kaukasus ist ein modernes Phänomen. Den Unterschied zwischen der älteren und der neueren Sicht auf die Berge hat Marjorie Nicolson denn auch auf die Formel gebracht: »Mountain Gloom and Mountain Glory« (»The Development of the Aesthetics of the Infinite«, 1959). Aber ganz so einfach ist es nicht. Die Griechen fürchteten die wilde Natur ihrer Berge nicht nur, sie haben sie buchstäblich vergöttert. Sie erhoben den Olymp zum Thron ihrer Götter und sie wählten Berggipfel gerne als Opferstätten – Beweis genug dafür, daß sie für die religiöse Aura, die ein Caspar David Friedrich an solchen Orten spürte, ein Sensorium hatten.

Der kurze Ausschnitt aus dem Hymnus auf Pan hat es exemplarisch gezeigt, vom »leise plätschernden Bächlein« über »die schimmernden Firne des hohen Gebirges« bis zu »der saftigen Wiese, wo Krokus sowie Hyazinthen/duften und blühen, vermischt mit allerlei Arten von Gräsern«: Die alten Griechen waren zur Naturlyrik nicht minder begabt als ein Eichendorff, Heine oder Hesse. Sie setzen lediglich ihr Ego in ein anderes Verhältnis zur Natur. Dabei fehlt es keineswegs an Vermenschlichung. Der tanzende Pan im Kreis seiner Nymphen ist, trotz Bocksfuß und Hörnern, hochgradig anthropomorph – spätestens wenn er Flöte spielt. Anstelle der romantischen Gleichung von grandiosem Ich und grandioser Natur liegt dem Naturverständnis jedoch ein anderes Konzept zugrunde, nämlich ein soziales. Das gesamte Reich der Natur fällt in die Zuständigkeit Hunderter miteinander konkurrierender göttlicher Wesen, von denen die Bewohner des Olymp nur die Spitze des Berges darstellen. Dieses Reich ist insofern ein Spiegel der Menschenwelt, als in ihm ständig Machtkämpfe, Eifersüchteleien und Liebeshändel brodeln. Auch Augenblicke der innigen Verbindung beider Sphären kommen vor, wenn etwa die Aphrodite den Hirten Anchises für eine Liebesnacht aufsucht. Doch solche Begegnungen sind riskant für den Menschen, mitunter tödlich. Umgekehrt sind aber auch die göttlichen Naturinstanzen darauf angewiesen, daß man ihnen Opfer bringt; ohne ein tributzahlendes Publikum, fernab von menschlicher Bewunderung, ist es auch mit der schönsten Natur nichts. In einem anderen Homerischen

Hymnus, der die Geburt des Apollon auf Delos feiert, wird das besonders deutlich. Die hochschwangere Leto, von der eifersüchtigen Hera verfolgt, sucht einen Ort für die Niederkunft ihrer beiden Kinder Apollon und Artemis. Die Insel Delos läßt sich schließlich, Hera zum Trotz, auf das Risiko ein, als Wochenbett zu dienen – unter einer Bedingung: Leto soll für den Bau eines prächtigen Tempels sorgen, der Delos zur zentralen Orakelstätte aufwertet. Sonst sieht die karge Felseninsel einer traurigen Zukunft entgegen: »Doch die Polypen, die werden ihr Bett, und die dunkelen Robben / Wohnungen machen in mir sorglos, aus Mangel an Leuten« (Übertragung von Eduard Mörike). Man sieht: ohne Leute ist das ganze Delos reizlos. Was für uns wie ein unberührtes Naturparadies mit Seehund und Tintenfisch wirkt, wie ein Reiseziel für Schnorchler, ja wie eine Vision gelungener Renaturierung, das erschien den Griechen öde – eine Ödnis, die sie gleichwohl eindrucksvoll in Verse fassen konnten. »Doch die Polypen, die werden ihr Bett, und die dunkelen Robben / Wohnungen machen in mir sorglos, aus Mangel an Leuten« – was ist das, wenn nicht »Naturlyrik« vom Feinsten? Allerdings kommt sie ganz ohne ein romantisches Ich aus, das sich in der Natur verströmt. Zwar geschieht es auch in der antiken Dichtung häufig genug, daß das Individuum in einem Naturphänomen restlos aufgeht. Nur handelt es sich dabei meist nicht um eine rauschhafte ästhetische Augenblickserfahrung, sondern um bleibenden, blutigen Ernst. Denken wir nur an die Verwandlung der Daphne in Lorbeer, der Arachne in eine Spinne oder des Aktaion in einen Hirsch, den die eigenen Hunde zerreißen.

Auch antike Verse über Wald und Flur wollen also etwas über den Menschen sagen, sind aber darauf bedacht, die Sphären von Ich und Wildnis getrennt zu halten – sonst wird es gefährlich. Aber kann der Mensch überhaupt Naturlyrik schreiben, ohne dabei sein Ich auf die Umwelt zu projizieren? Für uns, geprägt durch die europäische Romantik, scheint das schwer vorstellbar. Anders bietet sich die naturlyrische Landschaft in Asien dar, insbesondere in China.

Dort entsteht im 4./5. Jahrhundert nach Christus eine eigene Tradition der Naturpoesie, bekannt als Shan-shui shi, wörtlich: Berg-und-Fluß-Dichtung. Mit dieser spirituellen Entdeckung der Bergwelt als Wildnis – konkret: mit den Berggedichten von Hsieh Ling-yün – beginnt ein langer Höhenkamm lyrischer Gipfelleistungen: Meng Hao-jan, Wang Wei, Wei Ying-wu, Han Shan, Meng Chiao, Wang An-shih, um nur einige Namen zu nennen. Es handelt sich um eine Art kultureller Wasserscheide, im europäischen Kontext am ehesten mit Petrarcas Fußmarsch auf den Mont Ventoux oder mit dem Alpenfieber der Romantiker vergleichbar. Allerdings findet dieses epochale Ereignis in China 1500 beziehungsweise 1000 Jahre früher statt. Die Auffassung der Natur, die in der Shan-shui-Dichtung zum Ausdruck kommt, basiert ebenfalls auf dem Gedanken einer Identität zwischen Mensch und Umwelt – jedoch vor einem ganz anderen

Hintergrund: dem Taoismus. Die romantische Gleichung von Ich und Natur wird hier gewissermaßen vom anderen Ende her gelesen. Bei einer mathematischen Gleichung liefe es auf dasselbe hinaus; bei einer poetischen macht es einen Unterschied. Welchen?

In Bergen und Flüssen manifestiert sich für einen Dichter wie Hsieh Ling-yün dieselbe atmende Lebenskraft wie in uns selbst. Sein amerikanischer Übersetzer David Hinton erklärt: »Hsiehs Fluß-und-Berg-Gedichte unterscheiden sich grundlegend von Texten, die die ›natürliche Welt‹ als Bühne oder Material für menschliche Belange nutzen. Sie lassen sich am besten als Wildnis-Poesie beschreiben, als Poesie, die die Wildnis an sich und unsere integrale spirituelle Beziehung zu ihr thematisiert oder feiert.« Die entscheidende Differenz zur westlichen Romantik liegt in der Position des menschlichen Ich. Die Natur liefert hier nicht, mit Kerstin Hensel gesprochen, lediglich »Ingredienzien«, die »auf Menschliches übertragbar« wären. Diese »Ingredienzien« sind ja nichts Geringeres als die Wildnis selbst, und das Ich löst sich durch Meditation in ihr auf. Wie aber läßt sich so etwas sprachlich gestalten? Im Chinesischen offenbar ganz leicht; in den europäischen Sprachen praktisch nicht. David Hinton demonstriert es am Eingangsvers eines Vierzeilers von Wang An-shih:

柴	門	照	水	見	青	苔
brushwood	gate	shine	water	see/appear	green	moss

Wang An-shih: Ein Frühlingstag
(nach Hintons englischer Übersetzung von Urs Heftrich)

Ich schau an meiner Reisigpforte im funkelnden Regenwasser auf Moos,
dann wandere ich durch den Frühling, Blüten drängen sich an den Ästen

ringsumher. Die Menschen reisen auf fernen Straßen und kommen nie an,
hier aber brechen jeden Tag Singvögel auf, und sie kehren wieder zurück.

Hinton zeigt, wie die chinesische »Grammatik eine Reihe simultaner Lektüren zuläßt, die allesamt Identität in das Naturgeschehen hineinweben. Die direkteste Lesart des Verses entlang der reinen Grammatik würde etwa lauten: ›An der Reisigpforte sieht funkelndes Wasser grünes Moos‹. Diese Interpretation ist plausibel, weil Wasserpfützen eine spiegelnde Oberfläche haben, von der man sagen könnte, daß sie das grüne Moos ›sieht‹ (...). Eine andere Lesart wird durch zwei Fakten der chinesischen poetischen Sprache suggeriert: Verse von sieben Wörtern wie diese haben stets eine Pause nach dem vierten Wort, und ein Subjekt in der 1. Person fehlt meist. Bei dieser Lesart wird ein ›ich‹ nach dem vierten Wort eingefügt: ›An der Reisigpforte, neben funkelndem Wasser, sehe [ich] grünes

Moos.‹ Doch geht im Englischen die tiefste Dimension dieser Lektüre verloren. Fügt man das Subjektpronomen ein, wie es die englische Grammatik verlangt, so verleiht man dem Gedicht ein westliches Geisteszentrum – ein Problem, das sich nicht lösen ließe, ohne auf ein merkwürdig experimentelles Englisch zurückzugreifen (…). Im Chinesischen hingegen bleibt die Identität abwesend gegenwärtig, weil es das ›ich‹ im Vers ja eigentlich gar nicht gibt. Dies webt Identität in die empirische Welt um das Ich; und gleichzeitig macht es die tatsächliche Wahrnehmung sichtbar, wie wir sie beim Meditieren erfahren: Wahrnehmung als eine tiefe Spiegelung ohne Ich-Identität.«

Die Differenz läßt sich auch illustrieren, da die Shan-shui-Strömung, nicht anders als die Romantik, ihre eigene Malerschule hervorgebracht hat. Es genügt, zwei der berühmtesten Gemälde ihrer jeweiligen Ära nebeneinanderzuhalten: Guo Xis »Vorfrühling« von 1072 und Caspar David Friedrichs »Wanderer über dem Nebelmeer« von 1818. Hier ein vor der Bergkulisse turmhoch aufragendes Ich. Dort ein paar verlorene Häuser und Menschlein; selbst ganze Paläste verzwergen zwischen Wolkenschwaden, Bäumen und Fels.

Die Gleichung von Ich und Natur wird also im Osten (passend zur Weise des Schreibens) gleichsam von rechts nach links gelesen; der Westen schreibt sie von links nach rechts. Übersetzerisch läßt sich diese Differenz kaum abbilden; und auch Lyrik im fernöstlichen Geist *zu schreiben* kann prekär sein. Das Beispiel von Hesse, der in den Buddhismus eingetaucht war wie kein zweiter deutscher Dichter, zeigt es. Verse wie diese: »Ich bin ein Stern am Firmament, / Der die Welt betrachtet, die Welt verachtet, / Und in der eig'nen Glut verbrennt. // Ich bin das Meer, das nächtens stürmt …« sind pure Romantik, keine buddhahafte »Spiegelung ohne Ich-Identität«.

Für das Ich in der Naturlyrik gilt Analoges zu Nietzsches Diktum aus der »Götzen-Dämmerung«: »Ich fürchte, wir werden Gott nicht los, weil wir noch an die Grammatik glauben …«. Eine Möglichkeit, sich dem östlichen Ansatz zu nähern, wäre demnach der vollständige Verzicht auf Personalpronomina in der 1. Person (womit aber die schwebend absente Präsenz des Ich im Shan-shui shi auch nicht mehr abgebildet wäre). Der iranische Regisseur Abbas Kiarostami arbeitet in seiner minimalistischen, unverkennbar fernöstlich inspirierten, ich-losen Lyrik systematisch mit diesem Prinzip.

Das Platanenblatt
Fällt sanft
Und liegt
Auf dem eigenen Schatten
In der Mitte des Herbsttags
(Aus dem Persischen von Shirin Kumm und Hans-Ulrich Müller-Schwefe)

Eine Annäherung an den Geist des Shan-shui findet sich im wohl berühmtesten Naturgedicht der USA, Robert Frosts »Halt bei den Wäldern an einem Schneeabend« – auch wenn Frost ganz ohne Berge und Flüsse auskommt und statt dessen Wälder und Schnee bietet. Es bedarf hier keiner langen Interpretation. Die Verlockung des Ich, sich im Nirwana des treibenden Schnees zu verlieren, spricht überdeutlich aus Frosts Versen. Einen Widerpart gegen diesen Sog zur Ich-Aufgabe bilden ein Herdentier (ein Pferd) und die sozialen Verpflichtungen des Sprechers. Der romantische Todesdrang wird zuletzt in einer Weise abgewiesen, die an die Mahnung aus dem fast zeitgleich entstandenen Schnee-Kapitel von Thomas Manns »Zauberberg« erinnert: »Der Mensch soll um der Güte und Liebe willen dem Tode keine Herrschaft einräumen über seine Gedanken.« Der Verlockung zur finalen Entgrenzung, zur Auflösung des Ich im Naturkreislauf steht die ethische Verpflichtung des Menschen gegenüber anderen entgegen. Anstelle einer Interpretation sei hier nur auf eine Formalie hingewiesen: Robert Frost hat sein Gedicht durchgehend in einer orientalischen Strophenform verfaßt – nach dem Muster der persischen Rubāʿīyāt. Das ist kein Zufall. Frost steigert das Reimschema des Rubāʿī sogar noch, indem er die Waise der ersten Strophe zum Reim der zweiten macht und dieses Verkettungsprinzip fortsetzt, bis sich in der vierten alle vier Verse reimen – ein prosodischer Ostbezug, der in Paul Celans bekannter Übertragung übrigens verlorengeht. Deshalb hier ein eigener Versuch:

Halt bei den Wäldern an einem Schneeabend (1923)

Ich weiß, wem er gehört, der Wald.
Im Dorf wohnt er. Ich mache halt.
Hier bleib ich für ihn unsichtbar
wenn sich sein Wald mit Schnee füllt, bald.

Mein Pferdchen findet es bizarr:
den Halt, wo nie ein Farmhaus war
am Eis des Sees, am Wald, am Saum
der tiefsten Nacht in diesem Jahr.

Es schüttelt seinen Schellenzaum,
das kleine Pferd, und glaubt es kaum.
Sonst kein Geräusch außer dem Wehn
von leichtem Wind und Daunenflaum.

Der Wald ist dunkel, tief und schön,
doch halt ich Wort, muß dazu stehn,
muß vor dem Schlaf noch Meilen gehn,
muß vor dem Schlaf noch Meilen gehn.

Unsere kurze Wanderung hat uns von Deutschland ins antike Griechenland und das alte China zurückgeführt, und von dort in den modernen Iran und die USA. Zum Schluß geht es wieder nach Deutschland, mit einem kurzen Umweg über Osteuropa.

Die romantische Tradition der Naturlyrik barg schon immer die Gefahr des Eskapismus: Natur als schöner Zufluchtsort, an den man sich zurückzieht, um eine schreckliche Realität auszublenden. Auf diese Gefahr wies Bertolt Brecht – selbst ein Meister des Genres – während der NS-Zeit mit seinem inzwischen fast totzitierten Ausruf hin: »Was sind das für Zeiten, wo / Ein Gespräch über Bäume fast ein Verbrechen ist / Weil es ein Schweigen über so viele Untaten einschließt!« Daß sich dann auch Dichtende beiderlei Geschlechts, die diese Tradition fleißig bedient hatten – wie Ina Seidel und Josef Weinheber –, auf Adolf Hitlers »Gottbegnadetenliste« einfanden, verlieh dem ganzen Genre nach dem Krieg einen gewissen Mief. So nimmt es kaum wunder, daß ernsthafte Lyriker, auch so herausragende Naturdichter wie Günter Eich, auf Distanz zur Gattung gingen. Bereits 1948, noch vor Adornos Urteil, es sei barbarisch, »nach Auschwitz ein Gedicht zu schreiben«, verfaßte Eich folgenden Dreizeiler mit dem programmatischen Titel »Vorsicht«:

Die Kastanien blühn.
Ich nehme es zur Kenntnis,
äußere mich aber nicht dazu.

Abgesehen davon, daß der Dichter hier flunkert, denn er äußert sich ja sehr wohl zur Kastanienblüte – was soll ich zu solch schmallippiger Lenzlyrik sagen? Nur soviel: Günter Eich schrieb ein Naturgedicht. Ich nehme es zur Kenntnis, äußere mich aber nicht dazu.

Man sieht: Bertolt Brechts Einwand gegen das Naturgedicht war ähnlich folgenschwer wie Adornos moralische Vorhaltung gegen Lyrik insgesamt. So berechtigt beides als Protest gegen die NS-Diktatur war, konnte es freilich dazu verleiten, die andere, zeitgleich in Osteuropa herrschende Diktatur aus dem Blick zu verlieren. Und dort machten viele Dichter eine genau gegensätzliche Erfahrung: Es konnte Mut dazu gehören, einfach nur ein Naturgedicht zu schreiben. Denn wo der Klassenkampf zum offiziellen Auftrag der Lyrik wurde, blieb auch die Natur davon nicht unberührt. Der DDR-Dissident Reiner Kunze hat es auf den Punkt gebracht, in seinem »Tagebuchblatt 80«:

Die kletterrosen blühn, als verblute die landschaft
Als habe sie sich die adern geöffnet
Als wisse sie, was kommt

Auch die landschaft, werden sie behaupten, dürfe
nicht mehr nur sein, auch sie
müsse dafür sein oder dagegen

Eben das, was Brecht der Naturdichtung während des »Dritten Reiches« zu Recht vorwarf, konnte sie im Sozialismus zur Geste des Widerstands werden lassen: daß sie aus der politischen Arena in die Wälder floh. Wo nur noch Optimismus, Aufbaulieder und Hymnen auf die Industrialisierung erwünscht sind, da wird die Natur mit ihren großen Zyklen ewiger Wiederkehr zum Refugium für Andersdenkende. Wo das Kollektiv alles ist und der einzelne nichts, wo schon der Versuch, das eigene Ich zu behaupten, mit Freiheitsentzug bestraft werden kann, dort wird der Waldsänger zum Partisanen des Individualismus. Der russische Dichter Ossip Mandelstam, von Stalins Häschern verhaftet, gefoltert und bis zur Liquidierung vorübergehend wieder auf freien Fuß gesetzt, konnte ein Lied davon singen – buchstäblich. Und genau während dieser allerletzten Galgenfrist schrieb Mandelstam geradezu zärtliche Naturgedichte. Zum Beispiel das folgende von 1936 (in meiner Übertragung; die klassische Übersetzung stammt von Ralph Dutli):

Du mein Stieglitz, laß den Kopf mich heben,
schauen wir die Welt zu zweit an, schau!
Wintertag wie Spreu – ob er dich eben-
so ins Auge sticht, so rauh?

Bötchensterz und schwarzgelbes Gefieder,
Farbe, die zum Schnabel sich ergießt:
Stutzer, Stieglitz – ob du dich wohl wieder-
kennst: den Stutzer, der du bist?

Was für Luft weht ihm ums Köpfchen? Lauter
Schwarz und Rot und Gelb und Weiß – es flirrt!
Schaut nach beiden Seiten, schaut, nach beiden schaut er!
Nein, er schaut nicht – ist entschwirrt!

Hier gewinnt die Identifikation des Ich mit der Natur eine ganz neue, symbolische Dimension. Denn der Stieglitz oder Distelfink, mit dem Mandelstam sich so innig unterhält, ist nicht nur ein Sänger (sprich Dichter), den der Mensch gern in Käfigen hält. Der bunte Vogel diente, wegen seiner Vorliebe für die dornige Distel, seit dem Mittelalter als ikonographischer Stellvertreter Jesu Christi. Mandelstams verspieltes Gedicht ist in Wahrheit ein subtiler Verweis auf sein bevorstehendes Martyrium.

Ähnlich subtil verweigert sich der mährische Dichter Jan Skácel, ebenfalls ein Leidtragender kommunistischer Kulturpolitik, kurz vor dem Fall des Regimes 1989 dem staatlichen Kollektivgedanken. Skácel gelingt dies paradoxerweise durch eine Sympathieerklärung an ein ausgesprochenes Herdentier in seinem Gedicht »Wolken so gemächlich« (meine Übertragung):

Wolken so gemächlich
wie Kühe auf der Weide
und abseits von der Herde
zwei Kälbchen und sie raufen

auf wackeligen Beinen
das Gras und alle beide
sind ihren Muttertieren
ein kleines Stück entlaufen

Ein kurzer Blick auf die Naturlyrik aus West und Ost, vom 7. vorchristlichen bis ins 20. nachchristliche Jahrhundert, zeigt: Die Gleichung von Mensch und Natur hat viele Facetten. Gute Gründe, eine solche Gleichung aufzustellen, gibt es. Wir *sind* ja Natur. Das wird unabweislich, sobald wir sie zerstören; damit nämlich zerstören wir langfristig uns selbst. Aber *wie* die Gleichung zu lesen sei, darauf gibt es unterschiedliche Perspektiven. Das antike Griechenland setzt beide Seiten der Gleichung gewissermaßen in die Mehrzahl, multipliziert sie mit dem Faktor des Sozialen. Wie die Welt der Menschen befindet sich auch die als Vielzahl göttlicher Kräfte gedachte Natur in ständiger, wuselnder Friktion. Die taoistisch inspirierte Lyrik des alten China liest die Formel Ich = Natur ganz anders. Die Landschaft und das Ich sind beide aus demselben Nichtsein aufgestiegen, in dem sie sich wieder auflösen werden wie Berge im Nebel. Analog löst sich auch das Ich-hafte des Menschen auf, der über der Natur meditiert. Gerade andersherum lesen *wir* in der Tradition der europäischen Romantik die Gleichung. Das Erhabene der Natur erhebt auch mich als ihren Betrachter, dem dadurch gleich zwei Unendlichkeiten bewußt werden – mit Kant gesagt: »Der bestirnte Himmel über mir, und das moralische Gesetz in mir.« Naturräusche sind Übungen in Grandiosität. Petrarca wies die Versuchung, zum »Wanderer über dem Nebelmeer« – Betonung auf »über« – zu werden, noch ab. Den Romantikern wurde sie zur Droge, einer Droge, auf die zu verzichten seit dem Zweiten Weltkrieg auch waldsüchtigen Naturlyrikern angezeigt schien.

Wo stehen wir heute? Derzeit verbraucht die Menschheit 1,7 Erden jährlich, der *Earth Overshoot Day* fiel in diesem Jahr für den gesamten Planeten auf den 1. August, für Deutschland sogar schon auf den 2. Mai. In anderen Worten: Wenn alle so lebten wie wir, bräuchte es drei Erden. Es wurde schon eingangs gesagt: Angesichts solcher Umweltverwüstung von Menschenhand wirkt die Gleichung von Mensch und Natur, die Erfolgsformel romantischer Naturlyrik, ego-, ja anthropozentrisch.

Aber womöglich gilt dies nur auf den ersten Blick. Denn zugleich wächst das Bedürfnis, die schwindende Natur im Gedicht zu beschwören, und wo Gefahr ist, wächst – vielleicht nicht das Rettende, aber doch etwas Nützliches auch. Die Schönheit des Gefährdeten, Schwindenden, ja auch des Untergegangenen bewußt zu halten, ist seit jeher eine Aufgabe von Lyrik. Wir sollten jedes Naturgedicht willkommen heißen, solange es als Gedicht etwas taugt, und aufhören, der Lyrik Vorschriften zu machen. Sie braucht keine neuen moralischen Normierungsversuche. Soll sich doch jeder mit jedem Naturphänomen identifizieren, das ihn anspricht! Warum nicht zum Beispiel mit einem Oktopus? Diese Tiere nämlich sind maritime Poeten: intelligent und fähig zu den überraschendsten Finten, dabei extrem verspielt und imstande, in unterschiedlichen Farben zu schillern – und obendrein auch noch Tinte zu verspritzen! Nur um eines möchte ich bitten, und das ist keine Frage der Moral, sondern des Geschmacks: Rückt dem Tintenfisch nicht zu sehr auf die Pelle! Von dem Vers: »Ich bin ein Tintenfisch« sei ausdrücklich abgeraten. Besser, vielschichtiger, diskreter macht es Ralph Dutli im Gedicht »Tintensekret«:

manche werden mit der Tinte geboren
manche sind Poeten halb im Sarg
ihre eigenen späten Könige
ihre flüchtigen Sekretäre
mit dem Tintensekret
mit den Finten diskret

das soll uns genügen

(Er kommt sicher nicht an meinen Tisch:
ich esse nie mehr Tintenfisch!)

UMSCHAU

GREGOR DOTZAUER: POETISCHE SPITZENLEISTUNGEN

Laudatio auf Alexandru Bulucz

1912 reichten zwei Herren namens Georges Hohrod und M. Eschbach beim ersten Kunstwettbewerb der Olympischen Spiele in Stockholm eine neunstrophige »Ode an den Sport« ein. Das sowohl französisch wie deutsch abgefaßte Gedicht, das seine Zweisprachigkeit dem Umstand verdankt, daß zum Deutschen Kaiserreich auch das Elsaß zählte, aus dem die Verfasser stammten, errang für Deutschland in der Kategorie Literatur die Goldmedaille. Silber und Bronze wurden gar nicht erst vergeben.

Sieben Jahre später ließ der Organisator dieses Kunstwettbewerbs, Pierre de Coubertin, zugleich Präsident des Internationalen Olympischen Komitees, durchblicken, daß er selbst der Urheber des prämierten Gedichts sei. Das allenfalls rudimentäre Deutsch des gebürtigen Parisers läßt offen, wie er beide Sprachen meistern konnte. Doch auch davon abgesehen kann man Zweifel haben, ob es bei der Preisvergabe mit rechten Dingen zuging.

Nicht erst aus der Distanz von gut hundert Jahren zeigt sich, daß diese »Ode an den Sport« alles andere als eine poetische Spitzenleistung ist. Warum ausgerechnet sie zum Ausgangspunkt machen? Dichtung und Wettkampf in einem Atemzug zu nennen, klingt abseits von Poetry Slams wie ein Sakrileg. Doch würden wir das Werk von Alexandru Bulucz mit Deutschlands höchstdotiertem Lyrikpreis auszeichnen, wenn es keine Spitzenleistung wäre? Und um die Sache gleich noch komplizierter zu machen: Wie sollte er als ehemaliger Leichtathlet, der als Kind in die postsozialistischen Mühlen der rumänischen Sportausbildung geriet, keinen Begriff davon haben, was es heißt, auch in der Dichtung das Höchste und Beste zu erreichen?

Lassen Sie mich zunächst Strophe vier von Coubertins »Ode an den Sport« zitieren, und Sie werden sofort verstehen, daß die Parallelen zwischen Sport und Dichtung keineswegs an den Haaren herbeigezogen sind:

> Sport, du bist der Mut!
> Es gibt nur eine Losung für die Kraft
> der Muskeln und des Willens
> Und die heißt: wagen!
> Der wahre Mut ist nicht tollkühne
> unbesonnene Verwegenheit,
> nur Vertrauen auf die erworb'ne Kraft,
> Dem Zufall überläßt sich nur der freche
> Spieler;
> Dein Wagen ist Berechnung, ist
> Verdienst!

In schnöde Prosa übersetzt, wozu mich der geringe poetische Überschuß dieser Zeilen ermuntert, heißt das: Geh aufs Ganze, aber riskiere nicht Kopf und Kragen! Auf den Dichter gemünzt: Willenskraft, hartes Training und Entschlossenheit gehören auch zu *deiner* Kunst. Ruiniere sie nicht durch reine Akrobatik!

> O Sport, du bist die Ehr!
> Von Dir gespendet hat Lob und Zeugnis
> vollen Wert,
> Weil nur in wahrer Redlichkeit
> gewonnen.
> Unlautrer Wettbewerb und unerlaubter
> Kunstgriff

Sind streng verpönt.
Und mit Verachtung würde der bestraft,
Der nur mit List und Täuschung die
Palme sich erringen wollte.

Das wiederum heißt: Wer betrügt, fliegt raus! Bestechung der Schiedsrichter oder die Einnahme unerlaubter Substanzen sind verboten, wobei weniger Champagner oder Magic Mushrooms gemeint sind als das Nippen an den Texten anderer: Das Doping der Dichter sind Plagiate.

Die zitierte »Ode an den Sport« ist vielleicht ein Machwerk, aber keineswegs ein Kuriosum. Um dies zu belegen, muß ich Sie noch einmal zweitausend weitere Jahre zurück in die Vergangenheit mitnehmen, zu Horaz, der mit Blick auf das römische Marsfeld, den Campus Martius, wie kein anderer Sänger der Antike eine lebendige Vorstellung davon hatte, was Poesie, Musik und Wagenrennen miteinander verbindet. Er führte damit die in den pythischen (oder auch: delphischen) Spielen Griechenlands entwickelten Ideale fort. Was die ominösen Herren Hohrod und Eschbach formulierten, steht im wesentlichen schon in »De arte poetica«, seinem lehrhaften, 14 v. Chr in Hexametern verfaßten »Buch über die Dichtkunst«. In der Tusculum-Übersetzung von Hans Färber und Wilhelm Schöne liest sich das so:

»Wer im Wettlauf dem ersehnten Zielstein zustrebt, hat oft sich geplagt und oft die junge Kraft gespannt; Schweiß und Frost hat er ertragen, hat nicht gefragt nach Weib und Wein. Wer im Pythischen Wettkampf die Flöte bläst, mußte lernen zuvor und des Meisters Rüge fürchten. Heutzutage erklärt man einfach: ›Wunderschön ist, was ich dichte; den soll der Henker holen, der zuletzt ans Mal kommt; schlimm wär's für mich, wollte ich zurückbleiben und Unkenntnis eingestehn – wo lernen freilich nie mir lag!‹«

Horaz spricht hier mit erfrischender Freimütigkeit aus, daß miserable sportliche oder musikalische Leistungen sehr viel offensichtlicher sind als miserable dichterische Leistungen. Während der untrainierte Läufer als letztes durchs Ziel und der schwache Faustkämpfer zu Boden geht, der schlechte Flötist auch das Ohr des Laien quält, kann sich der mit dem entsprechenden Selbstbewußtsein gesegnete Dichterdilettant viel leichter mit vermeintlichem Genie blenden. Zugleich läßt Horaz keinen Zweifel daran, daß der Ruhm des Dichters im Zweifel weitere Kreise zieht als der des Sportlers. In der Ode »Schwan und Biene«, die das Wirken des Griechen Pindar als das eines edlen Schwans betrachtet und das eigene als das einer fleißigen Biene, faßt er das so:

Wie ein Bergstrom stürzt, den der
Regen schwellte
Hoch zum Bord hinaus des gewohnten
Bettes,
Also braust und stürzt wie aus tiefem
Borne
Schrankenlos Pindar,
Immer wert des Schmucks von Apollos
Lorbeer:
Ob in neuen Lauten des Dithyrambus
Kühn er, aller Bande des Maßes ledig,
Strömt seine Lieder;
Ob er Götter singt oder Göttersprossen,
Deren Arm gestürzt der Centauren Rotte
In verdiente Nacht und erstickt
Chimäras
Sprühende Flammen;
Ob er singt das Roß und den
Faustkampfsieger,
Der auf Elis' Bahn sich errang die
Palme,
Und sie reicher lohnt durch den Sang,
als hundert
Statuen könnten;

Kehren wir zurück zum Auftaktgedicht von »Stundenholz«, dem jüngsten der drei Bände von Alexandru Bulucz. Das zweiteilige »Poetry in Motion« gilt zunächst einigen Sekunden im Basketball-Finale der Los

Angeles Lakers gegen die Chicago Bulls 1991. Michael Jordan, die Nummer 23 der Bulls, machte damals mit einem spektakulären Korbleger von sich reden. Unter dem Namen »The Move« ging er in die Sportgeschichte ein. Kurz gesagt besteht dieser »Move« in einem letztlich unökonomischen, doch betörend eleganten Wechsel der Wurfhand. Der Ball, den Jordans Rechte längst ins Netz hätte bringen können, wandert erst noch einmal in die Linke, bevor diese ihn gegen das Glasbrett hinter dem Korb wirft, von wo aus er schließlich seinen Weg ins Netz findet. Man könnte sowohl von prononciert lässiger Prahlerei sprechen als auch von einer musikalischen Synkope, von einem retardierenden Moment, von einer Verausgabung, die sich nicht in reiner Notwendigkeit erschöpft, oder, anders als bei der »Ode an den Sport«, von einem unleugbaren poetischen Überschuß. Es geht also um Komponenten, die ans Innerste des Schreibens rühren.

Der fast mimetische Nachvollzug des »Move« huldigt einem Sportler, dem in den USA ein eigenes Genre von Gedichten gilt – von Widmungen über Einzelpoeme bis zum ganzen Band, wie ihn Francisco Ide Wolleter vorgelegt hat. Die sieben langzeiligen Quartette mit Extravers, die Bulucz zu diesem Genre beiträgt, sind aber auch ein poetologisches Statement, das von einer unbeschränkten Fluidität des Schreibens träumt, die Texte beim besten Willen so nicht leisten können.

Die Ernüchterung folgt auf dem Fuße. In Teil zwei von »Poetry in Motion«, einem kommentierenden Text, der nicht einmal Gedichtähnlichkeit anstrebt, kommt als Gegenfigur »Monk«, der Titelheld seiner in acht Staffeln mit insgesamt 125 Folgen vorliegenden Lieblingsserie, zum Zuge. Der Ex-Polizist Monk ist durch den gewaltsamen Tod seiner Frau schwer traumatisiert und hat sage und schreibe 312 Phobien ausgebildet. Mit seinem auf Symmetrien und Asymmetrien geeichten Ordnungswahn hilft er seinen früheren Kollegen in der Rolle eines Privatdetektivs, Tatorte zu lesen.

Jordan steht für den Ästheten, Monk für den Sachwalter der Norm. Sind das nicht die Pole, zwischen denen Gedichte grundsätzlich oszillieren? Auf der einen Seite die Suche nach einer Beweglichkeit, die in der Auflösung fester Formen über sich selbst hinauszugelangen trachtet, auf der anderen Seite die permanente Analyse des Geschehens und dessen Einfrieren in Konstellationen von Sprachbildern und Dingmotiven.

Ich scheue mich, Alexandru Bulucz einen Poeta doctus zu nennen, weil das als bildungsbürgerlicher Elitismus verstanden werden kann, den er ausdrücklich ablehnt. Zumal im »Stundenholz« mildert er jeden Hermetismus seiner Gedichte durch Erläuterungen ab. Auch das titelgebende Stundenholz, der statt einer Glocke geschlagene freischwingende Holzbalken der Ostkirchen, rumänisch »toaca«, der im Griechischen den schönen Namen Semantron trägt, wird erklärt. Trotz dieses fast übertrieben pädagogischen Impetus läßt sich schwer abstreiten, daß seine Lyrik an ein Maß theoretischer Reflexion und historischer Informiertheit geknüpft ist, das ich für einen unbedingten Vorzug halte.

Unsere ersten beiden Begegnungen gehen denn auch auf zwei Persönlichkeiten zurück, die seinen Weg geprägt haben. Der verstorbene Frankfurter Komparatist Werner Hamacher, seinerseits ein Schüler von Jacques Derrida und Paul de Man, wurde für den Studenten Bulucz an der Goethe-Universität zu einem wichtigen Mentor. In seinem Nachruf für meine Zeitung, den »Tagesspiegel«, schrieb er im Juni 2017: »Seine einzige Erwartung an jeden war: Eigenständigkeit.« Das muß man auch als ein Stück Selbstermunterung verstehen.

Wenige Monate später drückte er mir, damals noch als Besucher seiner heutigen

Wahlheimat, im Berliner Literaturhaus eine Ausgabe der von ihm mitherausgegebenen Zeitschrift »Die Wiederholung« mit Essays über das Werk des rumäniendeutschen Dichters Werner Söllner in die Hand. Söllner trat 2010 als Leiter des Hessischen Literaturforums zurück, nachdem bekanntgeworden war, daß er in den siebziger Jahren im Auftrag der Securitate die Aktionsgruppe Banat um Autoren wie Richard Wagner, Johann Lippet und Ernest Wichner bespitzelt hatte. Söllner floh erst vor dieser im Detail nie aufgeklärten Schuld, nach seiner Enttarnung zerbrach er. 2019 erlag er einer Krebserkrankung. Bulucz adressiert ihn gleich zu Anfang in dem Gedicht »Lieber Werner«:

»was haben wir nicht ein verdammtes Geschick, / geografisch bedingt, biografisch geknickt?! / Denn ehe sich einer versieht, heißt's: Erschrick!«

Die Lyrik von Alexandru Bulucz schöpft aus sich vielfach überkreuzenden Elementen. Sie bezieht sich auf das Physische des Sports, das er, wie er gerne mit einer Portion Ironie bemerkt, ins Metaphysische des Gedichts übersetzt habe. Sie nutzt das Literaturtheoretische und Philosophische, das sich auch in jenem Triumvirat von E. M. Cioran, Mircea Eliade und Eugène Ionesco spiegelt, das sich 1945 an der Pariser Place de Furstenberg in St.-Germain-des-Prés versammelte. Die drei sprachen über die faschistischen Versuchungen, denen sie als Anhänger der 1927 als Legion des Erzengels Michael in Bukarest gegründeten und bald unter dem Namen ihrer Miliz als Eiserne Garde firmierenden Bewegung zeitweilig erlegen waren. Einer wie der andere waren sie, einem Prosatext in »Stundenholz« zufolge, »gebrannte Kinder«. Zwei von ihnen, der Religionswissenschaftler Eliade und der Aphoristenkönig Cioran, waren sogar gefallene Engel, so tief hatten sie sich zeitweise mit den Ultranationalen eingelassen.

Vor allem jedoch lebt diese Lyrik von den Reminiszenzen an ein Land, das Bulucz 2000 zusammen mit Mutter und Schwester in Richtung Deutschland verließ. Mitunter glühend sinnlich übt sich dieser Sprach- und Kulturwechsler in einem Eingedenken, das auf authentischen Erlebnissen beruht und zugleich erforscht, was sich seiner unmittelbaren Anschauung entzogen hat. Bulucz umkreist Verlorenes und Wiederangeeignetes, halb Vergessenes und Aufzufrischendes, bis in die ihm zusehends entgleitende rumänische Sprache hinein.

Im Sich-Vergegenwärtigen von Kindheitsmomenten und im Einholen einer untergegangenen Welt bilden Autobiographisches, Recherchiertes und Imaginiertes eine Einheit. Assonanz und innere Resonanz, Wortgedächtnis und Körpergedächtnis blenden Erfahrungen aus erster und zweiter Hand ineinander. Es tut nichts zur Sache, daß Alexandru Bulucz erst vier Jahre alt war und noch in seiner siebenbürgischen Geburtsstadt Alba Iulia lebte, als Michael Jordan seinen »Move« vollführte. Er hat das medial vermittelte Bild, wie es sich auf YouTube findet, auf seine Weise erlebt.

Alexandru Bulucz bürstet das Vergangene gegen den Strich, angeregt von Walter Benjamins Thesen »Über den Begriff der Geschichte«, und die kleinste Geste und das unscheinbarste Detail können ihm dazu dienen.

Das fast mythisch wirkende Gehöft im siebenbürgischen Kreischquell (rumänisch: Cri cior), auf dem seine Urgroßmutter Majka lebte, oder der Vater, dessen Siechtum und Tod im jüngsten Band ein ganzer Zyklus gilt – alles Persönliche kann zum Stoff dieser Gedichte werden und versteht sich doch als Teil eines überpersönlichen literarischen Zusammenhangs. So ist etwa »Kreischqueller Heuweg« eine doppelte Nachschrift zu Peter Huchels »Caputher Heuweg« und Werner Söllners daraus hervorgegangenem Gedicht »Siebenbürgischer Heuweg«:

Diesseitig diesig das Glück. Paradies
eines Hörens
des frühesten Gackerns u. Kikerikis,
auf daß Majka
von Kolben im Blecheimer festeste
Maiskörner reble
u. schwungvoll von links mit der
Rechten dann streue
die Goldzähne Schnäbeln von
Zahnlosen hin.

Spielerischer bricht Bulucz das rein Autobiographische, wenn er am Ende seiner sechs »Abschied von Vater« überschriebenen Gedichte nicht ganz ernstgemeint fragt:

Kannte Vater Kafkas *Brief an den Vater*
u. wußte er, daß, wenn ich
den ersten Buchstaben, das B, aus dem
Titel löse, unsere Geschichte
erzählt ist? ... rief an den Vater. ... rief
an der Vater. Die Gespräche
am Telefon, nie auf Augenhöhe, sind
seit unserer Trennung das
Einzige, was unsere Trennung bezeugt.

Sich in die Tradition der Vorgänger zu stellen, ist für Bulucz keine Aufgabe, der es im Namen eines oktroyierten Kanons zu entsprechen gilt – es ist bei aller Lust an Spiel und Anspielung die Unmöglichkeit, sich der Überlieferung zu entziehen. Wie die russische Dichterin Maria Stepanowa kürzlich in ihrer Münchner Rede zur Poesie sagte: »Jeder Gedichttext setzt sich, wie aus Zellen, aus Dingen zusammen, die zuvor schon von anderen gesagt und wiederholt wurden. Die Stühle und Vorhänge anderer Leute sind unser natürliches Habitat (...), ihre Bilder, ihr noch lebendiger Hausrat, ihre Wörter in unseren Mündern, ihr Schweigen um uns herum, ihr Schweigen in uns. Kein Text wird von einer Autorin allein verfaßt, kein Text wird im Alleingang gelesen.«
Zu diesem unweigerlich kollektiven, die Stimmen der Verstummten und Toten einschließenden Vorgang gehört auch ein Schreiben zwischen den Sprachen. Der Versuch, zufälligen Lautähnlichkeiten zwischen dem Rumänischen und dem Deutschen eine Bedeutung abzugewinnen, rückt seine Lyrik in die Nähe von Altersgenossinnen wie Dagmara Kraus oder Uljana Wolf. Kraus baut Brücken zu ihrer Herkunftssprache, dem Polnischen, Wolf sucht linguistisch mehr oder weniger »Falsche Freunde«, wie einer ihrer Bände heißt, sowohl im Polnischen wie im Englischen. Alexandru Bulucz verhandelt diese phonetisch-semantischen Kollisionen unter dem Begriff der Paronomasie, was mit Wortspiel allerdings allzu leichtfertig übersetzt wäre. Wenn er etwa in »durata, durere« dem Wort Bedauern seine Härte und Dauer ablauscht, treibt er Etymologie mit existentiellem Erkenntnisinteresse: »Jeder Schmerz hat seine eigene Zeitlichkeit.«
Dabei kommen die Gedichte von Alexandru Bulucz meist im Walzerrhythmus der Poesie daher, auf Daktylen. Das gibt ihrem selbsterklärten »Erzählcharakter« auch rhythmisch Schwung. Der dreisilbige Versfuß hat Bulucz, wie er in »Stundenholz« erklärt, sogar schon von einer Schreibblockade befreit: »Die paradoxe Lösung bestand in einem Schreiben unter metrischem Zwang, der Erinnerung, Wissensaneignung, Bildkreation und poetische Erkenntnis strukturierte.« Da verschwindet in der Zeile zwar manchmal allzu schnell ein unliebsamer Vokal in einem Apostroph, während sich lästige, aus dem Narrativen geborene Aufzählungswörter wie »und« oder »oder« im Schriftbild hinter Abkürzungen verstekken, als müßte man die Buchstaben hinter dem Punkt nicht doch aussprechen. Eben dadurch scheuen diese Gedichte aber auch nicht das Eingeständnis, daß sie gemacht sind.
»Gegengesang zu einer Gegenheimat« heißt ein Gedicht, das unbarmherziger als andere evoziert, daß das arkadische »Paradise Lost« von Kreischquell auch eine

Kehrseite, den sozialen Höllensturz, kennt. Unter Anrufung von Aurora, der Göttin der Morgenröte, halluziniert es sich hinein in die Szenerie des Kinderheims von Cighid. Dessen Bewohner, in Käfigen gehaltene, oft nur zu gutturalen Lauten fähige Schattengestalten, wurden zum Inbegriff von Ceauşescus Tyrannei. Sie, ungewollte, verkümmerte, teils behinderte und in die Unsichtbarkeit verbannte Kinder, bildeten den Bodensatz eines über das berüchtigte »Dekret 770« erzwungenen Bevölkerungswachstums, das Frauen zu Gebärmaschinen degradierte.

Abstoßung und Anziehung, der Wille, sich die eine Welt mit Haut und Haar einzuverleiben und die andere mit allen Mitteln vom Leib zu halten: Die trotz dieser schlicht wirkenden Gegensätze ganz und gar nicht eindeutige Ausrichtung der Flieh- und Ankerkräfte, die bei Bulucz walten, legt es nahe, seine Gedichte allgemein als »Gegengesänge zu Gegenheimaten« zu bezeichnen. Was ihm die Herkunft aufbürdet, muß er bannen. Was sie ihm verweigert, muß er erfinden. Was sie ihm schenkt, muß er umgehend befragen. Gerade als jemand, dem eine neue, scheinbar weniger problematische Heimat zugefallen ist, muß er immer wieder aufs neue herausfinden, wo die Bürde dieser Herkunft liegt und wo das Geschenk. Alexandru Bulucz, der sich einmal einen »entgeistert Heimatunfähigen« nennt, wagt eine Ortsbestimmung von ständig wechselnden Standorten aus, ohne Hoffnung, jemals an ein Ziel zu gelangen. So fern uns sein Rumänien erscheinen mag, fordert es doch auch uns auf, über die Nähe, die wir alle suchen, die Distanz nicht zu vergessen.

ROLF STRUBE: »NIE ERLEBTE ICH SOLCHE STILLE«

Zu Becketts Theaterstück »Das letzte Band«

Irgendwann gegen Ende seiner Jugend nahm Krapp seinen Geburtstag zum Anlaß, dem verflossenen Jahr einen kurzen Rückblick zu widmen. Er bediente sich der neuen Technik der Tonbandaufzeichnung, hielt besondere Ereignisse seiner Lebenschronik fest und bilanzierte im Stil eines intimen Journals, was es an bereichernden oder enttäuschenden Erfahrungen gegeben hatte – seien es gescheiterte Liebesbeziehungen, sein persönliches Wohl und Wehe oder Betrachtungen allgemeiner lebensphilosophischer Art.

Der im Stück neunundsechzigjährige Krapp ist mit seinem vernachlässigten Äußeren ersichtlich ein Mensch, der allein lebt und für den sich seit langem kaum noch etwas verändert hat. Auch seine unerschöpfliche und bühnenwirksame Gier nach Bananen, die zunächst wie eine Altersmarotte wirkt, beherrscht ihn, wie sich zeigt, schon jahrzehntelang. Sein umfangreiches Tonbandarchiv bietet ihm die Möglichkeit, dem Wirklichkeitsverlust, der Leere und Monotonie seines jetzigen Lebens zeitweilig zu entgehen. Mit Hilfe eines Registers kann er sich in jede gewünschte Phase oder Situation seiner Vergangenheit zurückversetzen.

Die Aufnahme – früher gewöhnlich nach einem Kneipenbesuch – findet diesmal erst in tiefer Nacht statt. Krapp braucht die Aura der Einsamkeit um sich herum, mehr noch ein Gefühl von Verlassenheit: »Nie erlebte ich solche Stille. Die Erde könnte unbewohnt sein.« Zu dem Geburtstagsritual gehört ferner, sich vor jedem neuen Resümee mit Aufnahmen aus früheren Zeiten in die richtige Stimmung zu bringen.

Sie haben ihren Zweck erfüllt, sobald die Person, die von sich erzählt, noch einmal sein Interesse geweckt, zu selbstironischen Kommentaren veranlaßt hat. Diesmal fällt seine Wahl auf ein offenbar schon oft gehörtes Band, auf dem der dreißig Jahre jüngere Krapp über das Sterben der Mutter und zwei weitere Ereignisse berichtet, die ihm in der Zeit danach geholfen haben, aus seiner melancholischen Verfassung herauszufinden. Auf dem Band spricht er mit der sonoren, ungleich vitaleren Stimme von einst. Becketts 1958 in London uraufgeführtes kurzes Stück ist genau besehen ein Monodrama für zwei Personen, einen Schauspieler und die Stimme eines zeitlich und räumlich Abwesenden. Der alte Krapp findet in seinem jüngeren Gegenüber einen genauen Beobachter, dessen scharfzüngige Bemerkungen ihm die Stichworte liefern, um über die unvorhersehbaren Wendungen, Irrtümer und Versäumnisse seines Lebens nachzudenken.

Der Neununddreißigjährige, der seinerseits in ein blindlings herausgegriffenes Band hineinhört, belustigt sich über die Torheiten, die Verstiegenheiten des wiederum zehn Jahre Jüngeren, über dessen guten Vorsatz, weniger zu trinken, und sein Verlangen nach einem weniger »aufreibenden Geschlechtsleben«. Der alte Krapp stimmt in das Lachen vom Band ein, spricht von »schauerlichen Ausgrabungen«. Es sind solche fein abgestuften, teils auch verhaltenen Echoeffekte, die die eigentliche Thematik des Stücks vor Augen führen: Sofern er Chronist seiner selbst ist, hat er es nie unterlassen, sich selbstkritischen Fragen auszusetzen, sich über die eigene Person zu wundern oder gar spöttisch zu erheben. Erst nach und nach begreift der Zuschauer oder Leser, welche Möglichkeiten Beckett mit einer Stimme vom Band gegeben sah – anstelle etwa eines Notizbuchs, aus dem einzelne Passagen vorgelesen werden. Die aus unterschiedlichen Lebensphasen und -lagen montierten Erinnerungsfragmente unterlaufen die Vorstellung eines kontinuierlich vorhandenen, leicht wiedererkennbaren Charakters, betonen das Disparate, Unbeständige. Im Fall Krapps, der weder zu Wankelmut neigte noch dazu, sich hinter Lebenslügen zu verschanzen, erfüllten die Aufnahmen zumindest anfangs die Funktion einer jährlichen Bilanz, um – »die Spreu vom Weizen sondernd« – den Kurs des eigenen Lebens besser im Auge zu behalten; aber das Ritual ist längst zum Selbstzweck erstarrt, schließlich Bestandteil seiner Überlebensstrategien geworden.

Auf dem ausgewählten Band registriert sein jüngeres, in der Lebensmitte angekommenes Ego ein allmähliches »Erlahmen der Jagd nach dem Glück«. Fast erleichtert spricht er von der zur Neige gehenden Zeit, in der ihm seine Liebesbeziehungen alles bedeuteten, und von der Aussicht, jetzt – auf dem Höhepunkt seiner intellektuellen Kräfte – ein bereits schattenhaft sich ankündigendes »Opus magnum« noch zustande zu bringen. Emphatisch schwärmt er von einer plötzlichen »Erleuchtung«, vom »Licht der Erkenntnis«, dem Feuer, das seither in ihm brenne – seit ihm in einer stürmischen Nacht am Meer, während er allein auf der Mole zum Leuchtturm hinausging, auf einmal alles fragwürdig erschien, was seinem geistigen Leben Konturen gegeben, seinem Anspruch auf öffentliche Geltung als Fundament gedient hatte. Etwas, das er als das »Dunkel« bezeichnet, hat sich in ihm zu Wort gemeldet, und er ist jetzt überzeugt, daß es ein grundlegender Fehler war, dieses Dunkel um vermeintlich größerer Erfolgschancen willen zu verbergen, zu unterdrücken. Die visionären Energien des Erlebnisses auf der Mole führen jedoch zu keinem Wendepunkt, vielleicht war die »Erleuchtung« letztlich nichts weiter als ein Irrlicht. Für den alten Krapp, der weiß, daß das »Ankläffen der Vorsehung« folgenlos bleibt, ist die Stelle auf dem Band immer noch schwer erträglich. Die Einzelheiten dieser Lebensphase mögen verblaßt sein, nicht aber die Umrisse seines unbedingten Willens zum Erfolg: Es ist ein nur von sich weggeschobenes, nie abgeschlossenes Kapitel, dessen affektives Nachleben in Krapps Reaktionen sehr deutlich zum Ausdruck kommt. Er kann es nicht unterlassen, sich als »albernen Idioten« abzukanzeln.

Als er die Spule ungeduldig mit der Hand weiterdreht, gerät er mitten in eine wenig später erfolgte Begebenheit, die vermutlich letzte Begegnung mit seiner damaligen Freundin. Krapp hat sich mit ihr an einem See verabredet, nachdem er mehrfach zu verstehen gegeben hatte, er »fände es hoffnungslos und verfehlt weiterzumachen«. Ihr Treffen nimmt jedoch eine ungeahnte Wendung. Als er sie bittet, ihn anzuschauen, und ihre wegen des Sonnenlichts halb geschlossenen Augen mit der Hand beschattet, erlebt er ihre Nähe mit neuer Intensität. Ihr direkter, fragend und fordernd auf ihn gerichteter Blick stimmt ihn um, ihre Augen ließen ihn ein, wie sein sexuell gefärbter Kommentar lautet. Für den alten Krapp lebt damit ein innerer Zwiespalt wieder auf: Er spielt sich die Stelle auf dem Band wieder und wieder vor – verärgert, weil er es war, an dem die Beziehung letztlich scheiterte, und mit wachsender Erregung, weil er sich jetzt im Besitz des überlegenen Wissens glaubt, was es – jenseits des sexuellen Verlangens – heißt, sich in die Augen eines geliebten Menschen zu vertiefen: »Da lag alles drin, der ganze alte Dreckball, alles Licht und Dunkel, alle Hungersnot und Völlerei ... *Er zögert* ... der Jahrhunderte.«

Das Boot, mit dem sie auf den See hinausgefahren sind, treibt schließlich – sich selbst überlassen – ans Ufer und bleibt im Schilf stecken: »Wir lagen da, ohne uns zu bewegen. Aber unter uns bewegte sich alles und bewegte uns, sachte, auf und nieder und von einer Seite zur anderen.« Erstaunt, fast ungläubig lauscht Krapp seinen eigenen Worten, die mit ästhetischem Enthusiasmus die Schönheit dieses zeitenthobenen Moments im Schilf festhalten, in poetischem Sprachduktus aus den beiden still im Boot Liegenden ein mythisches Paar machen.

Für diese Stelle, die den Höhepunkt und Schluß des Stücks bezeichnet, ist von verschiedenen Interpreten die berühmte Passage aus Rousseaus »Träumereien eines einsamen Spaziergängers« zum Vergleich herangezogen worden. Der vor seinen Widersachern in die Schweiz geflohene Rousseau berichtet darin von seiner Gewohnheit, von seinem Domizil auf der Petersinsel auf den Bieler See hinauszurudern, sich im Boot auszustrecken und – in Gedanken und »Träumereien« versunken – alles Bedrängende hinter sich zu lassen.

Beckett kannte und schätzte diese Passage, ebenso wie Hölderlins Zeilen aus dem Gedicht »Mnemosyne«, wo es heißt: »Vorwärts aber und rückwärts wollen wir / nicht sehn. Uns wiegen lassen, wie / auf schwankem Kahne der See.« Der Darstellung von Erlebnissen, bei denen die gewohnten Orientierungspunkte in Raum und Zeit verschoben sind oder ihre Gültigkeit verloren haben, galt Becketts Interesse bereits in seinem frühen, 1931 veröffentlichten Essay über Marcel Proust. Er spricht darin von »Übergangsperioden« im Leben des Individuums, die den vormals unbezweifelten Rückhalt gewohnter Umstände, Verhaltensweisen und Gewißheiten vorübergehend außer Kraft setzen, und charakterisiert diese Ausnahmezustände als »gefährlich, unsicher, schmerzhaft«. Anhand der bekannten Beispiele aus der »Suche nach der verlorenen Zeit« beschreibt er Prousts Interesse an den Inkonsistenzen und fortwährenden Verwandlungen individueller Gedächtnisspuren bis hin zur sogenannten unwillkürlichen Erinnerung. Beckett bezeichnet dieses Phänomen als »außerzeitlich«, weil solche Erfahrungen »imaginativ und empirisch, zugleich eine Evokation und eine direkte

Wahrnehmung« seien. Entsprechend, so könnte man folgern, erleben die beiden im Boot ihr Innehalten als befreienden Einklang von Innen und Außen. Sie sind vereint im wiedergefundenen Vertrauen zueinander, vereint auch in der sinnlichen Erfahrung der sich zum Raum weitenden natürlichen Umgebung.

Auf der Aufnahme, die schließlich für den neuen Jahresrückblick entsteht, spricht Krapp von »letzten Hirngespinsten« – Tagträumen, die ihn, vielleicht angeregt durch die neuerliche Lektüre von Fontanes »Effi Briest«, auf einsamen Spaziergängen begleiten, ohne daß er sich je darüber klargeworden wäre, ob es eine bessere oder gar richtige Entscheidung zwischen Liebesbeziehung und intellektuellem Ehrgeiz gegeben hätte. Doch ebenso wie Nagg und Nell in Becketts »Endspiel« oder Winnie in »Glückliche Tage« wirkt er in seinem bissigen Defätismus, seiner bitteren Selbstironie alles andere als resigniert. Dabei gewinnt auch die Erinnerung an eine alte Nachbarin neue Bedeutung, die allabendlich Lieder ihrer Jugend anstimmte. Krapp hörte es gerne, wenn sie bei offenen Fenstern sang. Nur daß er selbst einmal ein ähnliches Bedürfnis entwickeln könnte, schloß er aus. Kaum ist allerdings die Stimme vom Band verklungen, die von der Nachbarin erzählt, sucht der alte Krapp mit brüchiger Intonation nach der Melodie eines Liedes aus seinen jungen Tagen – selbstvergessen und ohne sich des Widerspruchs bewußt zu werden.

Krapps Tun beschränkt sich im allgemeinen darauf, das Tonbandgerät zu bedienen, hinter dem er sitzt. Dazu gehören auch die häufigen kurzen Pausen, in denen er laut Regieanweisung das Band anhält und ins Grübeln verfällt. Die innere Welt seiner Gedanken und Assoziationen bleibt uns in diesen Momenten verschlossen und stumm, das Unausgesprochene, die Last des vielleicht nie klar in Worte Gefaßten ist nur zu ahnen. Angesichts all dessen, was im Stück nur angedeutet wird, könnte man von einer Hohl- oder Negativform sprechen, die in erster Linie exemplarische Erfahrungen hervorhebt, wie sie für bestimmte Lebensalter typisch sind.

Wenn sein Leben auch schattenhaft bleibt, besitzt Krapp als Bühnenfigur durchaus eine unverwechselbare Identität. Sie erschließt sich aus seiner Vorliebe für bestimmte Worte und Wendungen und nimmt – rhetorisch durch Wiederholungen bekräftigt – geradezu leitmotivischen Charakter an. Das gilt etwa für die antithetischen Begriffe Licht und Dunkel, die beim Gang zum Leuchtturm und beim Treffen am See in unterschiedlichen Kontexten auftauchen. Ähnliches Gewicht beanspruchen die Augen seiner Freundinnen und nicht zuletzt die Erwähnung der Stille, die ihn umgibt, als Wert sui generis.

Schauspielern, die Beckett bei seinen Regiearbeiten fragten, wie sie die mitunter langen Pausen gestalten sollen, gab er den Rat, an ein Boot mit einem Leck zu denken, das langsam sinkt. »Ihr überlegt, was zu tun ist, und unternehmt etwas; dann eine Pause; dann findet ihr, ihr solltet besser etwas anderes versuchen; ihr macht euch ans Werk, und das Boot steigt wieder.«

HOLGER PILS: DEMUT, MUT, ÜBERMUT

Der Übersetzer Werner von Koppenfels

Es wird Sie vielleicht nicht wundern, daß ich mit einem Gedicht beginne. Es wird Sie hingegen wundern (und Sie werden es vielleicht als unpassend empfinden), daß es kein von Werner von Koppenfels übersetztes Gedicht ist. Ich vertraue einfach darauf, daß es ihm gefällt, und darauf kommt es mir an. Vielleicht fühlt er sich angesprochen. Es stammt von dem slowenischen Dichter Uroš Zupan und lautet wie folgt:

LOVE LETTER AN MEINEN ÜBERSETZER

Ich habe eine bessere Meinung von mir
und bin größer durch deine Gegenwart,
ich, den du durch Finsternis und Hochwasser
trägst, der Sprache entgegen, in der
du träumst und die ich kaum verstehe. (…)
Ersetzt erdichtete Luft durch erdichtete Luft,
wälzt sie um von Sprache zu Sprache, damit sie sich über
das Papier ergießt wie Benzinfarben auf eine Pfützenhaut,
die den Himmel und alles an ihm widerspiegelt.
Der große Garten, den ich dir gezeigt habe, ist draußen,
damit du ihn nach dem ursprünglichen Plan wieder instand setzt.
Nun hörst du besser, wie ich in der Ferne atme, und spürst du besser,
wie ich mich rege und bewege, und bist nicht mehr beunruhigt,
wenn du im Traum unlösbare Rätsel wälzt. (…)
Alle Erbkrankheiten der Dichter liegen die ganze Zeit über
zwischen uns in der Luft,
nur die Erinnerung der Unaufmerksamen bleibt kurz,
wenn dein unscheinbarer, von Zuneigung erfüllter,
im Impressum verlorener GROSSER NAME
aus ihren Händen gleitet.

Das ist ein wunderbares Gedicht, und auch für die Würdigung von Werner von Koppenfels steckt eine Menge drin. Ob er im Traum unlösbare Rätsel wälzt? Vermutlich. Und wird nicht wohl auch er – als Entschädigung für diese Rätsel – so liebevoll angeredet von den großen Dichterinnen und Dichtern, die er übersetzt hat? Von John Donne vielleicht oder von Emily Dickinson? Möglich immerhin …

Einen großen Namen (wie er am Ende des Gedichts aufgerufen wird) hat er, Werner von Koppenfels, natürlich. Das Schicksal aber, daß die »Erinnerung der Unaufmerksamen« kurz ist und den Namen des Übersetzers verliert, vergißt, das wird ihn sicher nicht ereilen.

Übersetzt hat dieses Gedicht Fabjan Hafner. Und nun gibt es etwas, das Sie nicht gehört haben, das ich aber im Original gesehen habe. Zwar bin ich des Slowenischen nicht mächtig, aber im Original steht unter der Überschrift eine Widmung: »Za F. H«. Für Fabjan Hafner also. Und was macht der Übersetzer? Er läßt die Widmung an ihn selbst weg, bringt seinen Namen zum

Verschwinden. Das zeugt von zweierlei. Von Bescheidenheit natürlich, aber vor allem von Selbstbewußtsein, denn er, der Übersetzer, greift doch in den Text ein.

Bescheidenheit und Selbstbewußtsein, das sind zwei Übersetzertugenden. Und zwar solche, die nur dann wirksam sind, wenn sie gemeinsam auftreten. Wir könnten auch sagen: Demut und Mut. Koppenfels hat einmal darüber geschrieben, wie sich Demut und Mut (oder sogar Übermut) in der Geschichte des Übersetzens abwechseln; und ich glaube bei ihm den Idealfall ihres Zusammentreffens zu entdecken.

Daß Koppenfels heute mit dem Übersetzungspreis der Landeshauptstadt München ausgezeichnet wird, ist ein wirklicher Anlaß zur Freude. Er ist sicher der einzige hier unter uns, der sich eine Auszeichnung mit einem Nobelpreisträger teilen durfte: 2013 erhielt Derek Walcott den Preis der Stadt Münster für internationale Poesie für seinen Gedichtband »White Egrets« und teilte ihn sich mit Werner von Koppenfels, der ihn für seine Übersetzung »Weiße Reiher« bekam. Schon 1994 hat Koppenfels den Johann-Heinrich-Voß-Preis für Übersetzung der Deutschen Akademie für Sprache und Dichtung erhalten – in den seither vergangenen dreißig Jahren ist unglaublich viel hinzugekommen, so daß heute ein noch viel größeres, ungewöhnlich vielfältiges Werk ausgezeichnet wird, das nur mit wenigen Strichen umrissen sei.

Ich nenne vier Charakteristika mit Blick auf dieses Werk. Von Werner von Koppenfels ist das Wort überliefert: Er reise nur in Länder, deren Sprache er auch spreche. Ein folgenschwerer Vorsatz, bei dem es zwei Möglichkeiten gibt: Entweder man schränkt sich stark ein (das wäre der Weg, den viele von uns gehen müßten) oder man beherrscht eben viele Sprachen; das ist sein Weg. Er liest nicht nur, sondern übersetzt aus dem Englischen, Französischen, Spanischen, Lateinischen und ein bißchen auch aus dem Italienischen. Es bieten sich also Möglichkeiten, nicht zu Hause bleiben zu müssen. Und selbst wenn Koppenfels in Griechenland Ferien macht, kommt er nicht in Verlegenheit. Er ist auf eine etwas einschüchternde Weise polyglott.

Ein zweites Charakteristikum ist, daß er ganz unterschiedliche Texte übersetzt und dennoch die Lyrik eine besondere Stellung einnimmt. Er hat Prosa übertragen, wie »Die Abenteuer des Jack Wilton« von Thomas Nashe, einen Schelmenroman aus elisabethanischer Zeit, essayistische Texte wie Thomas Browns »Religio Medici« (1635) oder die monumentale »Anatomie der Melancholie« von Robert Burton (1621), um nur drei Übersetzungen der siebziger und achtziger Jahre zu nennen. Obwohl diese barocken Prosatexte viel Raum einnehmen, ist es vor allem die Lyrik, die ihn reizt.

Damit ist ein drittes Charakteristikum angesprochen: Werner von Koppenfels übersetzt durch Gestalt, Verse, Metren, komplizierte Syntax, Metaphern und Wortspiele formal Anspruchsvolles, wie es uns manchmal schon in der Lyrik der eigenen Sprache Rätsel aufgibt. Diese Herausforderung zu suchen gehört zur Demut, die ja nicht bedeutet, daß man sich vor einem klassischen Text in den Staub wirft, sondern daß man dessen Größe anerkennt. Demut heißt, die Schwierigkeiten ernst nehmen. Sie beherzt anzugehen braucht dann zugleich Mut.

Für die Edition Lyrik Kabinett hat er vor zehn Jahren Geoffrey Hill übersetzt. Auch in seiner britischen Heimat gilt der Dichter manchen als »unzugänglich«, worauf er (in Koppenfels' Übersetzung) meinte: »›Zugänglich‹ ist ein nützlicher Begriff für den Durchgang zwischen Supermarktregalen, für Bildergalerien, Wahllokale und Bedürfnisanstalten – beim Gespräch über Poesie und Poetik ist er fehl am Platz. Menschenwesen sind schwierig.«

Und viertens: Ausgezeichnet wird das Werk einer Übersetzer-*Persönlichkeit,* in seinem

Fall heißt das, auch eines Philologen und Kritikers.

Alles hängt wie immer mit allem zusammen, auch mit der Biographie. Einen Eindruck davon gibt der Band »Alchimie der Liebe« von John Donne, der 1986 zuerst erschienen ist und zwanzig Jahre lang immer wieder aufgelegt wurde. Donne lebte von 1572 bis 1631 in London, war also ein Zeitgenosse der von Koppenfels übersetzten Nashe, Brown und Burton. Und natürlich ein Zeitgenosse Shakespeares. Den Beginn seiner Begeisterung für die barocke Welt dürfen wir wohl in Koppenfels' Studienzeit suchen; 1938 in Dresden geboren, studierte er ab 1956 Anglistik und Romanistik in Heidelberg und dann in München. Dort war es Wolfgang Clemen, der seine Aufmerksamkeit auf diese Zeit lenkte. Mit einer Arbeit über Donne wurde Werner von Koppenfels 1967 promoviert, die Übersetzungen haben ihren Ursprung also in einer wissenschaftlichen Beschäftigung, sind aber genuin literarisch. Sie sind Philologie, aber auch Leidenschaft. Koppenfels spricht einmal vom Übersetzerglück als einer »bewußtseinssteigernden Droge«.

Vielleicht braucht es hin und wieder einen solchen Zustand, um an Donnes Vertracktheiten nicht zu verzweifeln: Die Silbenzahl ist bei solchen Gedichten wichtig, und im Englischen ist sie stets geringer als im Deutschen. Das immer schwierige Problem der Übertragung des Reims (ja, nein, und wenn ja, wie?) löst Koppenfels auf ebenso mutige wie elegante Weise durch den Einsatz von Assonanzen, also von vokalischen Ähnlichkeiten ohne konsonantischen Gleichklang. Eine Praxis, die er regelrecht zur Perfektion getrieben hat und die niemals gezwungen klingt, wie es sonst oft der Fall ist: unberedet – wie es späht / scheuch – gleich / senkt – brennt / Gelaß – Palast / Sand – Strang / Liebestrieb – wer sie gibt.

Am Beispiel Donnes läßt sich auch zeigen, daß Koppenfels nicht bloß Einzeltexte übersetzt. Er erschließt sich ein Werk und dessen Autor, er durchmißt mit ihm seine Welt und versucht sie zu verstehen. Er spürt dem Menschen nach, seiner Individualität, begreift ihn als »moderne Existenz«, findet das ganz Neue jener Zeit. Und hebt – vielleicht programmatisch – die Liebe in den Titel: »Alchimie der Liebe«. Der Übersetzer übersetzt hier nicht nur aus einer anderen Sprache, sondern auch aus einer anderen Zeit und schließt interpretierend die Lücke. Und was gibt es da nicht alles zu wissen! Die Referenzbereiche der Gedichte sind Kosmologie, Jurisprudenz, Theologie, Alchimie, Aberglauben, Petrarkismus und der elisabethanische Alltag.

Das Ausforschen dieser Kontexte ist hermeneutische Arbeit; alles wird in Beziehung zueinander gesetzt, auch zum Leben des Autors. Das ist produktive Philologie. Und obwohl sich Werner von Koppenfels zu Übersetzungsproblemen geäußert und über die Ausbildung von Übersetzern nachgedacht hat, würde er solche Dinge nicht übermäßig theoretisieren. Er ist nicht theorieverliebt, er ist textverliebt.

Seit 1974 war Werner von Koppenfels Professor für Anglistik und Komparatistik an der Ludwig-Maximilians-Universität. Diese Existenz kam dem Übersetzen natürlich zugute und bot mehr Freiheit, als ein »freier« Übersetzer sie je hätte. So konnte er frei entscheiden – im Zweifelsfall auch, ob eine gute Übersetzung nicht mehr wiegt als der x-te Beitrag in dem x-ten Sammelband.

Koppenfels machte die formvollendeten Gedichte des spanischen Barockdichters Francisco de Quevedo in einer repräsentativen Auswahl auf deutsch zugänglich. Er übersetzte die angriffslustigen und programmatischen Seher-Briefe (»Lettres du voyant«) des siebzehnjährigen Arthur Rimbaud erstmals vollständig ins Deutsche und kommentierte sie. Auch hier reicht die Leidenschaft bis ins Heidelberger Studium zurück, ebenso wie im Fall von Emily Dickinson. Deren Gedichte trafen ihn, so hat er es einmal beschrieben, wie ein lyrischer Stromschlag. An »I felt a funeral, in my Brain« (»Begräbnis spürte ich, im Hirn«) fesselten ihn die »nackte Expressivität und kühne Symbolik des Gedichts, (…) seine durch exzentrische Zeichensetzung zerrissene, gleichsam nach Atemstößen rhythmisierte Syntax«, die nichts Schmückendes, keine Rhetorik kennt. Auch hier reizte ihn die Schwierigkeit des Unterfangens und er sagt, im Zweifelsfall habe er sich dafür entschieden, noch etwas aufzurauhen – keinesfalls aber zu glätten.

Danach übersetzte Koppenfels überraschenderweise ein Kinderbuch, »Das Biesterbuch für kleine böse Wichte« mit frechen Texten von Hilaire Belloc, Nonsens-Versen im Stile etwa eines Edward Lear (der von Enzensberger übersetzt wurde). Verse für Kinder – und, dann, wie um zu zeigen, daß er alles kann, übertrug er als nächstes eine satirische Flugschrift des Erasmus von Rotterdam: »Julius Exclusus, Papst Julius vor der Himmelstür«.

Anschließend ging es in die Karibik. Topographischer Mittelpunkt von Derek Walcotts Gedichtband »Weiße Reiher« ist Santa Lucia, der karibische Inselstaat, wo alte und neue Welt durch die Sprache verbunden sind. Für dieses bewegende Altersbuch findet Koppenfels einen vollendet beiläufigen, formbewußt freien Ton, der wirklich unerhört ist. Marcel Beyer hielt bei der erwähnten Preisverleihung die Laudatio und ging vor der Übersetzung in die Knie.

Es folgte eine englische Autorin der Romantik, Dorothy Wordsworth, mit ihren Journalen und Reisetagebüchern. Auch das war eine Entdeckung und Erstübersetzung, ebenso wie 2019 die Gedichte von D.H. Lawrence, dem Skandalautor von »Lady Chatterleys Liebhaber«, der als Lyriker erst durch Koppenfels im deutschen Sprachraum zu entdecken war.

Zu erwähnen sind noch die von ihm herausgegebenen Anthologien, monumentale ebenso wie schmale: der erste Band der vierteiligen Ausgabe französischer Dichtung bei C.H. Beck (1990, mit Friedhelm Kemp), in dem Koppenfels viel selbst übersetzt hat, sei es Clément Marot oder Pierre de Ronsard; die ersten beiden Bände der vierteiligen Ausgabe englischer und amerikanischer Dichtung zehn Jahre später, herausgegeben mit Friedhelm Kemp und Manfred Pfister, mit Freunden also; Blütenlesen wie »Barocke Gärten der Literatur« oder »Aus den Kerkern Europas. Poetische Kassiber von Villon bis Pound«. Darin sprechen Dichter, denen nur noch das Wort bleibt und die in auswegloser Situation so ihre Menschenwürde behaupten, bitter und resigniert, stolz oder still.

Ein letztes Wort noch zur Persönlichkeit des Übersetzers, der auch Kritiker ist, und damit zu der Frage, wie er sich zwischen den Kolleginnen und Kollegen sieht. Auch hier Bescheidenheit und Selbstbewußtsein: Die eigene Arbeit wird gelegentlich als Übersetzungs*versuch* bezeichnet, zu dem die bisherigen Übersetzungen eines Textes reizten. Ergebnisse sind vorläufig, sie sind Angebote. Übersetzungen altern. Es können weitere kommen. Und doch gibt es auch vieles, was man vielleicht nicht besser machen kann. Als Koppenfels Burtons »Anatomie der Melancholie« übertrug, verwendete er aus diesem Grund einen Teil der Übersetzung von Peter Gan, machte ein paar kleinere Striche und nahm ihn in seine Ausgabe auf. Das finde ich groß.

Er setzt sich für Übersetzungskritik ein und führt sie vor. Viele Dutzende Besprechungen in der Frankfurter Allgemeinen Zeitung und der Neuen Zürcher Zeitung zeigen seine elegante Weltläufigkeit und sein vornehmes journalistisches Temperament. Er scheut sich nicht, differenziert zu widersprechen, offen zu zweifeln, zeigt aber auch Begeisterung. Aus dem Münchner Lyrik Kabinett kenne ich auch die

Live-Version dieser Kritik. Am Ende ist das übersetzerische Gesamtwerk von Werner von Koppenfels ein Fest vor allem der europäischen Literatur, ja eine Feier des humanistischen Europa selbst. Es ist ein Festhalten an der Kunst, zugleich Freude am Unbekannten und Neuen, am Erkennen und Verstehen. Ist Interesse am Menschen und seiner komplizierten Existenz. Und es ist, bei aller gesunden Skepsis und Kritik, die Bereitschaft, sich immer wieder von der Poesie hinreißen zu lassen.

ALEXANDER ESTIS: BEGEGNUNG

Aus dem Buch der Formen

Begegnungen warten auf dich jederzeit; Begegnungen ereignen sich insbesondere am frühen Abend mit seinem Hell und Dunkel vermischenden Dämmer, seinem gravitätischen Werden, seinem Vorausahnen, seiner sich allmählich verdichtenden Sinnschwere.

Viele Begegnungen ereignen sich zum Beispiel auf Brücken: Man läuft am Geländer entlang, zählt die Stäbe und bei siebenunddreißig kommt einem jemand entgegen; oft auch in Tunneln, in Unterführungen, Übergängen, in engen Fluren, mitten im Getümmel hört man plötzlich zweieinhalb Worte eines fremden Gesprächs und weiß sofort: Diese Rede geht mich etwas an; in Bibliotheken zwischen labyrinthisch verwinkelten Regalwänden findet man das gesuchte Buch (sicher nicht das ursprünglich gesuchte, aber plötzlich ist es dazu geworden) in jemandes Händen.

Eben stand ich noch am Postschalter und ließ mich ob der fehlenden Briefmarke von der Beamtin harsch zurechtweisen; ihre Welt besteht aus Markenwerten und Beförderungsentgelten; wobei ich nicht weiß, worin sich die letzteren von den ersteren unterscheiden, aber vermutlich ist meine Frankatur gerade deshalb nie richtig; ihre Welt besteht also aus Beförderungsentgelten und Markenwerten, Gewichtsbegrenzungen, Kuvertgrößen, Ländergruppen und Zustellungszeiträumen; sie denkt nicht daran, daß auch das Postwesen als Dienst an der Verbindung verstanden werden kann. Eben noch stand ich also am Postschalter, aber als ich an den Ausgang trete und stehenbleibe, um den Regenschirm zu entfalten, stolpert eine Person in mich hinein, die ich einmal gekannt habe, die ich gekannt zu haben meine, die ich früher einmal meinte zu kennen. So kann es gehen.

Und dann spricht man und spricht; man spricht, bis der Postschalter fast schließt. Denn man hat einander etwas zu sagen, und man versteht. Man versteht, selbst wenn man über nichts redet, über nichts von Bedeutung; man stimmt überein. In Frage und Antwort wiegen wir uns hin und her wie in einem Tanz, im Rhythmus des Einvernehmens, in dem die Hohlräume der Leerformeln resonieren; im selbstverständlichen Rauschen eines Gesprächs, in seinem Einerlei, dem scheinbar ziellosen, wird die Stimmigkeit hörbar.

Sagen wir, andererseits, du hast es eilig. Äußerst eilig; du bist gehetzt. Du mußt Besorgungen machen: mußt zur Reinigung, mußt zur Reparatur, mußt Geschenke kaufen, mußt Karten versenden. Zur Reinigung, weil der Jüngste wieder die Gardine mit Marmelade beschmiert hat; zur Reparatur, weil ein Gerät nicht funktioniert, oder nicht so funktioniert, wie es soll, oder weil es nicht so funktionieren soll, wie es funktioniert;

und Geschenke kaufen, weil ein Fest naht; deshalb auch die Grußkarten. Es regnet; du bist durchnäßt; den Regenschirm hast du in der Reinigung – oder doch in der Elektronikabteilung? vermutlich in einem dieser Schirmfässer, oder in einer dieser Schirmvasen, wobei du nicht weißt, worin sich die letzteren von den ersteren unterscheiden –, jedenfalls hast du den Regenschirm irgendwo stehenlassen, und nun stürzt du auch noch am Eingang des Postamts mitten in jemanden, den du kennst, den du genau kennst, den du schon längst nur zu genau kennst, der dir deshalb nichts Neues zu sagen hat, nichts außer Phrasen.

Einander begegnen, das weißt du, einander wirklich begegnen kann man nur, wenn man das Blendwerk der Redensart, die Fassade der Faselei, die blechernen Hülsen durchbricht; wenn man vordringt zum Wesen. Die Menschen sagen einander sowas wie: Na, wie läuft's denn? und antworten: Es läuft. Und setzen hinzu: Man wird nun einmal nicht jünger. Oder: So ist halt das Leben. Hier treffen sich zwei bloße Sprachrohre ohne Stimmen dahinter. Aber die Menschen müssen gleichsam durch die Sprache hindurch sich zu treffen versuchen, soviel weißt du gewiß.

Und während der Leerlauf der Konversation, der maschinenhafte Wechsel von Frage und Antwort, das Aneinandervorbeigerede daherrauscht, schließt der Schalter und du kannst deine Sendungen nicht mehr aufgeben. Zum Glück weißt du ganz genau, welche Marken du brauchst. Briefmarken haben etwas bemerkenswert Trockenes, denn die Ausweisung des Wertes ist der einzige Zweck ihres Daseins, deshalb heißen sie auch Postwertzeichen; alles andere ist Ornament, ist Schmuckwerk, und jedem ist das bewußt. Man stelle sich Briefmarken vor, die nur beliebige Bilder zeigten und nicht den Wert, den sie haben; die wären wie Menschen, die reden, ohne etwas zu sagen.

Genauso ist auch das Postamt ein trockenes, graues Gebäude mit rauhen Betonwänden, mit rauhen Schalterbeamten. Solche Orte sind überhaupt entfremdet, befremdlich, in der Empfangshalle vielleicht noch auf falsche Art einladend, dahinter in Wahrheit Ungetüme mit tunnelartigen Fluren, mit unendlichen Gängen, die nirgendwohin führen; man läuft an den Wänden entlang, zählt die flackernden Neonröhren und hört Fetzen eines Gesprächs, das einen nichts angeht; ausweglose Labyrinthe und unüberblickbare Lagerhallen für die Verirrten. Hier erwartet einen keine besondere Begegnung; zu keiner Zeit, und schon gar nicht jetzt, am frühen Abend, in diesen Stunden des unentschiedenen grauen Helldunkels, des Wedernochs, diesen Stunden des vergehenden Tagwerks, der schleichenden Trägheit.

ANMERKUNGEN

Ilse Molzahn (1895–1981), Schriftstellerin. 2022 erschien eine Neuausgabe des Romans »Der schwarze Storch« (hg. und mit einem Nachwort von Thomas Ehrsam). Trotz intensiver Recherchen konnten keine Rechteinhaber ausfindig gemacht werden. Der Nachlaß von Ilse Molzahn befindet sich in der Staatsbibliothek zu Berlin.

Hans Erich Nossack (1901–1977), Schriftsteller. Die meisten seiner Werke sind im Suhrkamp Verlag erschienen. Thomas Ehrsam dankt der Nossack-Herausgeberin und -Forscherin Gabriele Söhling für Hilfe bei der Entzifferung. Mit freundlicher Genehmigung der Akademie der Wissenschaften und der Literatur, Mainz. Der Nachlaß von Hans Erich Nossack liegt im Deutschen Literaturarchiv Marbach. Handschriftliche Zusätze im Briefwechsel wurden kursiviert, die Zeichensetzung vereinheitlicht, Schreibeigentümlichkeiten beibehalten. Siehe auch Sinn und Form 2/1955 und 4/2001.

Thomas Ehrsam, geb. 1954 in Bern, Germanist, bis 2014 Bibliotheksleiter der Museumsgesellschaft Zürich, lebt in Feldberg/Mecklenburg-Vorpommern. Herausgeber u.a. von Friedo Lampe, »Briefe und Zeugnisse in zwei Bänden« (2018), und Thea Sternheim, »Die Pariser Jahre. Aus den Tagebüchern 1932–1949« (2024). Siehe auch Sinn und Form 1/2017 und 6/2019.

Durs Grünbein, geb. 1962 in Dresden, Mitglied der Akademie der Künste, lebt in Rom und Berlin. Zuletzt erschienen »Der Komet« (2023) und »Intercom« (mit Via Lewandowsky, 2025). Siehe auch Sinn und Form 3/2023 und 1/2025.

Maria Lazar (1895–1948), österreichische Schriftstellerin und Publizistin. Die Schreibweise folgt weitestgehend den Typoskripten, offensichtliche Fehler, etwa bei Namen und Interpunktion, wurden stillschweigend korrigiert. Der Abdruck erfolgt mit freundlicher Genehmigung des Verlags Das vergessene Buch, Wien, in dem Lazars literarische Werke sukzessive neu bzw. erstmals veröffentlicht werden.

Albert C. Eibl, geb. 1990 in München, Verleger, Germanist und Autor. Zuletzt erschienen »Ästhetik des Ungehorsams. Interventionen im digitalen Zeitalter« (mit Jan Juhani Steinmann, 2024) und der Gedichtband »Mond und Meereswoge« (2025).

Victor Brombert (1923–2024), lehrte Romanistik in Yale und in Princeton, wo er zuletzt lebte. Veröffentlichungen u.a.: »Trains of Thought. Memories of a Wartime Youth« (2004) und »Musings on Mortality. From Tolstoy to Primo Levi« (2013). Die Übersetzung erfolgte nach dem Manuskript. Siehe auch Sinn und Form 6/2018 und 2/2021.

Evelyn Schlag, geb. 1952 in Waidhofen/Ybbs (Niederösterreich), wo sie auch lebt, Schriftstellerin. Zuletzt erschienen die Romane »In den Kriegen« (2022) und »Please Come Flying« (2023) sowie der Gedichtband »ins weiße meer der schrift« (2024).

Noah Willumsen, geb. 1987 in Washington, DC, Literatur- und Medienwissenschaftler, Leiter des Bertolt-Brecht-Archivs, lebt in Berlin. 2023 erschien seine Brecht-Edition

»›Unsere Hoffnung heute ist die Krise‹. Interviews 1926–1956«. Das Zitat im Titel stammt aus einem Gespräch Helene Weigels mit der polnischen Zeitung »Życie Warszawy« (23. Dezember 1952).

Dagny Sandvad (1905–?), dänische Übersetzerin und Journalistin, schrieb u.a. für »Social-Demokraten« (später »Aktuelt«) und »Politiken«. Der Erscheinungsort konnte nicht ermittelt werden. Der Originaltitel lautet: »Vi harvet værdifuldt samarbejde med publikum. Samtale med skuespillerinden Helene Weigel« (Wir haben eine wertvolle Zusammenarbeit mit dem Publikum. Gespräch mit der Schauspielerin Helene Weigel).

Helene Weigel (1900–1971), österreichische Schauspielerin und langjährige Intendantin des Berliner Ensembles, Gründerin des Bertolt-Brecht-Archivs, wo sich auch das Helene-Weigel-Archiv befindet, Mitglied der Akademie der Künste. Mit freundlicher Genehmigung von Johanna und Jenny Schall. Siehe auch Sinn und Form 2–3/1963.

Angela Krauß, geb. 1950 in Chemnitz, Gedichte, Essays, Erzählungen und Romane, lebt in Leipzig. Zuletzt erschienen »Das Weltgebäude muß errichtet werden. Man will ja irgendwo wohnen« und »Von Verklärung und Aufklärung. 11. Kamenzer Rede in St. Annen« (beide 2024). Siehe auch Sinn und Form 6/2011 und 1/2025.

Jörg Magenau, geb. 1961 in Ludwigsburg, lebt als Literaturkritiker und Autor in Tübingen und in der Uckermark. Zuletzt erschienen die Romane »Die kanadische Nacht« (2021) und »Liebe und Revolution« (2023). Druckfassung eines Gesprächs, das am 25. November 2024 in der Reihe »Gespräche über das Ganze« im Literaturforum im Brecht-Haus in Berlin geführt wurde. Siehe auch Sinn und Form 3/2014 und 2/2025.

Ruth Johanna Benrath, geb. 1966 in Heidelberg, Lyrik, Prosa, Dramen, lebt in Berlin. Veröffentlichungen u.a. »Rosa Gott, wir loben dich« (2009) und »Wimpern aus Gras« (2011) sowie Jugendtheaterstücke. Siehe auch Sinn und Form 2/2020 und 1/2022.

Dieter Werner, geb. 1957 in Sprakensehl, Germanist, Privatgelehrter, Meditationslehrer, lebt in Langen in Südhessen. Die eingangs beschriebene Fotografie von Theodor Däubler findet sich in dem Band »Capri. Magische Insel«, Erstausgabe: Wiesbaden 1973, gegenüber S. 121.

Jan Wagner, geb. 1971 in Hamburg, Lyriker und Übersetzer, lebt in Berlin. Zuletzt erschienen »Der glückliche Augenblick. Beiläufige Prosa« (2021) und der Gedichtband »Steine & Erden« (2023). Die Nachdichtungen erfolgten aus dem Englischen nach »The Penguin Book of Hebrew Verse« (Hg. von T. Carmi, 1981). Siehe auch Sinn und Form 3/2021 und 4 /2022.

Monika Drzazgowska, geb. 1975 in Czkuchow/Pommern, Journalistin, Grafikerin, Fotografin, lebt in Warschau und Stettin. Aus dem Roman »Szalej« (2021). Das Wort kann als Imperativ des Verbs »szaleć« (verrückt werden; ausgelassen sein) übersetzt werden, aber auch als Bezeichnung eines Schierlingsgewächses. Die Übersetzung entstand für eine Veranstaltung im Literarischen Colloquium Berlin, wo die Autorin im November 2023 Hausgast war. Siehe auch Sinn und Form 4/2018.

Peter Neumann, geb. 1987 in Neubrandenburg, Redakteur der ZEIT, lebt in Berlin und Hamburg. Zuletzt erschienen »Jena 1800 – Die Republik der freien Geister« (2018) und »Feuerland – Eine Reise ins lange Jahrhundert der Utopien 1883–2020« (2022). Siehe auch Sinn und Form 2/2022.

Urs Heftrich, geb. 1961 in Freiburg im Breisgau, Slawist, Übersetzer, Lyriker, Professor an der Universität in Heidelberg, wo er auch lebt. Zuletzt erschienen »Halbinselfisch – Reime« (2021) und »Gehäuseschutte – Reime und Photos« (2023).

Gregor Dotzauer, geb. 1962 in Bayreuth, Literaturredakteur beim Berliner Tagesspiegel. Laudatio zur Verleihung des Hölty-Preises für Lyrik am 14. November 2024 im Sprengel-Museum Hannover. Siehe auch Sinn und Form 5/2010 und 6/2015.

Rolf Strube, geb. 1948 in Barkhausen/Minden, lebt als Autor und Literaturkritiker in Berlin. Kulturgeschichtliche und literarische Essays, u.a. über die Berliner Salons, Johan Huizingas »Homo Ludens«, Ror Wolf und Thomas Pynchon. Siehe auch Sinn und Form 6/2016 und 5/2022.

Holger Pils, geb. 1976 in Rotenburg/Wümme, Leiter des Lyrik Kabinetts in München, wo er auch lebt. Zuletzt erschienen seine Edition des Briefwechsels von Thomas und Katia Mann mit Ida Herz »Liebes Fräulein Herz« und »Gedichte von Marcel Beyer. Interpretationen« (hg. mit Christoph Jürgensen, beide 2025). Gekürzte Fassung der Laudatio zur Verleihung des Münchner Übersetzungspreises am 15. Juli 2024 im Literaturhaus München.

Alexander Estis, geb. 1986 in Moskau, lebt in Aarau (Schweiz), Essays, Satiren, Übersetzungen. Zuletzt erschienen »Fluchten« (2022) und »Bugs« (2024). Siehe auch Sinn und Form 2/2019 und 1/2021.

Alle Beiträge sind, soweit nicht anders angegeben, Erstveröffentlichungen oder Erstübersetzungen.